Ulli Kammigan
Das Mädchen, der Komet und die
Chaotisch Infernalische Agentur

Bibliografische Informationen der Deutschen Nationalbibliothek: Die Deutsche Nationalbibliothek verzeichnet diese Publikation in der Deutschen Nationalbibliografie. Detaillierte bibliografische Daten über http://www.de-nb.de im Internet abrufbar

Impressum

© 2017 Ulli Kammigan: »Das Mädchen, der Komet und die Chaotisch Infernalische Agentur«

www.ulli-kammigan.de

Satz: Ulli Kammigan
Lektorat: Angela Hochwimmer
Umschlag: Sarah Kammigan, Sidney, Lizenz shutterstock.com
Herstellung und Verlag: BoD – Books on Demand, Norderstedt

ISBN 978-3-74489-043-4

Ulli Kammigan

Das Mädchen, der Komet und die

Chaotisch

Infernalische

Agentur

Roman

Vom selben Autor sind erschienen:

SELENA oder Aliens sind auch nur Menschen
(1. Band der SELENA-Trilogie)
ISBN 978-3-74122-696-0

SELENA II oder Auch wir sind Aliens! Fast überall!
(2. Band der SELENA-Trilogie)
ISBN 978-3-74311-834-8

SELENA und die irdischen Außerirdischen
(3. Band der Selena Trilogie)
ISBN 978-3-74120-809-6

Prolog

Am 12. August wurde er zuerst gesehen, und zwar, als er schon nahe der Erde war. Das lag daran, dass an diesem Tag die Perseiden ihr Maximum am Nachthimmel erreichten und als Sternschnuppenregen zu beobachten waren. Daher wurde er so lange übersehen. Der Komet hatte einen Durchmesser von mehr als zehn Metern und wurde nach der Astronomin Paulette Seytres benannt, die ihn zuerst entdeckt hatte: 2017SEYTRES0812. Doch bevor man sich näher mit ihm befassen konnte, war er schon wieder verschwunden. Er trat mit so hoher Geschwindigkeit in die Erdatmosphäre ein, dass er in tausend Stücke zerbarst und diese Teile in der Atmosphäre nahezu vollständig verglühten. Der Rest eines der größeren Teile, so behauptete Paulette, hätte eigentlich auf der Erde aufschlagen müssen, und zwar fast genau in der Mitte Frankreichs. Aber spätere Untersuchungen im vorhergesagten Aufschlagbereich brachten nichts zutage. So wurde ihre Vorhersage als Rechenfehler abgetan.

1

»Sie wollen eine Anzeige aufgeben?«

»Ja! Ich bin bestohlen worden.«

»Was wurde denn gestohlen?«

»Wäsche. Wäsche von der Leine.«

»Und was genau?«

»Ein kurze Hose, beige, und ein kariertes blauweißes Hemd.«

»Mehr nicht?«

»Nein.«

»Sind Sie sicher, dass die Sachen gestohlen wurden? Kann nicht der Wind sie von der Leine geweht haben?«

»Heute weht kein Wind.«

»Hm. Haben Sie den Dieb denn gesehen?«

»Ja. Ich habe sie gesehen.«

»Sie?«

»Ja. Es war eine Frau, eine junge Frau.«

»Können Sie sie beschreiben?«

»Aber ja! Sie sah unglaublich gut aus.«

»Geht es nicht etwas präziser?«

»Doch. Natürlich. Sie war etwa 1,70 Meter groß, sehr schlank, sportlich, hatte dunkle Augen und schwarze glatte Haare zu einem Bubikopf geschnitten. Sie sah südländisch aus.«

»Was hatte sie an?«

»Nichts.«

»Nichts?«

»Ja. Sie war nackt. Sie hatte einen atemberaubenden Körper und wunderschöne Brüste. Und ihre Brustwarzen standen hervor.«

»Wie bitte? Ihre Brustwarzen standen hervor? Das ist doch wohl kein Wunder. Es war recht kalt heute Morgen. Bilden Sie sich bloß nichts ein. Hat sie etwas gesagt?«

»Nein, aber als sie mich sah, ist etwas Merkwürdiges passiert: Sie zog unglaublich schnell Hemd und Hose an und lief blitzschnell davon.«

»Was ist daran merkwürdig? Es ist doch wohl verständlich, dass sie sich bedeckte und auch, dass sie davonlief. So wie Sie sie vermutlich angeschaut haben.«

»Das meine ich nicht. Es waren ihre Bewegungen. Es schien mir, als wenn sie sich im Zeitraffer bewegte. So wie man es manchmal in Filmen sieht. Sie bewegte sich so schnell, dass meine Augen kaum folgen konnten.«

»Sind Sie sicher, dass ihr Verstand Ihnen da nicht einen Streich gespielt hat? Für mich sieht es so aus, als hätten Ihre Hormone ein bisschen verrückt gespielt. Plötzlich steht eine nackte Frau vor Ihnen. Da sind Sie einfach durchgedreht.«

»Vielleicht haben Sie recht. Aber dass sie am frühen Morgen draußen nackt herumläuft, ist schon merkwürdig.«

»Was soll daran merkwürdig sein? Wahrscheinlich wurde sie von einer Ehefrau in flagranti mit deren Mann erwischt und rausgeschmissen. Oder sie flüchtete, bevor man sie erwischte. Männern passiert das andauernd.«

»Mir ist so etwas noch nie passiert.«

»Das wundert mich nicht.«

»Was wollen Sie damit sagen?«

»Nichts! Entschuldigung! Ist mir so rausgerutscht. Sie bestehen also auf einer Anzeige?«

»Ja. Schon allein wegen der Versicherung. Die ersetzt mir die Sachen.«

»Nun gut. Unterschreiben sie rechts unten.«

∗∗∗

Wo bin ich? Die Gegend habe ich noch nie gesehen. Die Landschaft um mich herum ist hügelig. Grüne Wiesen wechseln sich mit kleinen Baumgruppen ab. Weiter hinten erkenne ich einen Wald. Nebel liegt flach über den Wiesen. Etwas unter mir kann ich in der Ferne einen kleinen Weiler erkennen. Vielleicht zwanzig Gebäude mit roten Dächern. Es kommt mir alles sehr fremd vor.

Mir ist kalt. Ich schaue an mir herunter. Ich bin nackt und habe überall Gänsehaut. Gänsehaut? Wie komme ich auf das Wort? Ich weiß nicht einmal, was Gänse sind. Dann sehe ich zwei Brüste. Ich bin also weiblich. Meine Brustwarzen stehen vor. Das muss etwas damit zu tun haben, dass ich friere. Brustwarzen! Was für ein scheußliches Wort. Ich weiß, was Warzen sind: Unansehnliche kleine Hautausstülpungen. Meine Brüste sind nicht unansehnlich und die hervorstehenden Spitzen erst recht nicht. Wenn ich sie berühre, habe ich, trotz der Kälte, ein angenehmes Kribbeln im Bauch. Wer hat sich nur das blöde Wort ›Brustwarzen‹ ausgedacht?

Ich muss etwas gegen die Kälte tun. Ich brauche Kleidung. In der Ferne kann ich helle Punkte vor einem der Gebäude sehen. Beim Näherkommen entpuppen sie sich dann als Wäsche auf einer Leine. Es

8

ist niemand zu sehen und ich greife mir ein Hemd und eine Hose. Auf einmal steht ein Mann vor mir und starrt mich an. Sein Blick saugt sich an meinen Brüsten fest. Dann gleitet er abwärts, zwischen meine Schenkel. Seine Leinenhose beult sich aus.

Ich weiß nicht, warum, aber ich habe das Gefühl, dass die Situation bedrohlich wird. Mein Körper stößt Adrenalin aus und schaltet um auf Speed. Ich streife die Sachen über und bin verschwunden, bevor der Mann auch nur ein Wort sagen kann.

***

»Sie haben den Unfall gesehen? Ich befrage Sie hier als Zeugen. Wo befanden Sie sich, als der Unfall geschah?«

»Ich fuhr etwa zweihundert Meter hinter dem dunklen BMW. Plötzlich und ohne ersichtlichen Grund schleuderte das Auto über die gesamte Fahrbahn, drehte sich einmal um sich selbst und prallte gegen die Buche. Beim Herumschleudern sprang die Beifahrertür auf und eine Person stürzte heraus und lief weg.«

»Während das Fahrzeug schleuderte, sprang eine Person heraus und lief weg? Das ist doch gar nicht möglich, ohne sich schwer zu verletzen. Haben Sie das wirklich gesehen? Der Fahrer hat uns nichts von einem Beifahrer erzählt.«

»Wenn ich's Ihnen doch sage. Da sprang wirklich jemand heraus.«

»Wie sah der jemand denn aus? Können Sie ihn beschreiben?«

»Nein! Ich kann Ihnen nicht einmal sagen, ob es ein Mann oder eine Frau war. Es ging alles wahnsinnig schnell. Die Person war blitzschnell zwischen den Bäumen verschwunden. Ich

9

konnte noch einen dunklen Kopf erkennen. Sie muss dunkle Haare gehabt haben.«

»Okay. Kommen Sie bitte morgen auf die Wache, um das Zeugenprotokoll zu unterschreiben.«

***

Ich habe ein Problem. Ich muss unbedingt etwas essen und trinken. In der kurzen Zeit, in der mein Körper auf Speed ist, verbrauche ich jedes Mal viel Energie und habe danach großen Hunger und Durst. Doch in das Dorf zurück will ich nicht. Es gibt vermutlich weitere Dörfer, aber ich weiß nicht, wo sie liegen und wie weit sie entfernt sind. Ich kenne mich hier überhaupt nicht aus.

Ich sitze auf einer kleinen Anhöhe und schaue mich um. Die Nebelbänke haben sich verzogen. Der Himmel ist klar und blau und die kleine, helle Sonne wärmt mich. Weiter unten, hinter einem Getreidefeld, kann ich das Asphaltband einer Straße erkennen. Gelegentlich sehe ich ein Fahrzeug die Straße entlangfahren. Vielleicht kann ich eines anhalten und etwas zu essen bekommen.

Es dauert einige Zeit, bis ich in die Nähe der Straße komme. Dann kann ich Einzelheiten erkennen und vor allem riechen. Die Fahrzeuge stinken entsetzlich. Aus den Rohren hinten kommt ein Gemisch giftiger Chemikalien: Kohlendioxide, Stickoxide, Schwefeldioxide, Ammoniak und jede Menge Feinstaub und vermutlich auch Kohlenmonoxid, aber das kann ich nicht riechen. Ich weiß auf einmal, dass sie mit fossilen

10

Brennstoffen betrieben werden. Aber woher weiß ich das? Ich habe diese Gefährte noch nie gesehen. Aber was das Ungewöhnlichste ist: Jedes Fahrzeug befördert jeweils nur eine Person. Die Menschen hier müssen verrückt sein, soviel Gift zu verteilen, nur um eine Person von A nach B zu befördern. Was für eine Verschwendung von Ressourcen!

Dann hält doch tatsächlich jemand an. Ein Mann. Er fragt, ob er mich ein Stück mitnehmen kann? Ich verstehe ihn. Aber wieso ein Stück? Was meint er mit ›ein Stück mitnehmen‹? Ein Stück von was?

Ich nicke erst einmal. Er öffnet die Tür und ich steige ein. Auch im Fahrzeug stinkt es. Ich versuche, flach zu atmen.

Während der Fahrt schaut er mich von der Seite an. Er scheint sich über meine Kleidung zu wundern und spricht mich an.

»Sind wohl die Klamotten Ihres Freundes. Hat er sie rausgeschmissen? Oder laufen Sie immer in Männerklamotten rum?«

Er fährt fort, ohne auf eine Antwort zu warten.

»Wenn er Sie rausgeschmissen hat, muss er verrückt sein, so wie Sie aussehen. Ha’m tolle Beine, und Ihre Titten sind auch nicht von schlechten Eltern.«

Titten? Was sind Titten? Und was haben schlechte Eltern damit zu tun? Ich verstehe das nicht, aber ich sehe seinen Blick. Es ist derselbe Blick, mit dem mich der Mann bei der Wäscheleine angeschaut hat, und wieder habe ich das Gefühl einer Bedrohung. Dann hat er ein Bündel Geldscheine in der Hand, die von einer Metallklammer zusammengehalten werden. Er spricht mich an.

»Wie wär's mit 'nem Quickie? Ich zahl auch gut. Hab jede Menge Geld, wie Du siehst.«

Plötzlich ist seine Hand mit dem Geld zwischen meinen Schenkeln und mein Körper schüttet Adrenalin aus. Instinktiv reiße ich den Metallstab hoch, der sich zwischen unseren Sitzen befindet. Es ist eine Handbremse. Die Räder blockieren schlagartig und das Fahrzeug schleudert um seine Achse. Der Mann kurbelt am Lenkrad, um das Fahrzeug wieder in die Spur zu bekommen, doch ohne Erfolg. Die Klammer mit dem Geldbündel liegt zwischen meinen Schenkeln. Für mich geschieht dies alles in Zeitlupe. Ich greife das Geld, reiße die Tür auf, hechte nach draußen und renne fort, kurz bevor der Wagen mit der linken Seite gegen einen Baum knallt. Ein Blick zurück über die Schulter zeigt mir, wie sich der Mann fluchend aus dem zerbeulten Fahrzeug schält. Er scheint nicht verletzt zu sein, jedenfalls nicht schwer.

***

»Bei Ihnen ist also eingebrochen worden?«
»Ja! – Nein! Nicht wirklich.«
»Was denn nun? Wurde eingebrochen oder nicht?«
»Doch! Schon! Aber das Fenster stand offen.«
»Und darüber ist der Einbrecher eingestiegen?«
»Es war eine Einbrecherin.«
»Eine Frau? Haben Sie sie gesehen?«

»Ja. Von hinten. Als sie wieder aus dem Fenster sprang. Sie war schlank und offenbar sehr sportlich. Sie trug eine viel zu große kurze Hose und ein Männerhemd. Auch das war ihr eigentlich zu groß. Und sie hatte dunkle kurze Haare.«

»Hat sie etwas gestohlen? Fehlen Ihnen Haushaltsgegenstände? Schmuck? Geld? Wertsachen?«

»Nichts Wertvolles. Sie hat zwei Baguettes, ein großes Stück Käse und eine Dauerwurst mitgenommen.«

»Das sieht mir nach Mundraub aus. Ist Ihnen sonst noch etwas aufgefallen?«

»Ja. Als ich die Küche betrat, stand sie am offenen Kühlschrank und hatte die Baguettes unterm Arm. Bevor ich sie ansprechen konnte, war sie schon aus dem Fenster raus. Sie war unglaublich schnell. Sie hat mich sogar kurz angesehen. Aber ihre Bewegungen waren so schnell, dass ich nicht einmal ihr Gesicht habe wahrnehmen können.«

»Hat sie etwas gesagt?«

»Ja. Pardon.«

»Wie? Pardon? Mehr nicht?«

»Nur pardon. Mit Betonung auf der zweiten Silbe und nasalem ›n‹. Es klang französisch.«

»Und Sie wollen wirklich Anzeige erstatten?«

»Ja. Sie könnte ja wiederkommen oder es woanders versuchen. Vielleicht wollte sie ja auch weitere Dinge stehlen, wenn ich sie nicht überrascht hätte.«

»Gut. Unterschreiben Sie hier unten rechts.«

∗∗∗

Ich bin jetzt schon eine Stunde unterwegs und brauche dringend etwas zum Essen. Immerhin habe ich im

Wald einen kleinen Bach mit sehr klarem Wasser entdeckt, an dem ich meinen Durst löschen konnte. Ich erreiche den Waldrand und etwa einen Kilometer vor mir sehe ich ein Dorf. Am ersten Haus steht ein Fenster offen. Ich schleiche vorsichtig näher. Es ist kein Mensch zu sehen, auch im Raum hinter dem offenen Fenster nicht. Ich ziehe mich an der Fensterbank hoch und blicke hinein. Der Raum ist eine Küche. Auf dem Tisch liegen zwei Baguettes und an der gegenüberliegenden Wand steht ein Kühlschrank.

Mit einem Satz bin ich drinnen, greife mir die Baguettes, reiße die Tür zum Kühlschrank auf und lange nach einem großen runden Käse und einer dicken Wurst. Plötzlich steht ein Mann vor mir. Er starrt auf die Baguettes, den Käse und die Wurst in meinen Händen. Ich drehe mich um, murmele kurz eine Entschuldigung und bin mit einem Satz durchs Fenster und fort, bevor er überhaupt reagieren kann.

Ich bin gesättigt. Außer der Wurstpelle ist nichts übrig. Ich kann mir endlich Gedanken über meine Situation machen. Meine Erinnerungen beginnen damit, dass ich nackt auf einem Hügel in einer mir unbekannten Gegend stehe. Davor ist nichts, so, als gäbe es überhaupt kein Davor. Ich weiß nicht, wer ich bin, wie ich heiße und wie ich hierhergekommen bin. Ich beherrsche offenbar die Sprache, aber es gibt Worte und Begriffe, die ich nicht kenne. Etwa so, wie bei einem Computer das Schreibprogramm, aus dessen Wörterbuch einige Begriffe gelöscht wurden. Solche wie Gänse oder Titten. Wobei ich aus dem Zusammenhang, in dem ich die Wörter gehört habe, schließe, dass Ersteres wohl Vögel und Letzteres vermutlich weibliche Brüste sind. Gänse haben eine Haut mit lauter kleinen Erhebungen und Tälern. So wie meine, als ich fror.

Aber ich weiß, was das Bündel Scheine ist, das der Mann in meinem Schoß liegen ließ. Es ist Geld und ich weiß, dass man es braucht, wenn man in dieser Welt überleben will. Und noch etwas weiß ich: Ich muss Kontakt zu den Menschen hier aufnehmen. Es scheint wichtig zu sein, sie näher kennenzulernen. Warum das wichtig sein soll, weiß ich aber nicht.

Der nächste Ort, den ich nach zwei Stunden Fußmarsch erreiche, ist größer als die beiden Dörfer, in denen ich bisher war. Er muss eine Kleinstadt sein. Schon bald habe ich eine Straße mit Geschäften erreicht. Auf der rechten Seite lädt ein Bistro zum Essen und Trinken ein. Ich weiß, dass so eine Lokalität ideal ist, um Menschen kennenzulernen. Also öffne ich die Tür und betrete einen dunklen Raum mit etlichen Tischen und Stühlen. Die sind jedoch nicht besetzt. Vorn an der Bar lehnen einige Männer mit Gläsern in den Händen. Ich stelle mich dazu. Der Mann hinter dem Tresen spricht mich an.

»Möchten Sie etwas trinken?«

»Ja. gern.«

»Und was möchten Sie?«

»Was trinkt man denn so?«

»Nun, wir haben alle möglichen alkoholischen Getränke. Sie können aber auch Säfte, Limo oder Cola bekommen. Und natürlich auch Wasser.«

»Dann hätte ich gern Wasser.«

»Was für Wasser? Medium, mit Sprudel oder stilles Wasser.«

»Stilles Wasser? Seltsam. Kann Wasser denn reden und schweigen?«

»Sie wollen mich wohl verarschen.«

»Nein, ganz sicher nicht. Wenn ich etwas Falsches gesagt habe, bitte ich um Entschuldigung. – Ich nehme dann das schweigende Wasser.«

Der Barmann schüttelt den Kopf, wirft mir einen zweifelnden Blick zu und reicht wortlos ein Glas Wasser herüber.

Der junge Mann, der neben mir an der Bar lehnt, mustert mich.

»Bitte entschuldigen Sie, dass ich Sie anspreche. Sie sind nicht von hier, nicht wahr? Kann ich Ihnen helfen? Darf ich fragen, wie Sie heißen und wo Sie herkommen?«

Ich betrachte ihn genauer. Er lehnt mit einem Arm auf der Bar, seine extrem feingliedrigen Finger der anderen Hand umfassen ein halbvolles Glas mit einer hellbraunen Flüssigkeit. Seine dunkelbraunen Augen ruhen auf meinem Gesicht. Er sieht vertrauenerweckend und nett aus.

»Ich heiße Florence.« –

Wieso weiß ich auf einmal wie ich heiße, bis eben wusste ich das noch nicht.

»Wo ich herkomme, weiß ich allerdings nicht. Ich habe keine Erinnerung an alles, was länger als zwei Stunden zurückliegt.«

»Aber Sie sprechen offenbar akzentfrei französisch. Sind Sie Französin?«

»Vermutlich. Aber ich weiß es nicht wirklich. Ich glaube, ich habe mein Gedächtnis verloren.«

»Hatten Sie vielleicht einen Unfall, der sich auf Ihr Gedächtnis ausgewirkt hat?«

»Ja, ich hatte einen Unfall. Ich bin aus einem schleudernden Auto gestürzt. Aber mir ist nichts passiert.«

»Waren Sie allein im Auto? Was ist mit dem Fahrer?«

»Das Auto ist am Ende gegen einen Baum geprallt, aber dem Fahrer ist ebenfalls nichts Ernstes passiert. Dann bin ich fortgelaufen.«

»Warum sind Sie nicht beim Fahrer geblieben?«

»Ich kannte ihn nicht. Er hatte angehalten und mich mitgenommen. Ein Stück, hat er gesagt. Das habe ich nicht verstanden. Und bevor der Unfall passierte, hat der Mann mir zwischen die Beine gegriffen und wollte einen Quickie von mir. Dabei hat er mich gierig angesehen und ich bekam Panik. Aber ich weiß nicht, was ein Quickie ist. Kannst du mir das sagen? Aus der Art und Weise, wie er mich dabei ansah schloss ich, dass es etwas Unangenehmes sein muss.«

Ich bin einfach zum Du übergegangen, denn ich weiß, dass es unter jungen Leuten üblich ist.

Er schaut mich überrascht an.

»Unangenehm? Das kommt darauf an, aber in deinem Fall hättest du vermutlich recht. Und du weißt wirklich nicht, was ein Quickie ist?«

Auch er ist zum Du übergegangen.

»Nein, der Mann wollte einen Quickie mit mir oder von mir haben oder machen. Dabei hat er mich merkwürdig angesehen. Also, was ist das?«

»Das bedeutet so etwas wie ›eine schnelle Nummer schieben‹.«

»Eine schnelle Nummer schieben? Wie soll das gehen? Eine Nummer ist doch eine Zahl, also ein abstrakter mathematischer Begriff. Wie kann eine Nummer schnell oder langsam sein? Und wie kann man eine Zahl schieben? Das verstehe ich auch nicht.«

Der junge Mann grinst mich an. Aber sein Lächeln ist nicht bedrohlich, eher freundlich.

»Eine schnelle Nummer schieben bedeutet so etwas wie ... naja ... wie soll ich es dir sagen? Also Klartext: Er wollte dich vögeln.«

»Vögeln? Was ist das denn nun wieder? Vögel sind doch Tiere, oder? Die fliegen!«

Ich denke einen kurzen Moment nach. Und mir kommt eine Idee.

»Gänse sind doch Vögel. Hat das was mit deren Haut zu tun? Mit Gänsehaut?«

Er lacht laut auf.

»Ja. Manche bekommen dabei schon so etwas wie Gänsehaut.«

»Also friert man dabei.«

Er lacht schon wieder. Doch dann wird er ernst, nimmt meine beiden Hände und schaut mir in die Augen. Er hat ganz warme braune Augen mit Lachfalten drum herum.

»Du weißt wirklich nicht, was vögeln ist? Oder ficken, bumsen, rammeln, poppen? Nein?«

Ich schüttele meinen Kopf.

»Weißt du denn, was Geschlechtsverkehr ist?«

»Natürlich weiß ich das. Das macht man, um Kinder
zu bekommen oder einfach nur aus Spaß. Allerdings
nur, wenn man den Partner mag. Manche sollen sogar
Spaß daran haben, ohne den Partner zu mögen. Aber
das kann ich mir nicht vorstellen.«

Er schaut mich verwundert an, dabei schüttelt er sein
dunkles gelocktes Haar, das ihm bis auf die Schultern
reicht.

»Du scheinst nicht von dieser Welt zu sein. Hast du
vielleicht bisher abgeschieden auf dem Lande gelebt
und bist jetzt zum ersten Mal in einer größeren Stadt?«

»Wie gesagt, ich kann mich nicht erinnern. Aber ich
möchte Menschen kennenlernen, denn es gibt so viele
Dinge, die ich nicht weiß. Ich weiß übrigens auch
nicht, wie du heißt.«

»Oh, entschuldige. Ich habe vergessen, mich vorzustellen. Ich heiße Maurice und lebe in diesem Ort.«,

Er hält einen Moment inne, dann fährt er fort.

»Du willst also Menschen kennenlernen? Damit wirst
du sicherlich kein Problem haben, so wie du aussiehst.
Aber du kannst auch leicht an die Falschen geraten.
Darum würde ich dir gern helfen, wenn du erlaubst.
Denn ich glaube, du kannst Hilfe gebrauchen. Und
was deine Klamotten angeht, sie sind nicht gerade der
letzte Schrei.«

Ich glaube, ich halte mich jetzt lieber zurück, denn
ich habe ihn schon wieder nicht verstanden. Soviel ich

weiß, sind Klamotten Kleidungsstücke. Kleidungsstücke bestehen aus Stoffen. Was hat das mit Schreien zu tun? Aber ich sollte vorsichtig sein. Auch diesem Mann gegenüber. Also frage ich lieber nach.

»Und du bist sicher, dass du nicht einen Quickie von mir willst? Oder ficken? Oder poppen? Ich kenne alle diese Wörter nicht. Welches verwendet man denn am häufigsten?«

Maurice denkt einen Moment nach.

»Ich weiß nicht genau. Ich glaube ficken. Ja, Ficken wird wohl am häufigsten benutzt.«

»Also du bist sicher, dass du mich nicht ficken willst?«

An seiner Reaktion merke ich, dass diese Frage nicht passend ist und setze, ohne seine Antwort abzuwarten, hinzu:

»Ich glaube, das war eine dumme Frage, denn du hast nicht diesen Gesichtsausdruck, den ich beim Autofahrer gesehen habe und der Panik in mir hervorgerufen hat. Du siehst nett aus.«

Der junge Mann lächelt wieder.

»Danke für das Kompliment. Also nein, ich will keinen Quickie mit dir. Ich gebe allerdings zu, du siehst irre gut aus, trotz der unmöglichen Klamotten. Ich würde dich also nicht von der Bettkante schubsen.«

Ich bin schon wieder verwirrt. Diese Sprache ist gewöhnungsbedürftig. Was hat eine Bettkante mit Geschlechtsverkehr zu tun? Schubst man jemanden von einer Bettkante, wenn der nicht irre gut aussieht? Und wieso irre gut? Man sieht entweder irre aus oder gut. Ich glaube, ich muss noch viel lernen.

Maurice fährt fort.

»Nun aber im Ernst. Du brauchst dringend vernünftige Klamotten. Wenn du erlaubst, würde ich dich in ein Geschäft begleiten und dir beim Aussuchen helfen. Hast du denn Geld?«

Ich zeige ihm das Bündel Geldscheine.

»Oha! Das dürfte allemal reichen«, flüstert er und schaut sich dabei um. »Sei aber bitte vorsichtig und zeige nicht jedem dein gesamtes Geld. Das könnte so manchen in Versuchung führen, es dir zu stehlen. Steck es wieder weg und dann lass uns gehen.«

Nach einem Kilometer Fußmarsch erreichen wir ein Bekleidungsgeschäft für Damen und Herren. Beim Hineingehen entschuldigt er sich.

»Tut mir leid, aber dieser Laden ist nicht gerade für Exklusivität bekannt, er ist Teil einer deutschen Billigkette. Ich denke jedoch, bei deinem Körper und deinem Aussehen kannst du die einfachsten Sachen anziehen. Es wird immer gut aussehen.«

Unter seinem fachmännischen Rat legt er mir einige winzige Slips, einen geblümten Rock, ein paar Hosen, etliche T-Shirts und einen Blazer zurecht.

»Was ist mit einem BH? Brauchst du einen BH?«

»Was ist ein BH und wozu trägt man ihn?«

Jetzt sieht er mich nahezu fassungslos an.

»Du kennst wirklich keinen BH? Das ist unglaublich. Ein BH ist ein Büstenhalter. Den tragen Frauen, um die Brüste abzustützen. Das ist besonders den Frauen wichtig, bei denen die Brüste schon ein wenig hängen.«

Ich bin irritiert und empört.

»Willst du damit sagen, dass meine Brüste hängen? Meine Brüste hängen kein bisschen. Hier! Sieh her!«

Damit löse ich die oberen Hemdknöpfe und zeige meine festen Brüste.

Er wird auf einmal sehr hektisch.

»Florence! Bist du verrückt? Mach sofort das Hemd wieder zu. Was sollen die Leute denken? Das kannst du nicht machen.«

»Wieso nicht? Ich muss doch auch Slips und T-Shirts anprobieren. Dafür muss ich mich ausziehen.«

Ich ziehe die Hose nach unten, um aus den Hosenbeinen zu steigen.

Maurice stürzt panisch auf mich zu, baut sich erst mit ausgebreiteten Armen vor mir auf und zieht dann mit einem Ruck die Hose wieder hoch.

»Florence! Du kannst dich doch nicht vor den Augen aller Leute entblößen. Dafür gibt es Umkleidekabinen. Die sind dort hinten.«

Er zeigt fuchtelnd auf die gegenüberliegende Wand.

Mit einem »Warum hast du mir das nicht gleich gesagt?« reiße ich ihm die Kleidungsstücke aus den Händen und marschiere zum anderen Ende des Verkaufsraumes. Irgendeine innere Stimme sagt mir, dass ich nun unbedingt ein bisschen mit dem Hintern wackeln sollte.

Maurice ist offensichtlich völlig entnervt, aber ruft mir noch hinterher:

»Und Schuhe müssen wir auch noch kaufen!«

Ich probiere die Sachen an. Sie gefallen mir ausnahmslos. Maurice scheint einen guten Geschmack zu haben. Trotzdem rufe ich ihn.

»Kannst du mal herkommen und schauen. Ich hätte gern deinen Rat.«

Maurice kommt an meine Kabine und ich schiebe den Vorhang zur Seite.

»Wow, Mädchen! Ich hatte recht, als ich vermutete, dass du bei deiner Figur alles tragen kannst. Du siehst umwerfend aus.«

»Umwerfend? Aber es hat dich doch gar nicht umgeworfen. Du stehst schließlich noch.«

»Ach, Florence. Das ist nur so ein Ausdruck dafür, dass du in den Sachen richtig gut aussiehst. Aber du musst alles jetzt wieder ausziehen, damit ich zur Kasse gehen kann. Wenn ich bezahlt habe, bringe ich sie wieder hierher und du kannst dann etwas davon anziehen. Warte auf mich und rühre dich nicht von der Stelle, vor allem marschiere nicht splitternackt vor den Spiegeln herum. Und lass den Vorhang geschlossen.«

2

»Paulette! Ich weiß nicht, was du hier noch willst. Unsere Leute haben schon vor Wochen im Umkreis von zwanzig Kilometern jeden Zentimeter abgesucht und nichts gefunden. Verrennst du dich nicht in etwas?«

»Jean-Pierre, ich habe keinen Rechenfehler gemacht, wie behauptet wird. Hier irgendwo muss ein größeres Teil des Kometen heruntergekommen sein.«

Die Astronomin schaut sich zum hundertsten Male um. Auf einmal platzt sie heraus.

»Ich wusste es! Unsere Leute haben nur den Boden abgesucht. Schau mal nach oben. Siehst du die abgebrochenen und angekohlten Äste dort? Ich meine die ganz weit oben. Die darunter sind auch abgeknickt, aber nicht verkohlt.«

»Ja, die sehe ich. Da ist ein Blitz eingeschlagen.«

»Das war kein Blitz. Ein Blitzeinschlag spaltet Baumstämme und reißt nicht einzelne Äste vom Baum. Er schlägt immer in den Stamm ein.«

»Wenn du recht hättest, dann müsste doch auf oder im Waldboden etwas zu finden sein. Aber hier ist nichts, vor allem keine Einschlagstelle. Der Boden ist völlig unberührt.«

»Ich verstehe das auch nicht. Aber ich nehme trotzdem ein paar Bodenproben. Kannst du auf den Baum klettern und einen angekohlten Ast herunterholen? Ich würde ihn gern im Labor untersuchen lassen.«

»Mein Gott, Paulette, du hältst mich ganz schön auf Trab. Aber dir zuliebe ...

Nachdem wir auch Schuhe und einige zum Leben notwendige Utensilien erstanden haben, sitzen wir nun in einem Café. Während Maurice sich an einem Milchkaffee festhält, leere ich eine große Flasche Wasser und verdrücke unter seinen staunenden Augen drei Stücke Sahnetorte.

»Mein Gott! Wo lässt du das alles? Bei den Mengen müsstest du ja aufgehen wie ein Hefekuchen.

Aber ganz was anderes. Wie soll es jetzt weitergehen? Vermisst dich denn niemand, dort wo du herkommst? Angehörige, Eltern? Du musst auch irgendwo bleiben.«

Ich schaue ihn nachdenklich an.

»Ich weiß nicht, warum, aber ich bin ziemlich sicher, dass mich niemand vermisst. Kann ich nicht bei dir eine Zeitlang wohnen? Was machst du eigentlich? Ich meine, so beruflich.«

Maurice druckst etwas herum.

»Die meisten Menschen würden sagen, dass ich nichts Ordentliches mache. Ich selbst bezeichne mich als Maler. Also, ich male Bilder und verkaufe sogar hin und wieder eines. Ich habe einen Stand vor einem kleinen Museum hier im Ort und portraitiere Besucher. Aber leben kann ich davon nicht. Also schlage ich mich mit Gelegenheitsarbeiten durch.

Und natürlich kannst du bei mir wohnen. Aber da gibt es ein Problem. Ich habe ein Atelier in einer ausgedienten Fabrik. Es besteht nur aus einem großen

Raum, in dem ich arbeite und schlafe. Bad und Toilette sind nur durch einen Vorhang abgetrennt.«

Er hält einen Moment inne.

»Ich besitze auch nur ein Bett. Es ist zwar groß genug für zwei, aber wenn du willst, kann ich eine Matratze organisieren. Könntest du damit leben?«

Ich lege meine Hand auf seinen Arm.

»Das ist nicht nötig. Ich stelle keine großen Ansprüche und kann notfalls auf dem Boden schlafen.«

»Das musst du aber nicht. Du kannst gern in meinem Bett schlafen. Es ist breit genug. Natürlich nur, wenn es dir nichts ausmacht.«

»Es macht mir nichts aus.«

»Dann komm, lass uns gehen. Ich mache dir ein schönes Abendessen.«

Sein Atelier ist im ersten Stock einer ausgedienten Fabrik, den man über eine metallene Außentreppe erreicht. Der Raum ist vollgestellt mit Malutensilien und an den Wänden hängen und stehen etliche Bilder. Ich schaue mich um. Hinter einem Vorhang stehen mit der Bildseite zur Wand weitere Bilder.

Ich frage Maurice, der in der Küchenecke herumwerkelt: »Darf ich sie ansehen?«

»Natürlich! Du kannst gern stöbern und so viele Bilder anschauen, wie du magst.«

Ich drehe einige der Bilder um. Es sind weibliche Akte.

»Du malst auch Akte? Sind die nach Originalvorlagen? Stehen dir Modelle zur Verfügung? Da sind ein paar wunderschöne Bilder dabei. Die müssten sich doch gut verkaufen lassen.«

»Leider nicht. Es sind meistens Frauen und Mädchen aus dem Ort. Und hier kennt fast jeder jeden. Die meisten Modelle kommen ohne Wissen ihrer Ehemänner oder Väter zu mir. Es gäbe einen Aufstand, wenn die Bilder in der Öffentlichkeit gezeigt würden. Ein paar der Frauen nehmen die Bilder mit und verstecken sie zu Hause oder bei Freundinnen. Die bekomme ich dann auch bezahlt. Andere kommen regelmäßig hier vorbei, um sie sich immer mal wieder anzuschauen.«

»Dieser Akt hier ist wunderschön. Das Mädchen ist sehr jung und sie hat einen verführerischen Blick. Wer ist das?«

»Das Mädchen auf dem Bild ist die Tochter eines Gutsbesitzers hier in der Gegend. Sie war vierzehn, als ich sie gemalt habe. Ihr Vater darf auf keinen Fall wissen, dass sie sich nackt von mir hat malen lassen. Der würde mich umbringen.«

»Und hast du sie gefickt?«

»Bist du verrückt! Sie war vierzehn. Das ist viel zu jung. Das würde ich niemals machen. Außerdem ist es strafbar.«

»Aber ihr Blick deutet an, als hättest du!«

»Habe ich wirklich nicht, obwohl sie ganz wild darauf war. Sie lag auf dem Sofa. Als ich einen kurzen Moment abwesend war, weil das Telefon klingelte, und zurückkam, hatte sie die Beine gespreizt, mit ihrer Hand unten herumgespielt und mich provozierend angeschaut. Ich hab ihr dann gedroht, sie nicht weiter zu malen, wenn sie sich nicht wieder vernünftig hinsetzt. Sie war schon ein ziemliches Luder.«

»Und die anderen? Die älteren Frauen? Haben die auch versucht, dich zu verführen?«

»Hin und wieder schon. Und manchmal bin ich schwach geworden. Es waren schon ein paar sehr interessante Frauen dabei. Aber viele Frauen hier im Ort sind nicht sonderlich attraktiv. – So, Schluss mit der Fragerei. Komm herüber. Das Essen ist fertig.«

Maurice hat eine schmackhafte Mahlzeit gezaubert mit Salat als Vorspeise und dann Bohnen, Reis und Hühnerfleisch, dazu Baguette. Er beobachtet mich schweigend und freut sich über meinen offensichtlichen Appetit.

Nach dem Essen zeigt er mir ein paar seiner Lieblingsbilder: Öl auf Leinwand mit Straßenszenen aus dem Ort. Die Menschen sind nur schemenhaft abgebildet.

Irgendwann sage ich ihm, dass ich müde bin. Ich würde gern ins Bett gehen.

»Okay«, sagt er, »ich gehe schnell ins Bad. Es dauert nicht lange. Danach kannst du gehen, während ich das Bett zurechtmache.«

Während Maurice mit dem Bett beschäftigt ist, probiere ich im Bad einige der Fläschchen und Tuben aus, die Maurice mir gekauft hat. Es sind eine Zahnbürste und Zahnpasta dabei sowie einige wohlriechende Cremes und Wässerchen. Nach kurzer Zeit schiebe ich den Vorhang zur Seite und gehe langsam auf Maurice zu, der unter der Bettdecke liegt. Ich bin nackt. Maurice schaut mich voller Bewunderung an. Ich schiebe die Bettdecke zur Seite, hocke mich auf ihn und stecke meine Zunge in seinen Mund. Er reagiert sofort und wir küssen uns leidenschaftlich. Doch dann nimmt Maurice meinen Kopf zwischen seine Hände und hält ihn etwas auf Abstand, damit er mir in die Augen schauen kann.

»Du weißt schon, was hier gerade abgeht, oder?«

»Natürlich weiß ich das. Ich wusste nur nicht, dass man das Ficken, Vögeln oder Poppen nennt. Und was ich da unten von dir spüre, lässt mich vermuten, dass du mich nicht von der Bettkante schubsen willst«, füge ich verschmitzt hinzu.

»Da müsste ich ja verrückt sein, bei so einer tollen Frau wie dir.«

Es wird eine wilde Nacht. Nach einer jeweils kurzen Verschnaufpause braucht er mich nur eingehend zu betrachten und meinen Körper an den empfindlichen Stellen zu streicheln, um selbst erneut bereit zu sein. Und mir gefällt es.

Am kommenden Morgen werde ich vom Geruch frischen Kaffees geweckt. Der Platz neben mir im Bett ist leer. Maurice ist nirgendwo zu sehen. Dann höre ich Schritte draußen auf der Eisentreppe zum Atelier. Maurice hat Baguette und Croissants besorgt.

Nach dem Frühstück, ich bin immer noch nackt, betrachtet Maurice mich.

»Ich würde dich gern malen. Ich meine, ohne Kleidung. Wärst du einverstanden?«

»Natürlich bin ich einverstanden. Meinetwegen kannst du gleich anfangen, dann muss ich mir gar nicht erst etwas anziehen.«

Die nächsten Vormittage verbringen wir damit, dass ich Modell stehe und Maurice malt. An den Nachmittagen begleite ich ihn zu seinem Stand vor dem kleinen Museum. Wir bauen gemeinsam ein paar seiner Bilder auf. Dann setze ich mich auf den Hocker und er beginnt mich zu portraitieren. Schnell bildet sich eine kleine Menschenmenge, die mich neugierig betrachtet und ihm über die Schulter blickt. Als die Kohlezeichnung fertig ist und Maurice sie auf eine Staffelei stellt, wird geklatscht. Nun wollen etliche ebenfalls portraitiert werden und Maurice kann dem Andrang kaum nachkommen. Am Abend beim Zusammenpacken strahlt er.

»Soviel wie heute habe ich noch nie eingenommen. Und das habe ich dir zu verdanken. Hast du gesehen, wie die Männer dich angeguckt haben? Und bei manchen Frauen konnte man den Neid in den Augen sehen. Aber sie wollten auch so ein Portrait und ich habe deren Bilder natürlich etwas geschönt. Die Kohlezeichnung von dir ist übrigens für fünfzig Euro weggegangen. Der Apotheker hat sie gekauft.«

Die folgenden Tage verlaufen nach dem gleichen Muster: Vormittags sitze ich Maurice Modell und am Nachmittag spielt sich vor dem Museum immer das Gleiche ab.

Eines Morgens klopft jemand an die Metalltür des Ateliers.

»Maurice! Bist du da? Kann ich reinkommen?«

»Klar, komm rein. Die Tür ist offen.«

Ich frage Maurice:

„Wer ist das? Muss ich mir etwas anziehen?«

»Das ist mein Freund Boris von unten. Und du musst dich nicht bedecken. Er ist Bildhauer. Er kennt das.«

Die Tür geht auf und herein kommt ein junger Mann mit Wuschelkopf und Vollbart in leicht verstaubter Kleidung.

»Hallo Maurice. Wie ...?«

Er bringt seinen Satz nicht zu Ende und starrt mich mit offenem Mund an.

»Wow, Maurice. Wo hast du denn die Schönheit aufgegabelt? Mein Gott, sieht die gut aus.«

Er geht staunend einmal um mich herum und betrachtet mich von allen Seiten. Dann platzt er heraus.

»Also die ...«.

Bevor er seinen Satz beenden kann, falle ich ihm ins Wort.

»Ich weiß. Du würdest mich nicht von der Bettkante schubsen.«

Boris' Mund klappt schlagartig zu. Er dreht sich um zu Maurice.

»Und Gedanken lesen kann die auch noch!«

Maurice schmunzelt.

»Das ist wohl kein Kunststück, so lüstern, wie du sie ansiehst. Halte dich zurück. Die ist nicht zu haben.«

Dann betrachtet Boris das fast fertige Bild.

»Eines will ich dir sagen, Maurice. Das Bild werden sie dir an deinem Stand aus den Händen reißen, wenn du es dort zum Verkauf anbietest und sie es erlaubt. – Wie heißt sie eigentlich? Bestimmt Aphrodite oder Venus.«

»Das ist Florence. Aber sag mal, warum bist du eigentlich hier?«

Boris reagiert nicht auf Maurice' Frage. Er kann seine Augen nicht von mir wenden.

»Wenn ich Geld hätte: Ich würde das Bild sofort kaufen.«

Dann fällt ihm offenbar doch der Grund seines Kommens ein und er druckst herum.

»Apropos Geld ... Weißt du, Maurice ... Ich bin ziemlich pleite. Kann nicht mal was zu essen kaufen. Kannst du mir vielleicht 'nen Fünfziger leihen?«

»Du hast Nerven, Boris. Du schuldest mir noch zweihundert. Aber gut. Ich hab in der letzten Zeit ganz gut was eingenommen. Hier hast du das Geld. Wiedersehen macht Freude!«

»Danke, Kumpel. Wenn ich sonst noch was für dich tun kann? Vielleicht deine Freundin betreuen, wenn du mal keine Zeit hast.«

»Boris! Raus! Und zwar sofort!«

Der Bildhauer geht rückwärts zur Tür, den Blick ständig auf mich gerichtet. Bevor er nach draußen verschwindet, murmelt er noch:

»Oh Mann, werd' ich heute Nacht feuchte Träume haben!«

Ein paar Tage später ist das Bild fertig. Es gefällt mir ausnehmend gut.

»Was meinst du, Florence«, fragt Maurice, »soll ich das wirklich zum Kauf anbieten? Vielleicht hat Boris ja recht und wir erzielen einen hohen Erlös. Ich könnte das Geld gut gebrauchen. Und würde es dir etwas ausmachen, wenn jeder Passant dich nackt sehen kann? Viele kennen dich ja inzwischen von der Portraitmalerei.«

»Warum sollte es mir etwas ausmachen? Du sagst doch immer, dass ich einen tollen Körper habe. Warum sollte ich den nicht zeigen? Ich habe hier keine Angehörigen, die sich darüber aufregen könnten.«

Am nächsten Tag steht mein Bild vor dem Museum der kleinen Stadt. Es fällt mehr auf als gedacht. Nach einiger Zeit gibt es einen regelrechten Volksauflauf und viele sprechen mich an, vor allem Männer, und es kommen Äußerungen wie ›Das sind doch Sie!‹ und ›Sie sind aber mutig‹ oder ›Toll sehen Sie aus‹.

Plötzlich steht ein Mann in einem dunklen langen Rock wild gestikulierend vor mir. Seine Augen blitzen vor Wut und seine Lippen zittern, sodass er nur schwer die Worte herausbringen kann.

»Wie kannst du es wagen, dich hier nackt zu zeigen. Das ist Teufelswerk und Hurerei. Hinfort mit diesem Schandwerk und hinfort mit euch!«

Damit zieht er ein Messer und sticht auf das Bild ein.

Ich bin wie gelähmt als ich zusehen muss, wie Maurice' Arbeit von vielen Stunden und Tagen in Minuten zerstört wird. Ich verstehe das nicht.

Inzwischen hat der Mann Verstärkung von einigen dunkel gekleideten älteren Frauen bekommen, die ihre Fäuste gegen uns erheben und ›Hure!‹, ›Hure!‹ und ›Schande über euch!‹ kreischen. Immer mehr ältere Frauen fallen ein.

Maurice packt in aller Eile die Sachen und zieht mich am Arm von der Menschenmenge fort. Auch ich greife noch ein paar seiner Malutensilien. So schnell wir können, laufen wir davon. Das heißt, so schnell wie Maurice kann, denn mein Körper schaltet um auf Speed. Schon nach wenigen Sekunden sehe ich Maurice weit hinter mir laufen. Ich bremse sofort ab und warte auf ihn, um dann in seinem Tempo weiterzulaufen.

Zu Hause angekommen, lässt sich Maurice erschöpft aufs Bett fallen. Ich setze mich zu ihm.

»Wer waren die denn? Und wieso Hure? Die meinten doch mich. Huren sind, so viel ich weiß, Frauen, die gegen Geld mit Männern ficken. Ich habe doch nur mit dir gefickt, und Geld habe ich dafür auch nicht genommen. Ich verstehe das nicht.«

Maurice richtet sich langsam auf und atmet noch einige Male tief durch.

»Natürlich bist du keine Hure, Florence. Der Wahnsinnige war unser Pastor. Er vertritt eine engstirnige Religion. Du weißt doch, was Religion ist?

Ich nicke und Maurice fährt fort.

»Ich habe die Menschen hier falsch eingeschätzt. Jedenfalls diejenigen, die das Sagen haben. Ich habe nicht mit deren Bigotterie gerechnet. Nacktheit ist nichts Unanständiges oder Schlechtes. Nur die Kirche kann damit nicht umgehen. Und die alten Weiber waren nur neidisch auf deinen jungen Körper.

Aber es sind nicht alle so. Wenn die Frauen zu mir kommen, um sich nackt malen zu lassen, haben sie keine Bedenken, aber sie müssen es heimlich tun. Und diejenigen, deren Ehemänner es dulden und manchmal sogar in Auftrag geben, hängen das Bild nur in einem Raum auf, den Nachbarn, Gäste oder Freunde nicht betreten.«

Dann nimmt Maurice meine Hände und schaut mir in die Augen.

»Ich habe wohl noch etwas falsch gemacht. Es ist nicht weiter schlimm, aber es ist mir aufgefallen, als du von den Huren sprachst. Das Wort ›ficken‹ ist wohl doch nicht das am meisten genutzte, weil es sehr vulgär klingt. Es wird zwar häufig verwendet, aber oft umschreibt man es mit ›miteinander schlafen‹ oder ›miteinander ins Bett gehen‹ oder auch ›Liebe machen‹.«

Ich bin verwirrt. Diesmal kann ich nicht an mich halten.

»Das sind aber wirklich dumme Umschreibungen. Wenn ich mit dir schlafen gehe, will ich schlafen und nicht ficken, und zum Ficken muss ich nicht in ein Bett gehen. Ach, überhaupt: Liebe kann man nicht machen, Liebe ist da oder eben nicht, und selbst wenn ich dich liebe, muss ich doch nicht auch gleich mit dir ficken wollen. Ihr Menschen seid schon merkwürdig.«

Maurice schaut mich überrascht an.

»Wieso sagst du ›ihr Menschen‹? Du bist doch auch ein Mensch?«

Er hält einen Moment inne.

»Warte mal. Was ist da eigentlich vorhin Merkwürdiges passiert? Du warst auf einmal so schnell. Du warst innerhalb von Sekunden hunderte Meter vor mir. So schnell ist kein normaler Mensch. Was ist mit dir los?«

»Ich weiß es nicht. Das passiert nur manchmal. Aber ich finde das ganz normal. Ich weiß nicht, woher ich das habe, genauso wenig, wie ich weiß, woher ich komme. Ich weiß aber, dass ich dich sehr gern habe.«

Damit kuschle ich mich an ihn und kurz darauf machen wir Liebe. Unsinn! Wir machen keine Liebe! Wir ficken!

Am Abend macht Maurice den Vorschlag, ins Kino zu gehen.

»Du weißt doch, was ein Kino ist? Ich muss einfach mal auf andere Gedanken kommen. Es läuft ein Liebesfilm mit Nicole Kidman und Tom Cruise.«

»Ich kenne die beiden nicht. Aber Liebesfilm? Wird da auch gefickt?«

Maurice lacht laut auf.

»Also, Florence. Das Wort scheint es dir angetan zu haben. Aber ja. Da wird auch gefickt.«

»Ich weiß gar nicht, was du hast, Maurice. Ficken ist doch etwas Schönes. Jedenfalls macht es mir enorm viel Spaß. Und dir doch auch? Jedenfalls habe ich den Eindruck.«

»Du hast natürlich recht, Florence. Aber du solltest das Wort nicht so oft gebrauchen. Fremde könnten irritiert sein.«

»Was ist, wenn wir dort auf einige der Frauen von heute Nachmittag treffen?«

»Das wird schwerlich passieren. In solch einen Film gehen sie nicht. Der Pastor hat sogar versucht, die Aufführung des Films zu verhindern. Das einzige jedoch, was er erreicht hat, ist, dass der Film nur in der Spätvorstellung laufen darf. Wir gehen auch erst hinein, wenn es dunkel ist und die Werbung schon angefangen hat.«

Nach dem Film schlendern wir Arm in Arm nach Hause.

»Maurice! Weißt du, was ich komisch finde. In dem Film wurde andauernd das Wort gebraucht, von dem du sagst, ich solle es nicht so oft verwenden. Sogar im letzten Satz des Films sagt Nicole Kidman: ›Wir sollten jetzt ficken‹. Dann kann das Wort doch nicht so schlecht sein.«

Wir haben inzwischen die Fabrik erreicht und steigen die Eisentreppe hoch. Oben bleibt Maurice wie vom Schlag getroffen stehen. Ich frage, was los ist.

»Schau mal, die Eingangstür. Sie ist aufgebrochen worden. Das Schloss ist kaputt. Bleib zurück. Ich gehe vorsichtig rein. Vielleicht ist der oder sind die Einbrecher noch drin.«

Aber das Atelier ist leer. Die Bilder liegen auf dem Boden verstreut und sind teilweise mit Messern traktiert worden oder mit Farben besprüht. Der Vorhang an der Seite liegt am Boden. Die Aktbilder dahinter sind ausnahmslos verschwunden. Maurice ist den Tränen nahe. Die meisten seiner Arbeiten sind zerstört.

»Warum haben sie die Aktbilder mitgenommen und nicht ebenfalls zerstört?«, will ich wissen.

»Ich weiß es nicht. Vielleicht wollen sie damit die Frauen erpressen oder aber sie zeigen sie öffentlich, um die Stadt gegen uns aufzuhetzen. Wenn das Letztere passiert, dann können wir sicher sein, dass die Kirche indirekt dahintersteckt. Dann haben wir ein richtiges Problem.

Wir sollten morgen auf keinen Fall in die Stadt gehen. Wir bleiben besser den ganzen Tag hier.«

Gegen Abend kommt Boris zu uns hoch. Er ist ganz aufgeregt.

»Deine Bilder auf dem Marktplatz! Im Ort war der Teufel los. Sie haben zehn deiner Akte auf dem Marktplatz aufgestellt. Darum hat sich schnell eine Menschentraube gebildet. Ab und zu drängelte sich ein Mann durch die Menge, griff sich eines der Bilder, vermutlich das, auf dem seine Frau oder Tochter zu sehen war, und eilte mit dem Bild davon. Dann kam die Polizei und kassierte die restlichen Bilder ein. Erst am Nachmittag hatte sich die Menge zerstreut. Aber ich glaube nicht, dass die Sache damit erledigt ist.«

Boris soll recht behalten. Gegen Abend versammelt sich ein Mob vor der Fabrik. Es werden Rufe laut wie ›Frauenschänder‹, ›Ehebrecher‹ und ›Hurenpack‹. Männer brüllen: ›Er hat meine Frau mit K.-o.-Tropfen gefügig gemacht, damit sie sich malen lässt. Anschließend hat er sie vergewaltigt‹. ›Hängt ihn auf! Er soll am Ast baumeln und seine Hure gleich neben ihm‹.

Auf einmal verstummt die Meute. Ein großer Mann schreitet durch die Reihen. Der Mob macht ihm respektvoll Platz. Er trägt ein Gewehr in der Hand. Dann bleibt er stehen und brüllt:

»Er hat mein Kind geschändet. Es war erst zwölf. Das wird er mir büßen.«

Das muss der Gutsbesitzer sein.

Wieder werden Rufe laut. ›Kinderschänder‹, ›Mörder‹ und ›Steinigt ihn‹ .

Maurice ist vor die Tür gegangen, um die Meute zu besänftigen. Ich will ihn zurückhalten. Doch da ist es schon zu spät. Es fliegen Steine. Scheiben zersplittern. Einer der größeren Steine trifft ihn am Kopf und er geht zu Boden. Boris und ich ziehen den leblosen Körper nach innen und versperren die Tür.

Ich beuge mich über ihn und bedecke sein blutverschmiertes Gesicht mit Küssen. Boris fühlt seinen Puls. Nur mit Mühe richtet er sich auf und schaut mich mit Tränen in den Augen fassungslos an.

»Er lebt nicht mehr. – Er ist tot. Sie haben ihn umgebracht.

Ich schreie laut auf und werfe mich auf Maurice. Boris rennt zur Tür, reißt sie auf und steht schwankend oben auf dem Podest vor dem Mob. Dann schreit er.

»Er ist tot! Ihr habt ihn umgebracht!«

Die Menge ist auf einmal ganz still. Es dauert keine fünf Minuten, dann ist der Platz vor der Fabrik menschenleer.

Boris kommt herein.

»Du musst verschwinden Florence. Maurice hat mir erzählt, dass du keine Papiere hast, und die Polizei wird gleich hier sein. Nimm das restliche Geld, was hier noch herumliegt. Du kannst auch das Geld haben, das ich mir von Maurice geliehen habe.«

»Nein, Boris, behalte dein Geld. Du brauchst es genauso dringend. Aber es ist wirklich lieb von dir. Du bist ein richtiger Freund. Wenn du etwas tun willst, dann hilf mir beim Zusammensuchen meiner Sachen. Ich habe in einer Ecke der Küche einen Rucksack liegen sehen. Der gehörte wohl Maurice.«

Schweigend stopfen wir meine Sachen in den Rucksack. Dann verabschiede ich mich von Boris mit einer langanhaltenden Umarmung. Er murmelt noch: »Schrecklich, dass es so enden musste, ich hätte dich gern näher kennengelernt«. Kurz darauf bin ich aus seinem Blickfeld verschwunden.

3

»Hatten Sie die Absicht, den Maler zu töten? Sie hatten ein Gewehr dabei.«

»Nein. Nicht wirklich. Ich wollte ihm nur einen Schrecken einjagen. Er hat mein Kind zuerst nackt gemalt und dann missbraucht. Es war erst zwölf.«

»Vierzehn.«

»Wie? Was? Vierzehn?«

»Ihre Tochter war vierzehn. Nicht zwölf.«

»Woher wollen Sie das wissen?«

»Wir haben alle Bilder beschlagnahmt. Da steht das Datum drauf. Und der Missbrauch ist auch nicht erwiesen.«

»Nun gut. Vierzehn. Macht das einen Unterschied?«

»Nicht wirklich. Aber es wirft ein schlechtes Licht auf Ihre Glaubwürdigkeit.«

»Was ist mit dem Mädchen? Die Nutte?»

Was soll mit ihr sein? Sie ist verschwunden. Und wieso Nutte? Haben Sie gesehen, wie sie sich jemandem gegen Geld angeboten hat?«

»Nein, das nicht. Aber wollen Sie nicht nach ihr fahnden?«

»Warum sollten wir? Und sie ist keine Nutte, solange wir nicht eindeutige Beweise haben, dass sie auf den Strich geht. Sie sollten daher mit solchen Äußerungen vorsichtig sein. Bis jetzt betrachten wir sie als Muse des getöteten Malers. Und warum sollten wir einen großen Aufwand mit einer Fahndung treiben. Sie wird nur als Zeugin gesucht. Wir haben jedoch noch andere. Und überhaupt: Wir haben nicht einmal ein Bild von ihr.

Unser guter Herr Pfarrer hat ganze Arbeit geleistet. Er hat es nicht nur zerschnitten, sondern anschließend auch noch verbrannt.«

»Der Apotheker müsste ein Portrait von ihr haben. Eine Kohlezeichnung.«

»Sie haben wohl auf alles eine Antwort. Ich habe langsam genug von Ihren Belehrungen und weise Sie darauf hin, dass Sie unter dem Verdacht der Beihilfe zum Totschlag stehen. Sie können jetzt gehen, aber halten Sie sich zur Verfügung. Sie dürfen die Gegend nicht verlassen.

Sergeant! Rufen Sie den nächsten Zeugen herein!«

***

Ich sitze in einem Bus Richtung Osten. Er muss demnächst die Grenze nach Deutschland passieren. Beim Einsteigen vor ein paar Stunden habe ich die gierigen Blicke des älteren Herrn hinter mir auf meinem Hinterteil so intensiv gespürt, als würde er mich berühren. Im Bus hat er sich dann an mir vorbeigedrängelt, sich am Ende des Ganges neben zwei noch freie Plätze gestellt und mit seiner linken Hand auf den Platz am Fenster gedeutet.

»Ich überlasse Ihnen gern den Fensterplatz. Setzen Sie sich doch.«

Ich habe ihn ignoriert und mich demonstrativ in der Reihe dahinter neben eine dunkel gekleidete junge Frau mit zwei kleinen Kindern gesetzt. Er hat noch mehrmals versucht, mit mir ins Gespräch zu kommen, aber irgendwann aufgegeben, da er keine Antwort bekam.

Gestern habe ich mein Fahndungsfoto in einer Zeitung gesehen. Man sucht nach mir als Zeugin im Zusammenhang mit einem Tötungsdelikt. Es war ein Foto der Kohlezeichnung, die Maurice von mir gefertigt hatte. Ich ahnte, dass es um seinen Tod ging. Daher habe ich beschlossen, Frankreich zu verlassen, mir ein Kopftuch umgebunden und es tief ins Gesicht gezogen.

Die junge Frau neben mir trägt ebenfalls ein Kopftuch, das aber ihr hübsches Gesicht freilässt. Sie sieht kaum auf, doch wenn sich zufällig unsere Blicke kreuzen, erkenne ich Angst in ihren Augen. Zwei Kinder, etwa sechs und acht Jahre alt, hält sie fest in ihren Armen. Sie spricht leise mit ihnen. Ich kann sie verstehen, obwohl sie kein Französisch spricht. Irgendwann spreche ich sie an. Sie erschrickt, dann blickt sie mich erstaunt an.

»Sie sprechen meine Sprache? Kommen Sie auch aus Afrika?«

»Nein, ich bin Französin. Aber Sie kommen, ihrer Aussprache nach, aus Libyen. Habe ich recht?«

»Ja, wir kommen aus einem Dorf in der Nähe von Adschdabiya.«

»Darf ich nach Ihrem Namen fragen und wie Sie hierhergekommen sind?«

Ich sehe, wie sich ihre Augen mit Tränen füllen und füge daher schnell hinzu: »Oder sollte ich das nicht fragen?«

»Doch! Ich bin ja froh, wenn ich endlich mit jemandem reden kann, der meine Sprache spricht.«

Was sie mir dann stockend und immer wieder durch stille Phasen unterbrochen erzählt, ist so schrecklich, dass mein Verstand sich fast weigert, es aufzunehmen.

Sie heißt Ayasha, so sagt sie, und wurde mit ihren drei Kindern von Milizen des Islamischen Staates nach einem Überfall auf ihr Dorf verschleppt. Ihr Mann, ihre Brüder und Eltern fielen dem Massaker zum Opfer, ebenso fast alle Männer des Dorfes und die alten Frauen. Sie und ihre zwölfjährige Tochter wurden dann jeden Abend mehrfach vergewaltigt. Die beiden Kleinen ließ man in Ruhe. Eines Morgens haben sie den leblosen Körper ihrer Tochter aus dem Zelt geworfen. Sie war tot. Sie hat die andauernden Vergewaltigungen nicht überlebt.

Ayasha schaut mich mit einem Blick an, den ich kaum ertragen kann, Schmerz und Trauer füllen die Augen. Ich muss wegschauen, nach draußen. Vor den Fenstern des Busses gleitet eine vom weichen Licht der Nachmittagssonne beleuchtete Spätsommerlandschaft vorbei. Einige Bäume zeigen die ersten Farben des Herbstes und hinter sanften Hügeln blitzen gelegentlich die roten Tupfer der Dächer verstreut liegender Weiler auf. Es sieht so friedlich aus. Und hier drinnen?

Nachdem wir eine Zeitlang stumm nebeneinandergesessen haben, traue ich mich und frage nach.

»Wie sind Sie entkommen?«

»Irgendwann überfielen sie ein weiteres Dorf. Die Männer hatten das Lager verlassen. Der zurückgebliebene Wächter war eingeschlafen. Ich nahm meine Kleinen und rannte los. Wir liefen stundenlang durch die Wüste, bis wir erschöpft zusammenbrachen. Ich hatte nur eine Wasserflasche mitnehmen können. Daraus haben die Kinder getrunken. Sie war viel zu schnell leer. Dann wurde ich bewusstlos.

Als ich zu mir kam, flößte mir jemand Wasser ein. Danach war ich wieder weg. Als ich dann erneut aufwachte, lag ich festgebunden auf einem Kamel. Die Kinder ritten neben mir auf einem zweiten. Eine Karawane hatte uns aufgelesen. Nomadisierende Berber. Sie haben uns gerettet.«

Ayasha hält erneut inne. Ihre Kinder sind auf dem Sitz neben ihr, einander festhaltend, eingeschlafen. Sie bedenkt sie mit zärtlichen Blicken.

»Und dann?«, frage ich vorsichtig nach. »Wie ging es weiter?«

»Später habe ich mich mit den Kindern zur Küste durchgeschlagen und wir bekamen Plätze in einem Schlauchboot nach Kreta. Weil ich kein Geld hatte, habe ich die Überfahrt anders bezahlt. Ich habe es für meine Kleinen getan. Ich wollte sie nicht auch noch verlieren. Hauptsache weg aus Afrika.

Vor Kreta hat uns das griechische Militär aufgegriffen. Dann etliche Wochen in verschiedenen Lagern, aus denen wir aber immer wieder flüchteten. Schließlich sind wir nach Italien gelangt. Dort gab man uns Papiere, die den Übergang nach Frankreich erlaubten, und nun sind wir auf dem Weg nach Deutschland.«

Ich bin entsetzt und ahne, dass der restliche Weg hierher auch nicht einfach war.

Ich kann nicht anders, ich muss sie spontan in den Arm nehmen und sie lässt es zu. Leise sage ich zu ihr:

»Auch ich habe erleben müssen, wie man einen Menschen, den ich sehr gern gehabt habe, vor meinen Augen umgebracht hat. Aber was Sie durchgemacht haben, übersteigt alles, was ich mir hätte vorstellen können.«

Schweigend sitzen wir nebeneinander und schauen gelegentlich nach draußen.

Die Landschaft hat sich verändert. Die Hügel und vereinzelten Weiler sind abgelöst worden von Häuserzeilen. Wir durchqueren einen größeren Ort. Kurz darauf flattern Stahlseile an den Fenstern vorbei. Dahinter glitzert das Wasser eines breiten Flusses.

Die Stimme des Busfahrers lässt uns zusammenzucken. Sie dröhnt über das Mikrofon. Er teilt uns mit, dass wir die deutsche Grenze passiert haben. Unmittelbar darauf wird unser Fahrzeug von Uniformierten gestoppt. Es sind deutsche Polizisten oder Grenzbeamte.

»Die Ausweise bitte!« Zwei Beamte haben den Bus betreten, während weitere vier mit Maschinengewehren im Anschlag vor dem Bus Aufstellung genommen haben. Ein junger Mann in der Reihe vor uns empört sich.

»Wie kommen Sie dazu, die Ausweise zu verlangen? Wir befinden uns hier an einer innereuropäischen Grenze. Die Kontrollen sind abgeschafft. Innerhalb Europas herrscht Freizügigkeit.«

Ein Beamter wendet sich ihm zu.

»Junger Mann. Die Freizügigkeit gilt weiterhin. Wenn Sie einen europäischen Ausweis vorzeigen, können Sie weiterreisen. Wir haben jedoch Anweisungen, alle Einreisenden zu überprüfen, insbesondere auf Flüchtlinge aus Krisengebieten und andere illegale Einwanderer. Also setzen Sie sich wieder hin und halten Sie Ihren Ausweis bereit.«

Ich habe das Gespräch verfolgt, denn ich verstehe nicht nur Französisch und Arabisch, sondern offenbar auch Deutsch.

Die beiden Beamten überprüfen Reihe für Reihe und nähern sich uns. Ayasha hält ihre Kinder umklammert und schaut mich angstvoll an. Ich erkläre ihr, was los ist. Dann sind die Polizisten bei uns. Sie reicht ihnen die Transitpapiere, die sie in Italien bekommen hat. Der Mann mustert sie, während er in den Unterlagen blättert.

»Ich sehe da, Sie sind über Griechenland in die Europäische Union eingereist. Wir müssen Sie mitnehmen. Sie haben in Deutschland kein Bleiberecht. Wir werden Sie nach Griechenland zurückschicken.«

Ich mische mich ein – auf Deutsch!

»Sie kann Sie nicht verstehen. Sie spricht kein Deutsch. Wenn Sie sich einen Moment gedulden, übersetze ich.«

Der Polizist oder Grenzbeamte dreht sich mir zu.

»Und wer sind Sie?«

Eine Stimme poltert dazwischen. Sie gehört dem Mann, der die ganze Zeit versucht hat, mit mir ins Gespräch zu kommen und nun auf diese merkwürdige Weise Aufmerksamkeit erregen will.

»Die ist auch so eine! So 'ne Islamistin aus Afrika oder Afghanistan. Ich hab gehört, wie sie sich unterhalten haben. Das hörte sich nach persisch oder afghanisch an. Jedenfalls so, wie die alle so reden.«

Der junge Mann von der anderen Seite der Reihe vor uns hat das Gespräch verfolgt und blafft den Mann an.

»Halten Sie die Klappe! Sie haben doch gar keine Ahnung. Afghanisch gibt es nicht, in Afghanistan und dem Iran spricht man Farsi. Außerdem haben die beiden Frauen sich auf Arabisch unterhalten.«

Ich habe inzwischen Ayasha die Worte des Polizisten übersetzt. Sie gerät in Panik.

»Nein! Nicht nach Griechenland zurück! Die Kinder werden das Lager nicht überleben. Eher bringe ich uns alle um.«

Ich versuche, sie zu beruhigen, und der Polizist hat inzwischen eine Entscheidung getroffen.

»Da Sie sich beide nicht korrekt ausweisen können, kommen Sie alle mit. Sie dürfen nicht weiterfahren.«

Die Polizisten eskortieren Ayasha, die Kinder und mich nach draußen. Als wir an dem jungen Mann vorbeikommen, steht er auf und sagt: »Ich komme mit.«

Der Polizist stoppt ihn.

»Gegen Sie liegt nichts vor. Was wollen Sie?«

»Ich will wissen, was mit den Vieren geschieht. Ich bin Arzt und komme gerade aus Nordafrika. Hier ist mein Ausweis. Ich heiße Lucas Meurville und gehöre der Organisation ›Ärzte ohne Grenzen‹ an. Betrachten Sie mich als Arzt der Frau mit den Kindern. Denn alle drei bedürfen offensichtlich ärztlicher Hilfe.«

Der Polizist zuckt die Schultern.

»Meinetwegen. Begleiten Sie uns.«

Auf der Fahrt im Mannschaftswagen betrachte ich den jungen Arzt genauer. Ich schätze ihn auf Ende zwanzig. Er hat seine langen Beine übereinandergeschlagen, seine gepflegten Hände ruhen auf seinem Schoß. Die dunklen kurzgeschnittenen Haare stehen etwas wirr in alle Richtungen ab, so als hätte er sich gerade die Haare gerauft. Der Blick aus seinen blauen Augen ruht auf meinem Gesicht. Ich spreche ihn an. Auf Französisch.

»Sie heißen Lucas Meurville? Dann sind Sie Franzose?«

Er antwortet ebenfalls auf Französisch.

»Ja, ich komme gerade aus der Champagne und zwar aus einem kleinen Dorf in der Nähe von Troyes. Meine Eltern leben dort und ich habe sie gerade besucht. Aber Sie können mich gern duzen.

– Und du? Wie heißt du? Du sprichst akzentfrei Französisch und Deutsch. Ich vermute mal, du bist aus dem Elsass.«

»Ich weiß nicht, woher ich komme, und ich heiße Florence. Ich denke daher, dass ich Französin bin.«

»Und weiter?«

»Was weiter?«

»Wie heißt du weiter? Mit Nachnamen?«

»Das weiß ich nicht. Ich habe keine Erinnerungen an alles, was mehr als vier Wochen zurückliegt. Ich habe auch keine Papiere.«

»Oha! Da solltest du dir aber eine plausible Geschichte ausdenken, wenn sie dich später verhören werden.«

Dann sitzen wir zu dritt einem Beamten gegenüber. Man hat mich als Dolmetscherin akzeptiert. Die Kinder werden von einer jungen Polizistin betreut. In einem unbeobachteten Moment flüstert Lucas mir auf Französisch zu:

»Er scheint ein höheres Tier zu sein. Das ist schon mal gut. Wir werden ernst genommen.«

Ich schaue Lucas verständnislos an. Wieso höheres Tier? Der Polizeibeamte ist doch ein Mensch. Ist höheres Tier ein anderer Ausdruck für Mensch oder Polizist? Ich vermute: ja. Muss es dann aber nicht ›höher entwickeltes Tier‹ heißen? Ich sollte mir den Ausdruck merken.

Bevor das höhere Tier anfängt, Fragen zu stellen, lege ich los.

»Sie können die Frau nicht zurückschicken. Wissen Sie was sie durchgemacht hat?«

Dann erzähle ich die Geschichte vom Ayashas Martyrium. Als ich geendet habe, schaut mich das höhere Beamtentier zweifelnd an.

»Woher weiß ich, dass Sie mir nicht Märchen erzählen? Sie können das alles erfunden haben, um die Abschiebung nach Griechenland zu verhindern.«

Lucas springt mir bei.

»Es ist alles wahr. Ich habe im Bus Teile des Gesprächs der beiden mitbekommen. Ich verstehe ein bisschen Arabisch. Was die Frau und wie sie es erzählt hat, ist wahr. Hinzu kommt, dass ich ebenfalls von diesem Massaker gehört habe.«

Das höhere Tier insistiert jedoch.

»Das mag ja alles sein. Aber wir haben die strikte Anweisung, Flüchtlinge in das Land zurückzuschicken, in dem sie zuerst europäischen Boden betreten haben. Und das ist nun mal Griechenland. Eine Anweisung vom Innenministerium.«

Auch Lucas lässt nicht locker.

»Wissen Sie eigentlich, welche Zustände in den Lagern in Griechenland herrschen? Die Menschen leben im Dreck, fast alle Kinder sind krank, etliche sterben und es gibt kaum medizinische Versorgung. Griechenland hat keine Mittel, um menschenwürdige Unterkünfte bereitzustellen.«

Der Polizist wird ungeduldig.

»Doktor Meurville! Ich habe großen Respekt vor Ihnen und vor der Arbeit Ihrer Organisation. Nur deswegen höre ich Ihnen noch zu. Aber treiben Sie es nicht zu weit. Und was die Zustände in griechischen Lagern angeht, so ist das ein Problem der Griechen und nicht unseres.«

»Tut mir leid, dass ich Ihnen widersprechen muss. Es ist auch Ihr Problem. Griechenland ist Teil der Europäischen Union und die Griechen sind Bürger der EU. Die dortigen früheren Regierungen haben das Land heruntergewirtschaftet. Das ist richtig. Aber es sind die einfachen Leute, die darunter leiden, dass die EU Griechenland abstraft. Die meisten Menschen dort können nichts für die schlechte wirtschaftliche Lage, am allerwenigsten aber die Flüchtlinge aus Afrika und dem Nahen und Mittleren Osten.«

Lucas ist auf seinem Stuhl ganz nach vorn gerutscht und beugt den Oberkörper über die Schreibtischkante.

»Ich weiß, dass ich ihre Geduld auf eine harte Probe stelle, aber ich bitte Sie, mir noch einmal zuzuhören. Denn ich glaube, das könnte Ihre Einstellung zu der Frau und ihren Kindern grundlegend ändern.«

Der Kommissar sitzt mit verschränkten Armen zurückgelehnt auf seinem Sessel. Er atmet tief durch. Dann beugt er seinen Oberkörper nach vorn und legt beide Hände vor sich auf den Schreibtisch.

»Doktor Meurville, ich höre.«

»Ich danke Ihnen, Herr Kommissar. Ich weiß Ihre Geduld zu schätzen. Sagt Ihnen vielleicht der Name Nadia Murad etwas?«

»Nein. Habe ich noch nie gehört. Wer soll das sein und was hat der Name mit uns hier zu tun?«

»Das will ich Ihnen gern sagen! Nadia Murad ist Jesidin. Sie wurde im August 2016 nach einer bewegenden Rede vor der Vollversammlung vom UN-Generalsekretär persönlich zur UN-Sonderbotschafterin für die Würde der Opfer von Menschenhandel ernannt und erhielt im Oktober darauf in Straßburg den Vaclav-Havel-Preis des Europarats. Was sie erlebt hat, ist mit dem Martyrium unserer Libyerin durchaus vergleichbar. Sie wurde als neunzehnjähriges Mädchen von den Milizen des IS verschleppt, wurde Opfer von Gruppenvergewaltigungen und als Sexsklavin missbraucht. Ihr Vater und fast alle ihre Brüder wurden von den Terroristen erschossen. Heute ist sie vierundzwanzig.

Nadia Murad lebt jetzt bei Ihnen in Deutschland. Daher denke ich, Sie können die Frau mit ihren Kindern nicht zurückschicken.«

Mit verhaltener Stimme fährt er fort.

»Und jetzt möchte ich Ihnen noch etwas erzählen, bitte Sie aber eindringlich, das nicht in Ihr Protokoll aufzunehmen, denn es könnte passieren, dass Ihnen dann in allernächster Zeit ein Unfall zustößt und das Protokoll nicht mehr auffindbar sein wird.

Sie wissen, ich komme ebenfalls aus Nordafrika und habe dort einen Kollegen gesprochen, der einige Tage nach dem Massaker in dem genannten Dorf war. Er erzählte mir, dass nur einen Tag später Amerikaner im Dorf waren. Sie gingen wie selbstverständlich davon aus, dass die Überlebenden – es gab ein paar wenige – Sympathisanten des IS oder der dortigen Sektion von al-Qaida wären und haben dann alle noch lebenden Dorfbewohner erschossen. Vor ihrem Abzug haben sie aus den Leichen die Kugeln entfernt, damit man die Herkunft nicht nachweisen konnte. Mein Kollege weiß es von dem einzigen Dorfbewohner, dem es zu fliehen gelang. Er verpflichtete aber meinen Informanten, das nicht öffentlich zu machen, da er um sein Leben fürchtete, wenn die Amerikaner erführen, dass es einen Zeugen des zweiten Massakers gab. Also, es ergibt auch für Sie Sinn, das für sich zu behalten.«

Der Kommissar schaut eine Zeitlang stumm auf den jungen Arzt. In ihm arbeitet es. Er weiß nicht, ob er Lucas zurechtweisen und damit die Diskussion beenden oder sich mit dessen Argumenten auseinandersetzen soll. Dann hat er sich offenbar entschieden. Er richtet sich in seinem Sessel auf und, den Rücken gestrafft, schaut er zuerst mich, dann Lucas an.

»Nun gut. Ich werde meine Vorgesetzten informieren. Und ich denke, die werden sich Ihren Argumenten nicht verschließen können. Ich lehne mich jetzt zwar ein bisschen weit aus dem Fenster, aber ich werde mich dafür einsetzen und bin ziemlich sicher: Ihre Schützlinge werden in Deutschland Asyl bekommen.«

Ayasha hat die ganze Zeit still neben mir gesessen und ist der Unterhaltung mit furchtsamen Blicken gefolgt. Als ich ihr nun die letzten Worte des Kommissars übersetze, strahlen zum ersten Mal ihre Augen. Sie steht auf und drückt mich an sich. Sie umarmt sogar Lucas, denn, obwohl sie nichts verstanden hat, hat sie seiner Mimik und Gestik entnehmen können, wie eindringlich er auf den Polizisten eingeredet hat. Sie wird zu ihren Kindern gebracht und der Kommissar wendet sich nun mir zu.

»Was ist mit Ihnen? Sie besitzen keine Papiere. Sie sprechen akzentfrei Deutsch sowie Arabisch und offensichtlich auch Französisch. Ich nehme einmal an, dass Sie nicht aus Afrika, dem Nahen oder Mittleren Osten kommen? Außerdem bedürfen Sie offenbar nicht der Hilfe des jungen Arztes hier. Sie sehen nämlich kerngesund aus, oder irre ich mich da?«

Ich werfe Lucas einen hilflosen Blick zu. Er schaut freundlich zurück, aber zuckt mit den Schultern. Ich muss mir jetzt für die Deutschen eine plausible Geschichte ausdenken.

4

»Und Paulette, hast du die Ergebnisse?«

»Ja. Und mein lieber Jean-Pierre, sie sind sehr aufschlussreich. Die verkohlten Äste in 16 Metern Höhe sind mit einem enorm heißen Gegenstand in Berührung gekommen. Ebenso die Äste im unteren Bereich, nur dass der Gegenstand hier kaum noch heiß war. Er muss sich also auf wenigen Metern von knapp tausend auf unter einhundert Grad abgekühlt haben.«

»Aber das ist physikalisch unmöglich.«

»Ich weiß. Und noch etwas ist physikalisch nicht möglich. Der Gegenstand war so heiß, weil er mit hoher Geschwindigkeit in die Erdatmosphäre eintrat. Die unglaublich schnelle Abkühlung muss mit einer ebenso schnellen Geschwindigkeitsreduzierung einhergegangen sein, denn es gibt keine Aufschlagstelle.«

»Das ist doch alles sehr unwahrscheinlich, Paulette. Wenn da wirklich etwas heruntergekommen ist, wo ist es dann geblieben? Das wäre dann die dritte physikalische Unmöglichkeit.«

»Warte, Jean-Pierre. Die Analyse der Bodenproben hat etwas Interessantes ergeben. Unsere Chemiker haben einen erhöhten Anteil an Kohlenstoff und einigen sehr seltenen Metallen und Mineralien gefunden. Es sind zwar verschwindend geringe Mengen, aber die sind auch in dieser geringen Dosierung normalerweise in einem Waldboden nicht zu finden.«

»Und was bedeutet das oder was schließt du daraus?«

»Es ist noch zu früh, nachvollziehbare Schlüsse zu ziehen. Es gibt zu viele Ungereimtheiten. Wir sollten uns die Aufnahmen von 2017SEYTRES0812 noch einmal genau ansehen. Insbe-

sondere den Teil, als er in die Erdatmosphäre eintrat und ver-
glühte.«

»Okay, Paulette. Du lässt wirklich nicht locker.«

***

»Na, dann erzählen Sie mal, wieso Sie ohne Papiere und in Begleitung einer Frau mit zwei Kindern aus Libyen in einem Bus von Frankreich nach Deutschland unterwegs sind.«

Er dreht sich Lucas zu.

»Sie können jetzt gehen. Ich denke, ihre Schützlinge brauchen Sie vorerst nicht mehr.«

»Ich würde trotzdem gern bleiben, wenn Sie erlauben. Ich fühle mich der jungen Dame gegenüber irgendwie verantwortlich. Ich würde auch gern wissen, was mit ihr geschieht. Vielleicht kann ich helfen, wenn es Probleme geben sollte.«

»Wenn Sie sich hier als Kavalier aufspielen wollen, meinetwegen. Ich kann Sie sogar verstehen, so wie die junge Dame aussieht.«

Dann wendet er sich mir zu.

»Also, junge Frau, dann schießen Sie mal los!«

Was heißt das denn nun wieder? Ich soll losschießen? Ich habe keine Waffe. Die trägt er und ich bezweifle, dass er sie mir geben wird.

Das höhere Tier wird ungeduldig.

»Beantworten Sie bitte meine Frage!«

Aha. Das will er also. Ich erzähle eine Geschichte, zwar nicht wahrheitsgemäß, aber ich versuche dabei so nahe wie möglich bei dem zu bleiben, was wirklich passiert ist und von dem ich weiß.

»Mein Name ist Florence, meinen Nachnamen weiß ich nicht. Ich habe eine teilweise Amnesie. Vor ein paar Wochen wachte ich aus einer Bewusstlosigkeit auf. Ich lag auf einem Feld auf dem Boden, weit weg von jeder Ansiedlung und hatte eine Beule am Kopf. Ich muss etwas auf den Kopf bekommen haben. Vermutlich wurde ich überfallen, denn mir fehlten mein Geld und meine Papiere. Außerdem war ich nahezu unbekleidet. An alles, was vorher passierte, habe ich keine Erinnerung. Ich rannte dann orientierungslos herum, bis ich auf Menschen traf, die mir halfen. Sie brachten mich zur Polizei in einen kleinen Ort, dessen Namen ich vergessen habe. Ich konnte denen nicht viel sagen. Ich habe mich geschämt, denn möglicherweise wurde ich auch vergewaltigt. Man versuchte, herauszufinden, ob ich irgendwo vermisst wurde, aber offenbar vermisste mich niemand. Man wollte mich dabehalten, bis meine Identität geklärt war, aber ich bekam Panik und rannte davon. Ich habe seitdem öfter solche Panikattacken, die jedes Mal dazu führen, dass ich kopflos davonlaufe.«

Ich schaue den Polizisten unsicher an. Glaubt er mir die Geschichte, ohne dass ich geschossen habe?

Er hakt nach.

»Wie sind Sie in den Bus nach Deutschland gekommen? Was wollen Sie in Deutschland und wohin wollen Sie?«

»Ich bin in einem größeren Ort in Frankreich deutschen Touristen begegnet. Ich habe mit ihnen gesprochen und dabei gemerkt, dass ich sie nicht nur verstehen konnte, sondern auch perfekt deutsch sprach. Daher bin ich zu dem Schluss gekommen, dass ich möglicherweise Deutsche bin, trotz des französischen Vornamens. Außerdem bin ich nicht einmal sicher, ob es mein wirklicher Vorname ist.«

»Nun gut. Wir werden Sie erkennungsdienstlich behandeln. Möglicherweise können wir ihre Identität feststellen. Wenn Sie Deutsche sind, wird das kein Problem sein, sollten Sie allerdings Französin sein oder einer anderen Nationalität angehören, wird es schwieriger.«

Und zu Lucas gewandt.

»Sie dürfen sich jetzt verabschieden.«

Lucas schaut mich unsicher an.

»Ich würde dich gern wiedersehen. Hier ist meine Karte mit meiner Handynummer. Ich bin nur noch heute hier in der Grenzstadt. Morgen muss ich weiter zu einem Kongress in Hamburg, auf dem ich von unserer Arbeit und der Situation in Nordafrika und dem Nahen Osten berichten soll.«

Dann ist er weg. Und eines ist mir klar. Ich weiß zwar nicht, warum, aber ich weiß es: Ich muss unbedingt die erkennungsdienstliche Behandlung verhindern.

Eine junge Polizistin holt mich ab und es geht über einen langen Flur in einen anderen Raum. Die Frau schließt die Tür auf und ich bin weg. Die Sekunde, die meine Begleiterin braucht, um die Tür zu öffnen, reicht mir, den langen Flur entlang zu laufen, die Tür

zur Straße aufzureißen und im Verkehrsgewühl unter-
zutauchen. Mein Körper hat wieder auf Speed geschal-
tet. Nachdem ich etwa einen Kilometer zwischen mich
und die Polizeistation gebracht habe, halte ich an und
schaue mich um. Ich befinde mich in einer Fußgän-
gerzone. Ich sollte Kontakt zu Lucas aufnehmen, ich
kenne ja sonst niemanden. Ich habe zwar seine Karte,
aber leider kein Handy, um ihn anzurufen, und ich
weiß nicht, in welchem Hotel er untergekommen ist.

Im Gewühl der Menschen kommt mir ein junger
Mann entgegen, der gerade telefoniert hat und dabei
ist, sein Handy in der Tasche zu verstauen. Ich setze
mein bezauberndstes Lächeln auf und spreche ihn an.

»Entschuldigen Sie, ich habe mein Handy vergessen
und muss dringend telefonieren. Darf ich vielleicht
Ihres benutzen. Ich fasse mich auch kurz.«

Er schaut mich an, reißt die Augen vor Bewunderung auf und stottert.

»Aber natürlich. Sie ... Sie ... kö ... können auch so
lange telefonieren, wie Sie mögen.« Dabei nestelt er in
seiner Hosentasche herum, holt das Gerät mit zittern-
den Fingern heraus und lässt es prompt fallen. Wir
bücken uns gleichzeitig und stoßen fast mit den Köpfen zusammen, während unsere Hände sich berühren.

Beim Aufstehen halte ich das Handy in der Hand
und er hat immer noch meine Hand umfasst. Ich
schaue ihm tief in die Augen, lächle erneut und sage:

»Darf ich?«

Der junge Mann ist völlig durcheinander. Dann erst
merkt er, dass er immer noch meine Hand festhält und
lässt erschreckt los.

»Oh, ja! Natürlich! Telefonieren Sie so viel Sie wollen.«

Ich wähle Lucas' Nummer. Er meldet sich sofort.

»Hier ist Florence. Ich weiß nicht, wo ich hin soll. Kann ich zu dir kommen?«

»Selbstverständlich. Aber wie bist du so schnell rausgekommen? War die Identitätsprüfung erfolgreich?«

»Es gab keine Prüfung. Ich bin vorher abgehauen.«

»Du bist abgehauen? Werden sie dich suchen?«

»Ich glaube, eher nicht. So wichtig bin ich für die nicht. Es liegt ja eigentlich nichts gegen mich vor. Kann ich bei dir unterkommen?«

»Aber ja. Ich bin im ›Hotel Stadt Hamburg‹, Zimmer 214 in der zweiten Etage.«

»Danke. Ich werde hinfinden. Notfalls frage ich mich durch.«

Damit beende ich das Gespräch.

»Komm rein!«

Lucas hat die Tür geöffnet und tritt beiseite. Ich gleite an ihm vorbei und lasse mich erschöpft aufs Sofa fallen. Lucas schaut mich an.

»Und du bist sicher, dass sie nicht nach dir fahnden?«

»Ja. Sie haben meine Geschichte geglaubt.«

»Wieso Geschichte? Stimmt sie denn nicht?«

»Nur zum Teil. Es ist richtig, dass meine Erinnerungen nur ein paar Wochen zurückreichen. Und ich bin auf einem kleinen Hügel zu mir gekommen. Rundherum lagen Wiesen und vereinzelt Bäume und Buschwerk. Aber ich war nicht verletzt und bin definitiv nicht vergewaltigt worden. Auch ist mir nichts gestohlen worden. Aber ich war splitternackt.«

»Du warst nackt? Woher weißt du dann, dass dir deine Kleidung nicht entwendet wurde?«

»Ich fand es ganz normal, nackt zu sein. Bis ich merkte, dass ich fror. Kälte war für mich etwas ganz Neues. Ich habe mir Kleidung besorgt und habe dann Menschen getroffen, die mir weiterhalfen.«

»Hm, das ist wirklich merkwürdig. Und was hast du jetzt geplant?«

»Ich weiß nicht. Nichts. Aber ich habe großen Hunger. Können wir nicht etwas essen gehen?«

Wenig später sitzen wir im Restaurant des Hotels. Lucas hat sich einen Salat bestellt und ich eine große Portion Pommes mit einem riesigen Holzfällersteak. Dazu eine Flasche Rotwein und Wasser. Lucas traut seinen Ohren nicht als ich noch eine zweite Portion bestelle, und schaut dann staunend zu, wie ich auch die restlos verputze. Wahrscheinlich denkt er, dass ich völlig ausgehungert bin. Dabei muss ich nur meine Energiereserven wieder auffüllen, die mein Körper im Speed-Modus verbraucht hat. Aber davon weiß er nichts.

Ich bin gesättigt und schaue Lucas zufrieden an. Er langt mit seiner Hand über den Tisch und ergreift meine. Dabei schaut er mir in die Augen und beginnt zögerlich:

»Du hast gesagt, dass du nicht weißt, wie es weitergehen soll. Ich hätte dir einen Deal anzubieten.«

Er macht eine Pause. Offenbar hat er Probleme, die richtigen Worte zu finden. Ich ermuntere ihn mit einem Lächeln.

»Du bist eine sehr attraktive Frau. Hättest du Lust, mich nach Hamburg und auf den Kongress zu begleiten? Wenn ich mit dir dort erscheine, würde ich erheblich mehr Aufmerksamkeit erhalten, als wenn ich allein käme. Und die könnte ich gut für meine Sache gebrauchen. Ich weiß, es klingt ein bisschen so, als würde ich dich benutzen wollen. Und das ist auch so. Aber es wäre für eine gute Sache. Ich verspreche dir auch, dass ich dir nicht zu nahe treten werde, obwohl ich zugeben muss, dass mir das nicht leicht fällt bei deinem Aussehen. Aber ich darf mich auf keinen Fall in dich verlieben. Das wäre unverantwortlich bei meinem Beruf, meiner fortwährenden Abwesenheit und bei der Gefahr, der ich ständig in den Krisengebieten dieser Welt ausgesetzt bin.«

Ich müsste verrückt sein, wenn ich das Angebot nicht annehmen würde. So hätte ich zumindest für die nächsten Wochen eine Perspektive, denn ich weiß wirklich nicht, wie es mit mir weitergehen soll. Und Lucas ist nicht unattraktiv. Also ergreife ich auch seine zweite Hand und drücke beide.

»Ich nehme dein Angebot gern an, Lucas. Und dass du dich nicht verlieben willst, verstehe ich. Aber ein kleines bisschen ficken? Ist das nicht vielleicht doch drin?«

Lucas schaut mich entgeistert an.

»Also, Florence! Du bist ja direkt!«

»Oh! Hab ich etwas Falsches gesagt? Ach ja, ich weiß, man soll das Wort nicht so oft sagen.«

»Nein du hast nichts Falsches gesagt. Es ist nur selten, dass eine Frau so etwas sagt. Meistens machen das die Männer.«

Er schaut mich lange an.

»Natürlich! Ich würde gern mit dir schlafen. Schließlich bist du die attraktivste Frau, die mir je begegnet ist.«

»Nur schlafen? Ich will aber nicht nur schlafen. – Ach ja! Das ist so eine alberne Umschreibung. Das habe ich inzwischen gelernt. Dann lass uns schlafen.«

Ich ziehe seine beiden Hände zu mir herüber und drücke sie auf meine Brüste.

»Was? Jetzt? Sofort?« Lucas schaut etwas irritiert.

»Ja. Meinetwegen sofort und hier!«

»Florence! Das ist nicht dein Ernst! Nicht hier im Restaurant. Komm, wir gehen nach oben.«

Im Aufzug küssen wir uns innig. Als ich Lucas etwas Luft zum Atmen lasse, japst er:

»Du bist nicht nur das attraktivste, sondern auch das ungewöhnlichste Mädchen, das mir jemals begegnet ist.«

Die Fahrt mit der Bahn nach Hamburg am nächsten Tag verläuft ereignislos. Vorher waren wir einkaufen. Ich brauche Kleider für den Auftritt in Hamburg, denn mein Rucksack mit meinen Klamotten ist auf dem Polizeirevier geblieben. Lucas zahlt alles.

»Verdienst du so gut bei den Ärzten ohne Grenzen?«, frage ich ihn.

»Nein. Ich bekomme nur so viel, wie ich dringend zum Leben brauche und natürlich Spesen. Das meiste zahle ich aus eigener Tasche. Du musst wissen: Meine Eltern sind sehr reich und sie unterstützen meine Arbeit, auch finanziell.«

In Hamburg kommen wir im Grand Elyssée unter. Es liegt in Sichtweite des Kongresszentrums in unmittelbarer Nähe des wunderschönen Jugendstil-Dammtor-Bahnhofs. Lucas bereitet sich auf seine Rede vor, in der er die Situation im Nahen Osten und Norden Afrikas schildert sowie die Arbeit der Ärzte ohne Grenzen. Plötzlich schaut er mich an; ihm ist offenbar eine Idee gekommen.

»Sag mal, Florence. Würdest du dir zutrauen, ebenfalls vor so vielen Menschen zu reden? Dann würde ich dich nämlich bitten, von Ayasha und ihren Kindern zu berichten. Die UN-Botschafterin für die Würde der Opfer von Menschenhandel, Nadia Murad, wird auch anwesend sein und es würde ihren Bericht noch unterstreichen.«

»Ich glaube schon, dass ich mir das zutraue.«

»Es wäre natürlich besonders gut, wenn du deinen Bericht auf Englisch halten würdest, das würde authentischer wirken, da fast alle Teilnehmer Englisch sprechen oder zumindest verstehen. Sprichst du neben Arabisch, Französisch und Deutsch vielleicht auch Englisch?«

»Natürlich. Ich habe inzwischen festgestellt, dass ich fast alle Sprachen dieser Erde beherrsche.«

»Wow! Wirklich alle? Damit wärst du prädestiniert, als Dolmetscherin zu arbeiten. Bei solchen Kongressen werden die dringend gesucht. Es ist zu schade, dass du keine Papiere hast.«

»Naja«, sage ich mit einem leichten Schmunzeln. »Es gibt ein paar Sprachen, die ich nur rudimentär beherrsche. Dazu gehört zum Beispiel Rätoromanisch. Das wird nur in einem winzigen Teil der Schweiz und Norditalien gesprochen.«

Lucas lacht.

»Also, diese Sprache wird auf dem Kongress wohl kaum einer verlangen. Englisch reicht. Damit erreichst du etwa achtzig Prozent der Teilnehmer. Der Rest bekommt es dann übersetzt. Ich werde dich nach meinem Bericht auf die Bühne bitten und als meine Mitarbeiterin vorstellen. Ich denke, das wird auch die letzten Zweifler an den Erlebnissen der UN-Sonderbotschafterin überzeugen.«

Der Kongress ist in vollem Gange. Lucas ist als einer der letzten Redner dran. Als er mit seiner Rede fertig ist und mich ankündigt, geht ein Raunen durch die Menge, denn ich war eigentlich nicht vorgesehen. Ich trage ein schlichtes, hochgeschlossenes Kleid, das allerdings die Figur stark betont. Besonders der männliche Teil der Anwesenden betrachtet mich mit Wohlwollen, als ich die Bühne betrete.

Dann erzähle ich. Schon nach kurzer Zeit ist es mucksmäuschenstill im Saal. Man könnte eine Stecknadel zu Boden fallen hören. Einige der Anwesenden wischen sich verstohlen Tränen aus den Augenwinkeln. Ich habe meinen Vortrag beendet und es ist noch völlig still im Raum. Als ich dann die Bühne verlasse, steht eine junge Frau von ihrem Platz in der vordersten Reihe auf, kommt auf mich zu und umarmt mich. Es ist Nadia Murat. Jetzt erst klatschen die Anwesenden.

Lucas übernimmt wieder und beendet seinen Vortrag.

»Die Situation in den Krisengebieten dieser Welt ist überall schrecklich. Das, was wir Ärzte und die anderen hier vorgestellten Organisationen dort leisten, ist nur ein Tropfen auf den heißen Stein. Aber jeder Einzelne, dem wir ein bisschen helfen können, ist es wert. Denn es sind Menschen wie Sie und ich. Sie sollten auch wissen: Wenn man von dort unten zum Beispiel zurück nach Mitteleuropa kommt, dann hat man das Gefühl, als lebten die Menschen hier auf einer Insel der Glückseligkeit. Und das ist auch so. Die Sorgen, die uns hier bewegen, werden bedeutungslos, wenn man das Elend dort erlebt. Daher bitte ich Sie alle, nachher bei der Benefiz-Gala fleißig zu spenden. Wir brauchen jeden Euro.«

Er endet mit einer leichten Verbeugung.

Alle Anwesenden haben sich erhoben und applaudieren minutenlang.

5

»Paulette! Ich habe jetzt schon dreimal dieselbe Sequenz abgespielt und wir haben nichts Ungewöhnliches festgestellt. Der Komet tritt in die Erdatmosphäre ein, explodiert in tausend Stücke, die daraufhin verglühen.«

»Jean-Pierre. Kannst du die Aufzeichnung unmittelbar vor der Explosion anhalten und dann als Einzelbilder durchlaufen lassen?«

»Kein Problem. Wir hätten dann eine Zeitabfolge von etwas weniger als einer zweiunddreißigstel Sekunde.«

»Da, Jean-Pierre, halt an. Geh nochmal zurück. Stopp. Siehst du den kleinen hellen Punkt oben rechts am Kometen. Und jetzt das nächste Bild. Der helle Punkt verschmilzt fast mit dem Kometen. Dann gibt es eine kleine Explosion auf der Oberfläche. Da. Der helle Punkt entfernt sich wieder. Der Komet muss mit etwas zusammengestoßen sein. Und jetzt weiter. Wieweit sind wir jetzt zeitlich von der Explosion entfernt?«

»Warte, ich schaue nach. − Die Explosion erfolgt in den nächsten zehn Sekunden.«

»Gut. Lass die Bilder weiterlaufen. Halt. − Zurück. − Da. Siehst du das Teil? Da reißt ein etwa drei Meter langes Stück vom Kometen ab und wird in den Raum geschleudert. Wie weit sind wir jetzt von der Explosion entfernt?«

»Die erfolgt in etwa einer zehntel Sekunde. Aber das kann bereits zur Explosion selbst gehören. Vielleicht war dieses Teil besonders exponiert?«

***

Vor dem großen Festsaal mit der Benefiz-Veranstaltung ist ein roter Teppich ausgerollt. Auf beiden Seiten hat sich ein Spalier von Fotografen aufgebaut. Auf meinen Wunsch drängeln wir uns hinter den Fotografen in das Foyer. Wir passen einen Moment ab, in dem gerade ein prominentes Schauspieler-Ehepaar die Aufmerksamkeit der Presseleute gefangen nimmt. So gelangen wir unbemerkt hinein. Lucas versteht meine Scheu vor den Fotografen zwar nicht, akzeptiert aber mein Verhalten. Ich habe natürlich immer noch das Fahndungsfoto im Hinterkopf, obwohl es lediglich in einem kleinen und nur regionalen Blatt in Frankreichs Provinz erschienen ist.

Drinnen kommen wir uns fehl am Platze vor. Die Begleitdamen und Ehefrauen, die in der Regel nicht am Kongress selbst teilgenommen haben, übertreffen sich gegenseitig mit funkelndem Schmuck und von bekannten Modehäusern designten Kleidern. Ganz besonders tun sich hierbei die Prominenten hervor. Das ist natürlich Lucas' Zielgruppe, denn hier steckt das Geld. Also müssen wir uns an gelegentlichen

Smalltalks beteiligen. Ich trage immer noch das figurbetonte hochgeschlossene Kleid. Während die Männer mich mit bewundernden Blicken taxieren, blicken die Damen in der Regel verächtlich auf mich herab, denn ich trage weder Schmuck noch bin ich geschminkt.

Dann stellt mich Lucas einem seltsamen Pärchen vor. Den vierschrötigen Kopf des Mannes bedeckt schütteres weißes Haar; die oberen Knöpfe seines Hemdes stehen offen und geben den Blick frei auf eine dicke Goldkette. Am linken Handgelenk blitzt eine goldene Cartier-Uhr und auf dem Mittelfinger der rechten Hand prangt ein Siegelring mit einem Diamanten. In seinen Arm hat sich eine junge Frau eingehängt, Mitte zwanzig, vermutlich seine Tochter. Bevor Lucas mich vorstellt, flüstert er mir zu, dass es sich um einen reichen Mann aus der IT- und Finanzbranche handelt.

»Sei ein bisschen nett zu ihm, auch wenn er ein ekliger Typ ist. Er heißt Donald Tromner und ist einer unserer größten Förderer. Seine Spenden bewegen sich oft im mehrstelligen Millionenbereich. Sollte er dir allerdings zu nahe treten, mach deutlich, dass du zu mir gehörst.«

Ich frage nach, denn ich habe Lucas nicht ganz verstanden.

»Wie nahe darf er denn an mich herantreten? Fünfzig, zehn oder vielleicht zwei Zentimeter?«

»Florence, du machst Witze. Ich habe gemeint, du solltest es dir nicht gefallen lassen, wenn er anfängt, deinen Busen oder Po zu begrapschen. So etwas tut er nämlich mit Vorliebe.«

Und tatsächlich. Nachdem Lucas mich vorgestellt hat, verschlingt der Mann mich zuerst mit Blicken und versucht dann, mich wie unbeabsichtigt am Busen und Po zu berühren. Ich schiebe seine Hände jedes Mal energisch fort, bleibe aber freundlich. Irgendwann verliert er das Interesse, weil er merkt, dass er bei mir nicht landen kann, und seine Tochter nimmt mich beiseite.

»Kommen Sie, ich würde mich gern mit Ihnen unterhalten. Sie scheinen eine interessante Person zu sein. Es gefällt mir, dass Sie weder geschminkt sind noch mit Klunkern behangen. Dort drüben ist ein Sofa. Lass uns dort hinsetzen.«

Als wir beide Platz genommen haben, fährt sie fort.

»Wissen Sie, ich beneide Sie. Sie sehen auch ohne Schminke und Schmuck unglaublich gut aus. Um annähernd so auszusehen, brauche ich zu Hause mindestens eine Stunde vor dem Spiegel. Und ich muss gut aussehen, sonst sieht sich Donald nach anderen um.«

»Wieso? Das verstehe ich nicht. Warum darf sich Ihr Vater nicht nach anderen umsehen?«

Die junge Frau mustert mich einen Moment. Sie ist irritiert.

»Sie machen sich über mich lustig, nicht wahr?«

Jetzt bin ich irritiert.

»Aber nein. Wie kommen Sie darauf?«

»Nun, weil er nicht mein Vater ist. Er ist mein Sugar-Daddy.«

»Dann ist er aber doch ihr Vater?«

Wieder schaut sie mich prüfend an.

»Sie wissen wirklich nicht, was ein Sugar-Daddy ist?«

»Nein.«

»Unglaublich! So eine schöne Frau und weiß nicht, was ein Sugar-Daddy ist. Sie müssen aus der tiefsten Provinz kommen. Aber gut. Ich erkläre es Ihnen. Darf ich Sie übrigens duzen? Ich heiße Katja.«

»Aber ja. Ich bin Florence.«

»Also! Mit einem Sugar-Daddy wird ein älterer Mann bezeichnet, der sich eine junge Frau kauft. Er zahlt für sie die Wohnung und einen monatlichen Betrag zum Leben. Donald hat mir eine seiner Eigentumswohnungen überlassen und zahlt monatlich 3.000 Euro. Davon können ich und mein sechsjähriger Sohn gut leben. Es sind übrigens oft alleinerziehende Mütter, die sich einen Sugar-Daddy zulegen. Besonders solche, bei denen sich der Vater abgesetzt hat und keinen Unterhalt zahlt. Wenn mein Sohn zur Schule kommt, möchte ich natürlich halbtags arbeiten. Als Verkäuferin in einer Boutique, wenn Donald es erlaubt.«

»Wenn Donald es erlaubt? Ist das nicht so etwas wie moderne Sklaverei?«

»Das kann man so sehen. Man könnte es auch als Prostitution bezeichnen. Ich sehe das aber anders. Er sorgt für ein bequemes, vom Geld unabhängiges Leben für mich und vor allem für mein Kind, und ich stelle ihm dafür meinen Körper zur Verfügung. Und anders als bei einer Prostituierten habe ich nur einen Freier und muss nicht mit fast jedem ins Bett gehen.

Aber du! Du hast Glück. Du hast als Partner einen jungen gutaussehenden Arzt, der sich auch noch sozial engagiert. Aber bei deinem Aussehen ist das auch kein Wunder. Du könntest jeden haben.«

Ich schüttele den Kopf.

»Das sieht leider nur so aus. Lucas und ich sind nur für eine kurze Zeit zusammen. In ein paar Tagen fliegt er wieder nach Afrika. Wann und ob er zurückkommt, steht in den Sternen.«

»Warum begleitest du ihn nicht?«

»Das geht nicht. Bitte behalte es für dich. Ich habe keine Papiere und könnte nie in ein Flugzeug steigen.«

Katja schaut mich mit erstaunten Augen an.

»Echt? Dann bist du illegal hier? Woher kommst du denn?«

Ich bin es inzwischen leid, immer wieder meine Geschichte von den Erinnerungslücken zu erzählen, also erfinde ich eine. Ich erzähle ihr, dass ich aus Osteuropa komme und mit Aussicht auf das ganz große Geld nach Deutschland gelockt worden sei. Aber ich sei von Anfang an misstrauisch gewesen und abgehauen, gleich nachdem wir über die Grenze waren.

»Aber du sprichst akzentfrei Deutsch?«

»Ja, ich spreche fast alle gängigen Sprachen. Ich bin wahrscheinlich so etwas wie ein Sprachengenie.«

»Aber dann könntest du doch als Fremdsprachenkorrespondentin arbeiten. – Ach ja, geht ja nicht, du hast ja keine Papiere.«

Sie überlegt einen Augenblick, dann sagt sie:

»Sag mal. Ich hätte da eine Idee. Ich mag dich und könnte dir vielleicht helfen. Und ich nehme mal an, dass ein Sugar-Daddy für dich nicht in Frage kommt?«

»Wohl eher nicht, solange es noch andere Möglichkeiten gibt.«

Dann erzählt sie von einem jungen Mann aus ihrem Bekanntenkreis. Der sei Computer-Spezialist und Hacker. Der könne sich in jedes System, sei es noch so gut geschützt, einhacken, auch in die Bundesdruckerei, wo Personalausweise und Reisepässe gedruckt werden.

»Also einen Pass dort mit deinem Lichtbild drucken zu lassen, ist für ihn kein Problem. Dann muss er nur noch in den Personalregistern der Bürgerämter deine Vita einstellen. Geburtsort, Eltern und so weiter. Natürlich kann er nicht auch noch eine Vita deiner Eltern erfinden, aber wer prüft das schon. Es reicht, wenn hinter deinen Papieren eine vorerst nicht real existierende, aber immerhin virtuelle Person steckt.«

Sie wird richtig aufgeregt.

»Weißt du was? Ich kümmere mich darum. Vielleicht kostet es ein wenig, aber das können wir noch besprechen. Hier ist meine Karte. Ruf mich in etwa einer Woche an.«

Begeistert fährt sie fort.

»Glaub mir, ich freue mich richtig darauf. Endlich kann auch ich mal etwas Sinnvolles tun.«

Dann kommt Lucas in Begleitung von Katjas Sugar-Daddy zurück.

Nachdem wir uns von den beiden verabschiedet haben, berichtet er.

»Du hast großen Eindruck auf ihn gemacht. Er hätte dich am liebsten gleich ins Bett gezerrt. Aber ich habe ihm erzählt, dass du meine Verlobte bist, und das hat er dann akzeptiert. Und er hat mir noch angeboten, dass er, falls er etwas für uns tun kann, es gern machen würde. Außerdem ist meiner Organisation wieder eine Spende im zweistelligen Millionenbereich sicher. Schon deswegen hat sich der Abend gelohnt.«

Als wir das Gebäude verlassen, sehen wir uns einer Menschenmenge gegenüber, die sich auf dem Bahnhofsvorplatz versammelt hat. Sie tragen Transparente wie ›Das Boot ist voll‹, ›Keine Islamisierung Deutschlands‹, ›Schützt deutsche Frauen vor Vergewaltigern‹ oder ›Jagt sie zurück in ihre Zelte, bevor sie deutschen Männern die Frauen wegnehmen‹.

Ich verstehe das nicht. Welches Boot soll voll sein? Alle Boote, die über das Mittelmeer kommen, sind voll. Randvoll. So voll, dass sie oft kentern und Tausende ertrinken.

Aber Lucas klärt mich auf.

»Diese Boote sind nicht gemeint. Sie bezeichnen Deutschland als ein Boot. Sie wollen keine Ausländer in Deutschland, vor allem keine Asylanten. Siehst du dort die Gruppe mit den blauroten Schildern mit weißer Schrift? Sie fangen Menschen ein mit Parolen, die einfache Lösungen für einen komplizierten politischen Sachverhalt anbieten. Aber die Lösungen sind keine. Sie sind menschenverachtend, weil sie den Tod von Tausenden von Kriegsflüchtlingen in Kauf nehmen, ja, sogar forcieren. Und dort, die Gruppe mit den schwarzen Bannern. Die wollen sogar, dass alle Ausländer, die nicht freiwillig das Land verlassen, gezwungen werden, ein gelbes Abzeichen mit einem großen A für Ausländer zu tragen, damit man sie sofort als potenzielle Kriminelle und Vergewaltiger erkennen kann.«

Ich bin entsetzt. Das soll das Land sein, das dort, wo die Flüchtenden herkommen, als das freundliche Land angepriesen wird, welches Menschen, die vor Hunger, Not und Krieg flüchten, aufnimmt.

»Ja«, erwidert Lucas, »es hat sich etwas verändert. Es fing damit an, dass viele Menschen sich unzufrieden von den etablierten politischen Parteien abwandten und diese Demagogen wählten. Da bekamen die herrschenden Politiker Panik und ruderten zurück. Sie befürchteten, ihre Macht zu verlieren und nicht mehr gewählt zu werden. Und schon wurde überlegt, wie man zumindest einen Teil der Asylsuchenden wieder loswerden konnte. Die Folgen davon haben wir beide vor kurzem auf der Polizeiwache an der französisch-deutschen Grenze miterlebt, als man Ayasha und ihre Kinder zurückschicken wollte. Das Einknicken der Politiker war natürlich Wasser auf die Mühlen der Demagogen, die dadurch noch mehr Zulauf bekamen.

Und weißt du, was das Verrückteste ist: In Landstrichen, in denen so gut wie keine Ausländer wohnen, ist die Fremdenfeindlichkeit am größten. Die Menschen dort machen für ihre Probleme wie die weit verbreitete Arbeitslosigkeit die kaum vorhandenen Ausländer verantwortlich, die ihnen angeblich die Arbeitsplätze wegnehmen. Eine Partei, die ihnen einen Sündenbock für alles Elend dieser Welt anbietet, findet unter diesen Menschen reichlich Zulauf. Das war in diesem Land vor fast neunzig Jahren schon einmal so.«

Wir müssen durch die Unterführung der Bahngleise, um in unser Hotel zu kommen. Eine Gruppe von Polizisten eskortiert uns und räumt den Weg frei.

»Auf der anderen Seite sind Sie sicher,« wird uns gesagt. »Die Demo findet nur hier auf dem südlichen Bahnhofsvorplatz vor dem Kongress-Zentrum statt.«

Dann fliegen Steine.

6

»Sind Sie Madame Seytres? Paulette Seytres?«

»Ja, die bin ich. Warum fragen Sie?«

»Wir haben hier ein Papier vom Innenministerium. Das ermächtigt uns, alle Unterlagen zu beschlagnahmen, die Sie über den Kometen 2017SEYTRES0812 besitzen. Es wird Ihnen auch untersagt, weitere Forschungen in diese Richtung zu betreiben.«

»Wer sind Sie? Wie kommen Sie dazu mir zu sagen, über was ich zu forschen habe und über was nicht?«

»Ich bin von der Securité Nacionale und diese beiden Herren arbeiten von amerikanischer Seite mit uns zusammen. Hier sind alle notwendigen Unterlagen. Ich möchte Sie dann bitten, Ihren Arbeitsplatz freizugeben.«

»Was heißt das ›von amerikanischer Seite‹? Die Herren sind, so nehme ich an, von der CIA oder NSA, und die Zusammenarbeit besteht darin, dass diese Leute befehlen und Sie die Befehle ausführen?«

»Ich bin nicht befugt, Ihnen darüber Auskunft zu erteilen.«

Die beiden Amerikaner mischen sich ein.

»Wir versichern Ihnen, dass es um Belange von höchster nationaler Sicherheit geht.«

»Wessen nationale Sicherheit? Die Frankreichs oder die der USA?«

»Selbstverständlich die unseres Landes. Aber jede Gefährdung der USA ist gleichzeitig eine Gefährdung der gesamten freien Welt.«

***

Unter Polizeischutz hinter vorgehaltenen Plexiglasschilden kommen wir sicher durch die Unterführung und erreichen nach einem Fußmarsch von fünf Minuten unser Hotel in der Rothenbaumchaussee.

Wir haben kaum das Zimmer erreicht, als wir beide wild übereinander herfallen und nicht genug voneinander bekommen können. Erschöpft liegen wir später nebeneinander auf dem Rücken und Lucas fängt zögerlich an zu reden.

»Es ist schön mit dir. Sehr schön. Aber es hat keine Zukunft. In nur wenigen Tagen muss ich wieder zurück nach Afrika und werde dich allein zurücklassen. Ich mache mir Sorgen. Was wirst du machen? Du hast keine Papiere und weißt nicht, wohin.«

Er hält einen Augenblick inne. Dann fährt er fort.

»Ich habe mir ein paar Gedanken gemacht und hätte eine Lösung anzubieten, eine vorläufige. Es ist nur ein Angebot, das du selbstverständlich ausschlagen kannst. Niemand wäre dir deswegen böse.«

»Nun rück schon raus damit, Lucas, und rede nicht um den heißen Brei herum.«

Lucas zögert noch. Dann legt er los.

»Also! Ich habe meinen Eltern von dir berichtet und ihnen erzählt, dass ich mich verlobt hätte. Sie waren überglücklich, denn ich bin ihr einziges Kind und sie warten schon lange darauf, dass ich eine nette Frau finde, in der Hoffnung, dass ich mein unstetes Leben aufgeben würde. Ich könnte dir ihre Adresse geben und du könntest bei ihnen unterschlüpfen. Ich bin sicher, sie würden dich mit offenen Armen aufnehmen.«

Nachdenklich schaue ich ihn eine Zeitlang an. Mir gehen viele Dinge durch den Kopf. Ich will ihm nicht von Katja erzählen, denn ich weiß nicht, wie ernst sie es gemeint hat und wie verlässlich sie ist. Ich weiß zu wenig von ihr. Wenn sie mir wirklich Papiere verschaffen kann, dann wird es dauern. Lucas ist dann längst fort. Außerdem: Wie verträgt sich sein Vorschlag mit seiner Aussage, dass er sich nicht in mich verlieben will? Nun bin ich auf einmal mit ihm verlobt, jedenfalls seinen Eltern gegenüber. Oder macht er sich nur Sorgen um meine Zukunft? Andererseits: Ich hätte eine Zuflucht, wenn mal wieder etwas schiefläuft.

»Okay, Lucas. Aber ich verspreche dir nicht, dass ich deine Eltern besuchen werde.«

Die folgende Zeit nutzen wir, um uns Hamburg anzuschauen. Der Hafen mit den bis zum Horizont gestapelten Containern ist beeindruckend. Die Schiffe, deren Bordwände neben uns in den Himmel zu wachsen scheinen, werden ohne menschliches Zutun beladen. Wie von Geisterhand geführt bewegen sich Fahrzeuge zwischen den aufgereihten Containern und

Kräne greifen die Behälter, um sie dann im Schiffsbauch oder auf dem Deck zu verstauen.

Bei strahlendem Sonnenschein, was nach Aussagen der Einheimischen um diese Jahreszeit eher selten sein soll, wandern wir später entlang der Elbe von einer Anlegestelle mit dem merkwürdigen Namen ›Teufelsbrück‹ bis nach Blankenese, einem Stadtteil mit vielen kleinen, aber luxuriösen Häusern am steilen Elbhang. Wir klettern dort treppauf, treppab, durch enge Gassen, die nicht von Autos befahren werden können, und machen Rast auf der offenen Terrasse eines Gasthofs oberhalb des Flusses. Wir sitzen unter großen Bäumen und genießen den herrlichen Blick über die Elbe mit den ein- und auslaufenden Schiffen aus aller Welt.

Dann ist es Zeit für den Abschied. Lucas hat einen Flug über Frankfurt nach Marokko gebucht. Das Hotel ist für eine weitere Woche bezahlt. Er hat mir ein Bündel Geldscheine zugesteckt mit der Bemerkung, es komme von seinen Eltern und die hätten eh genug. Ich frage mich allerdings, ob er sich damit zu meinem, allerdings viel zu jungen Sugar-Daddy gemacht hat. Aber egal. Die Nächte, die wir zusammen verbracht haben, waren aufregend und ich habe viel Neues gelernt.

Tags darauf rufe ich Katja an. Sie ist sofort am Telefon.

»Ich habe schon auf deinen Anruf gewartet. Es gibt gute Neuigkeiten.«

Dann sprudelt sie los; ihre Begeisterung ist am Telefon nicht zu überhören.

»Also, es läuft etwas anders. Mein Bekannter loggt sich nicht in die Bundesdruckerei ein. Er kann zwar einen Personalausweis und Reisepass dort nach deinen Vorgaben drucken lassen, aber wir würden nicht ohne einen Einbruch dort an die Papiere herankommen. Er hat eine viel bessere Lösung gefunden. Hör zu!

Er wird deine Daten in dem Bürgeramt beziehungsweise der Einwohner-Dienststelle generieren. Sogar mit Bild. Dazu wird er ein aktuelles Bild, das du ja sowieso brauchst, mit Photoshop so bearbeiten, dass du jünger aussiehst, etwa so wie du mit achtzehn ausgesehen haben könntest. Er wird praktisch dafür sorgen, dass die Bundesrepublik Deutschland eine Einwohnerin mehr hat. Dann beantragst du ganz legal einen Personalausweis und einen Reisepass. Du musst nur eine eidesstattliche Erklärung abgeben, dass du deine Papiere verloren hast. Als Legitimation erstellt er dir einen Ausweis für die Benutzung der öffentlichen Verkehrsmittel in Hamburg. Diese Ausweise haben auch ein Lichtbild. Das wird es der Bediensteten leichter machen, dich in ihrem Computer zu finden. Dann musst du nur noch warten. Es dauert mindestens vier Wochen, dann bekommst du eine Benachrichtigung, dass die Papiere zum Abholen bereitliegen. Als Wohnadresse geben wir meine an. Du kannst nämlich bei mir wohnen, wenn du magst. Ich würde mich jedenfalls freuen.«

»Aber was ist mit Donald?«, wende ich ein, »wird er damit einverstanden sein?«

»Donald wird davon gar nichts mitbekommen. Du musst nur verschwinden, wenn er sich ankündigt. Und sollte er unangekündigt auftauchen, versteckst du dich. Er hat noch nie andere Räume als Wohn-, Schlaf- und Badezimmer betreten und hält sich auch nie länger auf. Meist stürzt er sich sofort auf mich, reißt mir die Kleider vom Leib, wirft mich aufs Bett, und dann dauert es allerdings einige Zeit bis er fertig ist. Er ist ja nicht mehr der Jüngste. Wenn er mich zum Repräsentieren braucht, treffen wir uns immer außerhalb. Es besteht also keine Gefahr. Wir müssen nur darauf achten, dass keine Sachen von dir herumliegen. Ich würde mich wirklich freuen, wenn du zu mir ziehen würdest, denn ich mag dich.«

»Was ist mit dem Geld?«, will ich wissen. »Es kostet doch einiges mir eine neue Identität zu verschaffen.«

»Mach dir darum keine Sorgen. Mein Bekannter ist ein richtiger Nerd. Der macht es aus lauter Spaß an der Freude. Wenn ich ihm dann noch etwas Gutes für sein unterentwickeltes Sexualleben tue, ist er überglücklich. Ich mach es gern, denn er ist jung. Immer nur ein alter Mann ist auch nicht das Gelbe vom Ei.«

Ich frage lieber nicht nach, denn ich habe sie nicht verstanden. Was für ein Ei oder wessen Ei meint sie? Aber das scheint nicht wichtig zu sein. Ich erkläre mich bereit, zu ihr zu ziehen und lerne auch gleich ihren Jungen Louis kennen. Unter einem schwarzen Krauskopf strahlen mich tiefbraune Augen an. Seine dunkelbraune Hautfarbe steht im angenehmen Kontrast zu seinem weißen Hemd unter einer beigen Strickjacke und den hellgrauen Jeans.

»Das ist Florence«, stellt mich Katja vor. »Sie wird eine Zeitlang bei uns wohnen. Ich hoffe, du hast nichts dagegen?«

»Nein, Mama. Sie sieht nett aus. Ich glaube, ich mag sie.«

»Das freut mich, ich mag sie nämlich auch. Aber du darfst Donald nicht von ihr erzählen. Bekommst du das hin?«

»Aber klar, Mama. Den Donald mag ich sowieso nicht besonders.«

Wir bringen alle meine Sachen in einem kleinen Nebenraum der Küche unter, ihrem Bügelzimmer und Abstellraum. Katja fragt mich, wo ich schlafen will. Ich könnte die Wohnzimmercouch nehmen, aber wir müssten das Bettzeug jedes Mal verstecken. Wenn es mir nichts ausmache, meint sie, könne ich aber auch bei ihr im großen Bett nächtigen. Es macht mir natürlich nichts aus.

Nachdem Katja Louis ins Bett gebracht hat, sitzen wir noch bei einem Glas Rotwein zusammen, bevor auch wir zu Bett gehen. Als wir beide unbekleidet im Bad vor dem Spiegel stehen und uns bettfertig machen, kann Katja nicht an sich halten.

»Mein Gott, Florence, hast du einen tollen Körper. Richtig beneidenswert.«

Auch ich betrachte sie.

»Sei nicht so bescheiden, Katja, da kannst du durchaus mithalten.«

Als ich dann im Bett liege, fragt sie mich, ob sie mich streicheln dürfe.

Ich bin etwas verwundert.

»Warum fragst du? Sich zu streicheln, ist doch etwas Schönes. Natürlich darfst du das.«

»Naja. Es gibt Frauen, die mögen nicht, dass andere Frauen sie berühren. Jedenfalls nicht an bestimmten Stellen. Die denken dann, man sei lesbisch.«

Ich weiß was lesbisch bedeutet, und verstehe nicht, warum man da einen Unterschied macht. Es ist doch egal, von wem und auf welche Art man sich körperliche Lust bereitet. Man muss den- oder diejenige nur mögen. Also ziehe ich Katja an mich und wir streicheln und liebkosen uns, bis wir zum Höhepunkt kommen.

Die nächsten Tage verbringen wir damit, Fotos machen zu lassen. Ich muss mir einen Namen ausdenken. Katja meint, es wäre besser, nicht meinen zu verwenden. Er dürfe aber durchaus französisch oder englisch sein, denn mein Geburtsort wird im Ausland liegen. Das erschwert eventuelle Nachforschungen. Bei der Gelegenheit erfahre ich, dass Katja sechsundzwanzig ist, sie hat also Louis mit zwanzig bekommen. Sie sieht jünger aus. Mein Alter gebe ich mit zweiundzwanzig an. Das kommt wohl auch hin, denke ich. Ich heiße von nun an Sophie Miller und meine Eltern kommen aus Großbritannien.

Die Zeit vergeht wie im Fluge. Wir lachen viel und haben ebenso viel Spaß miteinander. Louis lebt richtig auf. Er genießt es, seine Mutter so fröhlich zu sehen und ist ebenso gern mit mir zusammen. Zweimal die Woche kündigt sich ihr Sugar-Daddy an, und Louis und ich gehen dann spazieren. Vorher hat sich eine Nachbarin gegen Bezahlung um ihn gekümmert. Sie ist dankbar, dass sie vorübergehend von dieser Pflicht befreit ist. Am Wochenende sind Louis und ich meist allein. Denn dann braucht Donald Katja als Begleiterin, um gesellschaftliche Pflichten zu erfüllen. Gelegentlich kommt dies sogar in der Woche vor.

Dann geschieht etwas Unerwartetes.

Katja und ich waren mit Louis auf dem nahegelegen Spielplatz und sind auf dem Heimweg. Es dämmert bereits. Etwa fünfzig Meter vor uns grenzt ein von der Reklame eines Schnellrestaurants beleuchteter Parkplatz an die Straße. Zwischen dort parkenden Motorrädern lümmeln sich dunkle Gestalten in Lederkleidung. Beim Näherkommen erkennen wir auf den Rücken der ärmellosen Westen eine Teufelsfratze mit der Inschrift ›Devils from Heaven‹. Die Lederhosen sind nietenverziert, die Füße stecken in Springer-Stiefeln. Sie fuchteln mit Bierflaschen herum und ihr Grölen ist bis zu uns zu hören. Wir wechseln vorsichtshalber die Straßenseite. Es nützt jedoch nichts. Sie haben uns entdeckt und kommen uns über die Straße entgegen. Jetzt können wir auch ihre Tätowierungen auf den unbedeckten Armen und kahlgeschorenen Köpfen erkennen.

Bevor wir uns versehen, sind wir von der Gruppe umringt. Bierselige Augen glotzen uns an.

»Guckt euch mal die beiden Schicksen mit dem Negerbalg an«, lallt der Vorderste. »Ha'm sich mit 'nem

Kaffer eingelassen. 'N richtiger Deutscher ist denen wohl nicht gut genug.«

Er dreht sich zu seinen Kumpanen um, die sich hinter ihm aufgebaut haben.

»Eh Kumpels. Wollen wir es den beiden mal richtig besorgen? Wird Zeit, dass sie mal echte deutsche Schwänze kennenlernen.«

Damit greift er Katja in die Haare, zieht sie zu sich heran und leckt ihr übers Gesicht. Louis hat sich wimmernd hinter meinem Rücken versteckt.

Inzwischen haben auch die anderen Männer aufgeschlossen. Der erste greift nach mir und will mich ebenfalls an sich ziehen. Mein Körper produziert Adrenalin und schaltet um auf Speed. Doch diesmal nutze ich meine besondere Fähigkeit nicht, um wegzulaufen, sondern greife an. Die Tritte zwischen die Beine, die Schläge gegen die Nasen, das Wegreißen der Füße und Verdrehen ihrer Armgelenke kommen in solcher Schnelligkeit, dass die Männer völlig überrascht und nicht in der Lage sind, eine Gegenwehr aufzubauen. Sie liegen sämtlich auf dem Boden und halten sich stöhnend ihre ausgekugelten Armgelenke, ihre blutenden, teils gebrochenen Nasenbeine und gequetschten Genitalien. Auch meine Hände bluten von den heftig ausgeteilten Schlägen. Ich schaffe es trotzdem, Louis auf den Arm und Katja bei den Händen zu nehmen und wir laufen so schnell, wie es Katja möglich ist, davon.

Zu Hause angekommen lässt sich Katja aufs Sofa fallen, nimmt ihren schluchzenden Jungen in den Arm und versucht, ihn zu beruhigen, und ich falle über den

Kühlschrankinhalt her. Nach kurzer Zeit ist Louis eingeschlafen und Katja trägt ihn vorsichtig ins Bett.

Dann kommt sie zurück.

»Was war das denn, Florence? Ich habe zwar schon einmal gesehen, wie jemand mit Selbstverteidigungs-Griffen einen Gegner lahmgelegt hat. Aber in solcher Schnelligkeit und so viele Gegner? Das sah für mich wie im Zeitraffer aus. Das ist doch gar nicht möglich.«

»Ich weiß auch nicht genau, was mit mir geschehen ist. Aber das passiert jedes Mal, wenn mein Körper Adrenalin ausschüttet. Vielleicht kennst du das auch? In extremen Stresssituationen erlebt man manchmal das Geschehen um sich herum wie in Zeitlupe. Das ist bei mir auch so. Doch anders als bei den meisten Menschen kann ich subjektiv normal reagieren. Das sieht natürlich für einen Außenstehenden, der die Zeitlupe nicht wahrnimmt und sich selbst in dieser für mich verlangsamten Zeitglocke befindet, so aus, als würde ich mich rasend schnell bewegen.«

»Puh, das habe ich nicht verstanden. Ein bisschen unheimlich ist das alles schon. Aber du hast uns vor Schlimmerem bewahrt, also sollten wir uns nicht den Kopf zerbrechen.«

Nach einer weiteren Woche kann ich meine Papiere vom Kundenzentrum der Stadt Hamburg abholen. Die Fotos auf meinen Ausweisen sehen grauenhaft aus, aber Katja erklärt mir, dass es so sein müsse. Die Fotos müssen biometrische Bedingungen erfüllen und dazu gehört, dass man nicht lachen oder auch nur lächeln darf.

»Was hast du nun vor?«, fragt sie später, »wirst du uns verlassen?«

»Ja, ich werde euch verlassen, obwohl ich dich sehr gern habe und auch Louis mir ans Herz gewachsen ist. Irgendetwas ist in mir, das mich forttreibt. Ich habe das Gefühl, ich müsse unbedingt mehr von der Welt kennenlernen. So, als ob ich sonst etwas versäumen würde.«

Katja schaut mich mit tieftraurigen Blicken an.

»Louis und ich werden dich vermissen. Aber für mich war die Zeit mit dir die wohl schönste in meinem bisherigen Leben. Ich fürchte, ich habe mich total in dich verliebt.«

7

»Sind Sie der Leiter dieser Wache?«

»Ja. Worum geht es?«

»Das ist vertraulich. Daher die Frage: Wer ist die junge Dame neben Ihnen?«

»Das ist meine Tochter. Sie macht gerade ein Schulpraktikum. Sie soll bei allem dabei sein.«

»Meinetwegen. Also, wir haben hier ein Beglaubigungsschreiben Ihrer vorgesetzten Behörde. Das enthält die Erlaubnis, alle Akten über Vorkommnisse der letzten Monate einzusehen, insbesondere bezüglich eines Wäschediebstahls, eines angeblichen Mundraubes und eines Unfalls mit einem BMW-Raser.«

»Soll das ein Witz sein? Sie interessieren sich für einen notgeilen Irren, einen durchgeknallten Typen, der sich um zwei Baguettes und eine Wurst sorgt und einen Raser, der sein Fahrzeug nicht im Griff hat? Haben Sie nichts anderes zu tun?«

»Es ist wichtig. Außerdem wollen wir in die Akten betreffs eines Tötungsdeliktes an einem jungen Maler Einsicht nehmen. Uns interessiert vor allem die junge Frau, die mit dem Maler zusammenlebte.«

»Da werden sie kaum etwas finden. Aber wer sind Sie überhaupt? Können Sie sich ausweisen?«

»Selbstverständlich. Hier unsere Ausweise der nationalen Sicherheitsbehörde der Vereinigten Staaten. Die junge Frau wird von uns gesucht, weil sie im Verdacht steht, als muslimische Aktivistin an der Planung eines Terroranschlages des Islamischen Staates beteiligt zu sein.«

»Papa! Überprüfe die Ausweise. Die könnten gefälscht sein.«

»Aber Liebes, wie kommst du denn darauf?«

Die Tochter beugt sich zu ihrem Vater hinüber und flüstert ihm etwas ins Ohr.

» Ja! Du hast recht. Würden Sie mir bitte Ihre Ausweise zur Überprüfung noch einmal aushändigen.«

»Erlauben Sie, bitte. Wo sind wir hier, dass Sie sich von der Meinung eines Kindes beeinflussen lassen?«

»Wir sind hier in einer französischen Polizeistation, und Sie geben mir jetzt die Ausweise oder verlassen umgehend den Raum.«

Nach einem längeren Telefonat:

»Es tut mir leid, meine Liebe, aber die Ausweise scheinen echt zu sein. Erkläre du ihnen, was los ist.«

»Na, da bin ich aber gespannt, was so ein Gör zu melden hat.«

»Hören Sie gut zu! Sollten Sie wirklich von der CIA oder NSA sein, dann gehören Sie offenbar zu den dümmsten Agenten, die man sich vorstellen kann. Sie behaupten ernsthaft, dass eine junge Frau, die sich erst nackt malen lässt und dann das Aktbild in der Öffentlichkeit zum Verkauf ausstellen lässt, eine Muslima sei. Wie blöd muss man da sein und wie wenig vom muslimischen Glauben verstehen? Aber so seid ihr Amerikaner anscheinend. Ihr haltet euch für den Nabel der Welt, und die Welt hat gefälligst so zu sein wie ihr. Von der wirklichen Welt versteht ihr aber offensichtlich genauso viel wie eine Kuh vom Radfahren. Also sehen Sie zu, dass Sie hier verschwinden. Sie sind einfach nur peinlich.«

»Meine Tochter hat völlig recht. Verlassen Sie umgehend die Wache.«

Draußen vor der Wache:

»Du Blödmann. Deine Idee mit der muslimischen Terroristin war wirklich eine Schnapsidee! Da mussten wir uns von einem Kind abkanzeln lassen.«

»Tut mir leid. War nicht gut. Aber der wahre Grund unterliegt strengster Geheimhaltung. Wenn wir damit herausgerückt wären, hätten die uns genauso für verrückt gehalten.

Und eines sag' ich dir: Ich lass mich nicht von so einer französischen Rotzgöre lächerlich machen. Die war doch höchstens fünfzehn. Das wird noch Folgen haben.«

***

Ich sitze im Flugzeug nach Marokko und habe ein völlig neues Gefühl: Ich habe Sehnsucht nach Lucas. Habe ich mich etwa verliebt? Jedenfalls habe ich jedes Mal ein merkwürdiges Kribbeln im Bauch, wenn ich an ihn denke. Ich muss ihn wiedersehen und will versuchen, seine Spur in Marokko aufzunehmen. Im internationalen Büro seiner Organisation in Genf habe ich eine Adresse bekommen. In Rabat lebt ein Mann, der zur dortigen Sektion gehört und, wie mir gesagt wurde, ein guter Freund von Lucas sein soll. Wenn jemand weiß, wohin Lucas von Rabat aus gereist ist, dann er.

Am Flughafen von Rabat rufe ich die Nummer an, die mir das Büro in Genf gegeben hat.

Es meldet sich ein Mann. Auf Arabisch. Es ist das marokkanische Arabisch. Ich erzähle ihm, ebenfalls auf Arabisch, ich sei eine gute Freundin von Lucas Meurville und sei auf der Suche nach ihm.

»Sind Sie etwa Florence?«, fragt er nun auf Französisch.

Ich bejahe.

»Er hat mir von Ihnen erzählt. Wo sind Sie jetzt?«

»Ich rufe vom Flughafen Rabat-Salé an.«

»Okay. Wir können uns treffen. Können Sie in einer
Stunde in der Kasbah des Oudaïas sein? Ich warte auf
Sie am Eingangstor Bab el Oudaïa. Werden Sie da hin
finden?«

»Ich werde da sein. Die Kasbah ist durch ihre Lage
auf dem Felsen ja nicht zu übersehen, wie die Bilder
hier am Flughafen zeigen.«

Damit beenden wir das Gespräch.

Ich habe mir einen langen luftigen Rock mit einer
langärmeligen Bluse angezogen und ein Kopftuch
umgebunden. Ein Taxifahrer ist nach kurzem Feil-
schen bereit, mich für einen günstigen Preis in die
Stadt zu fahren. Er hält mich für eine Einheimische,
weil ich ihn auf Arabisch angesprochen habe. Wir
umfahren die Altstadt. Auf einem großen Platz unterhalb des mächtigen, beidseitig verzierten Eingangsto-
res lässt er mich raus. Den Rest des Weges muss ich
über etliche Stufen hinaufklettern.

Unter dem Torbogen, im Gewühl der Einheimischen und Touristen, winkt mir ein kleiner Mann zu.
Über dem dunkelblauen Kaftan mit Stehkragen blitzen
mich zwei schwarze Augen unter buschigen Brauen
an. Das Gesicht wird umrahmt von einem gepflegten
Vollbart.

»Sie müssen Florence, ›die Blühende‹, sein. Ich muss
gestehen, Lucas hat nicht übertrieben, als er Sie als

außerordentlich schön beschrieben hat. Darf ich Sie zu einem kurzen Spaziergang durch den blühenden Garten und anschließendem Tee in einem kleinen Café innerhalb der Kasbah einladen. Mein Name ist übrigens Arif, das bedeutet ›der Gebildete‹.«

Auf unserem Rundgang erzählt er von der Kasbah.

Die Befestigungsanlage Kasbah des Oudaïas wurde um 1150 von der Berber-Dynastie der Almohaden errichtet und im 17. Jahrhundert um einen Palast samt blühendem Garten erweitert. 2006 wurde die Kasbah von der UNESCO zum Weltkulturerbe erklärt.

Er erzählt von der Geschichte Marokkos und von Rabat. Zwischendurch bewundern wir die Blütenpracht der Gärten. Die Zeit vergeht wie im Fluge, und unvermittelt befinden wir uns auf Stühlen an einem kleinen Tisch mit Blick auf die Pflanzenpracht und den dahinterliegenden Palast wieder. In zwei Gläsern dampft heißer Tee.

Dann kommt Arif auf Lucas zu sprechen.

»Ich habe leider keine guten Nachrichten. Lucas ist vor ein paar Wochen von hier aus nach Abidjan geflogen. Abidjan ist die größte Stadt und Regierungssitz der Elfenbeinküste. Von dort sollte es mit einem Konvoi aus sechs bis acht Lastwagen weitergehen, nur weiß ich nicht genau, wohin. Im Gespräch waren Mali, Niger oder Nigeria. Das sollte vor Ort je nach politischer Lage entschieden werden.«

Er hält einen Moment inne, dann schaut er mich eindringlich an.

»Ich rate Ihnen dringend ab, dorthin zu fliegen. Die Elfenbeinküste gilt als eines der korruptesten Länder auf dem Kontinent. Die Menschen dort leben in extremer Armut, dementsprechend hoch ist die Kriminalitätsrate. Es gibt eine hauchdünne Oberschicht, die durch Ölvorkommen reich geworden ist. Die Fördermenge wird nicht bekannt gegeben, beziehungsweise sie wird nach unten geschummelt, um die tatsächlichen Einnahmen zu verschleiern. Frauen und Kinder sind Diskriminierungen, sexuellen Übergriffen und Gewalt ausgesetzt; weibliche Genitalbeschneidungen, obwohl offiziell verboten, werden dort immer noch durchgeführt. Es wird auch von Fällen von Kinder- und Zwangsarbeit berichtet. Das Land hat mehrere verheerende Bürgerkriege hinter sich. Dem vor einigen Jahren abgesetzten Präsidenten Laurent Gbagbo wird seit 2016 der Prozess in Den Haag vor dem Internationalen Strafgerichtshof gemacht. Es ist also schon so gefährlich, dorthin zu reisen. Als einzelne Frau wäre es Wahnsinn.«

Ich lasse mir seine Warnung durch den Kopf gehen. Vermutlich hat er recht. Aber die Sehnsucht nach Lucas ist stärker. Ich beschließe also, trotzdem zu fliegen.

Arif zuckt resignierend die Schultern.

»Dann erlauben Sie bitte, dass ich Sie zum Flughafen bringe, wenn ich sonst nichts für Sie tun kann.«

Ich sitze im Abflugbereich und warte auf die Boarding-Anzeige. Doch statt ›Boarding‹ kommt eine Durchsage, dass sich das Einsteigen verzögert. Die meisten Mitreisenden schauen sich leicht genervt an. Der Mann neben mir nimmt die Gelegenheit wahr, mit mir ins Gespräch zu kommen. Er ist Mitte vierzig, sehr gepflegt, in Anzug und Krawatte, und an seinem Handgelenk blitzt gelegentlich eine goldene Rolex-Uhr unter der Manschette hervor.

»Sie reisen allein?«

»Ja, ich besuche einen Bekannten in Abidjan. Er arbeitet dort. Und Sie? Was treibt Sie an die Elfenbeinküste?«

Er erzählt mir, dass er im Auftrag eines anglo-amerikanischen Unternehmens für Verbrauchsgüter zu Verhandlungen mit der dortigen Regierung unterwegs ist.

»Unsere Verträge, die uns erlauben, im Hoheitsgebiet der Elfenbeinküste mit unseren schwimmenden Fabriken zu fischen, laufen aus. Sie müssen neu verhandelt werden.«

»Sie fischen in den Hoheitsgebieten der Elfenbeinküste?«

»Ja, wir zahlen dafür. Und anschließend fliege ich weiter nach Nigeria. Dort laufen die Rechte ebenfalls aus.«

»Aber ruiniert das nicht die einheimische Fischerei?«

»Das ist richtig. Aber wir entschädigen die Leute. Alle ehemaligen Fischer erhalten für ihre Verhältnisse viel Geld. Damit können sie sich eine neue Existenz aufbauen, ein Geschäft eröffnen oder Land und Vieh kaufen. Es kommt zwar immer wieder vor, dass einigen dieser einfach gestrickten Leute das Geld zu Kopf steigt und sie es für Luxusgüter oder teure Wohnungen ausgeben. Aber das ist eher die Ausnahme. Wir tun also viel, um die einheimische Wirtschaft anzukurbeln. Auch für die fehlenden Fische und Meeresfrüchte auf den einheimischen Märkten leisten wir einen Ausgleich. Das Land erhält zu besonders günstigen Preisen einen Teil der von uns verarbeiteten Fänge.«

»Na, dann wünsche ich Ihnen viel Erfolg bei den Verhandlungen.«

Die Boarding-Durchsage beendet unser Gespräch. Zuerst sind die Passagiere der ersten und der Business-Klasse dran. Mein Sitznachbar erhebt sich.

»Dann sehen wir uns vielleicht im Flugzeug. Reisen Sie auch Erster Klasse?«

»Nein, das kann ich mir nicht leisten.«

»Schade, ich hätte mich gern weiter mit Ihnen unterhalten. Aber vielleicht ergibt sich ja eine Gelegenheit?«

Dass sich eine Gelegenheit ergibt, dafür sorgt der Mann schon nach einer halben Stunde Flugzeit. Er taucht im Gang der Economy-Class auf und schaut sich suchend um. Als er mich entdeckt hat, kommt er strahlend auf mich zu.

»Sie können in die erste Klasse wechseln. Neben mir war noch ein Sitz frei, und nach einem kurzen bereichernden Gespräch mit dem Bordpersonal freut man sich, Sie dort begrüßen zu dürfen. Wissen Sie, bei diesen afrikanischen Fluglinien ist alles möglich, man muss nur genügend Geld dabeihaben.«

Ich wundere mich. Er hat mich nicht einmal gefragt und geht wie selbstverständlich davon aus, dass ich sein Angebot annehme. Aber andererseits: Warum soll ich es nicht annehmen? Es ist reichlich eng hier in den Sitzreihen und der Service lässt ebenfalls zu wünschen übrig. Also gehen wir nach vorn und ich strecke mich bequem auf dem Liegesitz der Ersten Klasse aus. Nur der Mann nervt. Er redet ohne Unterlass. Er erzählt von seinem ›Loft‹, was immer das ist, in der City of London, seinen teuren Autos – vermutlich sind es grauenvoll stinkende Fahrzeuge – und berichtet stolz von zahlreichen Reisen zu afrikanischen Regierungschefs und Präsidenten, bei denen er ein- und ausgeht. Nachdem ich mir das einige Zeit angehört habe, setze ich mein bezauberndstes Lächeln auf und erkläre ihm, dass ich gern ein bisschen ruhen würde; ich hätte in letzter Zeit zu wenig Schlaf bekommen. Er schaut mich enttäuscht an, ist aber bereit, Rücksicht zu nehmen, besonders nachdem ich ihm einen flüchtigen Kuss auf die Wange gegeben habe. Das allerdings erweist sich später als Fehler. Im Halbschlaf merke ich, wie er immer unruhiger auf seinem Sitz hin und her rutscht. Dabei beobachtet er mich ständig. Als ich einmal kurz die Augen öffne, kommt er gleich zur Sache.

»Hätten Sie Lust, mit mir auf die Toilette gehen? Wir könnten dort ein bisschen Vergnügen haben.«

Ich glaube, ihn nicht richtig verstanden zu haben. Er will ficken? Ich schaue ihn empört an, stehe auf und nehme meine Sachen. Er hält mich am Arm fest.

»Entschuldigen Sie bitte. Ich habe es nicht so gemeint.«

Doch ich reiße mich los und sage laut, dass es im ganzen Abteil zu hören ist:

»Ich will aber nicht mit Ihnen ficken. Und schon gar nicht auf der Toilette.«

Damit stolziere ich hoch erhobenen Hauptes zurück auf meinen alten Platz in der Economy-Class, während die übrigen Passagiere der Ersten Klasse dem Mann empörte Blicke zuwerfen.

Ich buche vom Flughafen in Abidjan ein Hotel und ein Taxifahrer fährt mich, nach längeren Verhandlungen über den Preis, in einem klappernden, völlig verrosteten und entsetzlich stinkenden Gefährt dorthin.

In Begleitung eines zuverlässigen Führers, den mir das Hotel besorgt hat, ziehe ich dann die nächsten Tage durch die Stadt und frage überall nach, ob jemand etwas über einen Konvoi der Médecins Sans Frontières wisse, der vor einigen Wochen die Stadt verlassen haben soll. Doch überall ernte ich nur Schulterzucken.

Am dritten Tag sind wir am Hafen. Er ist übersäht mit verrosteten Fischerbooten. Männer sitzen am Kai. Als ich sie auf Dioula anspreche, das ist die indigene Sprache, die von über 60 Prozent der Menschen hier gesprochen wird, sind sie verblüfft. Eine europäisch aussehende Frau spricht ihre Sprache? Damit ist das Eis gebrochen und sie geben bereitwillig Auskunft. Sie erzählen mir, dass sie arbeitslos sind, seit die riesigen Fangschiffe vor der Küste alles leergefischt haben. Als ich sie auf die Entschädigungen anspreche, die sie doch bekommen hätten, ernte ich ungläubiges Staunen.

Kein Fischer habe jemals irgendeine Entschädigung erhalten, bekomme ich zu hören.

»Aber die fremden Firmen zahlen viel Geld dafür, dass die Regierung ihnen die Fangrechte freigibt«, wende ich ein.

Das mag schon sein, ist die Antwort, aber das Geld versickert bei eben derselben Regierung. Davon wird nichts weitergegeben. Sie hätten noch nie gehört, dass auch nur ein Fischer entschädigt worden sei. Hinzu kommt, dass Fisch, den man nun nur noch im Supermarkt kaufen kann, so teuer ist, dass ihn sich keiner der einfachen Leute leisten kann.

Ich bin entsetzt. Der Mann im Flugzeug hat gelogen. Es ist nicht vorstellbar, dass er nicht weiß, dass das Geld seines Unternehmens nicht bei den Fischern ankommt und nie angekommen ist. Mir wird klar, dass ausländische Unternehmen mit den Despoten in einigen afrikanischen Ländern auf Kosten der einfachen Menschen gemeinsame Sache machen.

Auf dem Weg zurück zum Hotel spricht uns ein Mann an. Er kenne jemanden, der Informationen über einen Konvoi der Médecins Sans Frontières habe. Wir sollten ihm folgen, wenn wir Genaueres wissen wollten.

Er führt uns über enge und schmutzige Seitenstraßen vorbei an schäbigen Wellblechhütten. Männer sitzen vor den Eingängen und starren uns an. Es riecht nach Urin und Kot. Mir wird mulmig zumute. Immer tiefer geht es in die Slums der Stadt. Schließlich hält er vor einer Hütte und zeigt auf den Eingang. Der Mann sei dort drin.

Hinter meinem Führer betrete ich zögerlich einen dunklen Raum. Bevor meine Augen sich an das wenige Licht gewöhnt haben, spüre ich einen Schlag auf den Kopf und verliere das Bewusstsein.

8

»Los komm! Steig schon ein, Jean-Pierre!«

»Wo willst du denn hin, Paulette?«

»Wir fahren noch einmal in die Gegend, wo der Teil des Kometen heruntergekommen ist.«

»Aber Paulette! Man hat dir doch verboten, weitere Nachforschungen anzustellen. Außerdem sind alle Unterlagen beschlagnahmt.«

»Verbote haben mich noch nie gestört und du glaubst doch nicht ernsthaft, dass ich keine Vorkehrungen getroffen habe: Ich besitze genügend Kopien.«

»Aber was willst du noch dort? Wir haben schon alles abgesucht.«

»Ich will mich in der Bevölkerung umhören. Vielleicht ist denen etwas Ungewöhnliches aufgefallen.«

»Das bedeutet aber, du gehst davon aus, dass irgendetwas von außerhalb unserer Erde gelandet ist?«

»Ja. Seitdem sich die Amerikaner derart interessiert zeigen, muss ich das.«

»Du musst verrückt sein, Paulette. Aber trotzdem, ich bin dabei.«

***

Als ich zu mir komme, liege ich nackt an Händen und Füßen gefesselt auf einer Pritsche. Mein Mund ist mit Klebeband verschlossen. Drei Männer um mich herum betrachten gierig meinen Körper. Einer von ihnen ist derjenige, der uns hierhergelockt hat. Sie unterhalten sich auf Dioula.

»Hast du gesehen, Nuri, man hat es versäumt sie als Mädchen zu beschneiden«, sagt der erste. »Sie ist eine Hure.«

»Das lässt sich doch ändern«, kommt die lüsterne Antwort. »Wir können sie doch beschneiden.«

»Du meinst jetzt! Als Erwachsene! Das könnte eine blutige Angelegenheit werden.«

»Warum denn nicht? Wenn sie daran stirbt, ist es Allahs Wille.«

Ich habe das Gespräch mitbekommen und zerre an meinen Fesseln. Aber keine Chance. Sie geben kein Stück nach. Zum ersten Mal spüre ich Angst. Sie werden mich grässlich verstümmeln und wahrscheinlich anschließend töten. Ich habe ihre Gesichter gesehen und den Namen von einem der drei gehört. Sie können mich nicht am Leben lassen. Wenn ich doch bloß Arme oder Beine freibekommen könnte. Dann könnte ich meine enorme Reaktionsschnelligkeit einsetzen. Aber so bin ich ihnen hilflos ausgeliefert. Ich kann nachempfinden, wie es Ayasha damals ergangen sein muss.

Der dritte, offenbar ihr Anführer, mischt sich ein.

»Bevor ihr mit der Beschneidung anfangt, sollten wir sie uns noch mal vornehmen. Nachher ist es mir zu eklig.«

Und zu dem ersten gewandt:

»Du kannst anfangen. Du bist der Jüngste und ich sehe, du kannst es kaum erwarten.«

Der Mann zieht sich die Hosen runter und will sich auf mich stürzen, als vom Eingang her eine laute Stimme ertönt.

»Lass die Frau frei, Hakim!«

Alle drei Köpfe zucken hoch.

Mit einem ›Was will der denn?‹ und ›Wer ist das?‹ richtet der zweite sein Messer gegen die dunkle Gestalt in der Türöffnung.

Der Anführer, Hakim, zuckt zusammen. Dann greift er seinem Kumpel in die Arme.

»Lass das! Ich kenne die Stimme. Das ist ›Arif le Docteur‹. Er gehört zu den Médecins Sans Frontières und hat vor ein paar Jahren meinen ältesten Sohn von einer schweren Krankheit geheilt. Damals habe ich ihm ewige Freundschaft und Treue geschworen. Was er sagt, ist für mich Gesetz. Also bindet sie los und gebt ihr auch die Sachen und das Geld zurück.«

Nachdem ich mich angekleidet habe, stützt mich A-rif, als wir den Raum verlassen. Ich bin noch unsicher auf den Beinen.

»Das war wirklich Rettung in letzter Minute. Danke, Arif. Aber wie kommen Sie hierher? Ich dachte, Sie wären in Rabat.«

»Als Sie fort waren, bekam ich Gewissensbisse, dass ich Sie nicht aufgehalten habe. Ich musste an Lucas denken. Er würde mir nie verzeihen, dass ich Sie allein habe nach Abidjan reisen lassen. Also habe ich meine Praxis geschlossen und bin drei Tage später hinter Ihnen hergeflogen. Dann habe ich hier Ihre Spur aufgenommen. Das war nicht ganz leicht, denn ich stellte

schnell fest, dass mir der Name Florence nicht weiter-
half. Aber so eine schöne Frau wie Sie fällt natürlich
auf, also kam ich schnell darauf, dass Sie unter dem
Namen Sophie Miller unterwegs sind. Der Rest war
nicht schwer, denn ich habe in dieser Stadt etliche
Bekannte aus der Zeit, als ich noch für die Médecins
Sans Frontières gearbeitet habe. Dann kam mir ein
völlig verängstigter Mann entgegen, Ihr ehemaliger
Führer. Sie haben ihn offenbar laufen lassen. Er führte
mich hierher.«

Er schaut mich fragend an.

»Wie heißen Sie denn nun? Florence oder Sophie?«

»Ich heiße Sophie. Wenn es nach meinem Vater gegangen wäre, würde ich Florence heißen. Aber er
konnte sich nicht gegen meine Mutter durchsetzen. Sie
fand den Namen schrecklich. Er hingegen meinte, der
Name Sophie erinnere ihn an eine 90-jährige Dame
eines populären Theaterstücks, das in Deutschland
jedes Jahr zu Silvester im Fernsehen gezeigt wird. Aus
Protest hat er mich immer Florence gerufen und ich
habe das übernommen.«

So langsam bekomme ich Routine im Erfinden von
Geschichten.

Mit meiner Erklärung gibt sich Arif zufrieden und
sagt abschließend:

»Okay, Sophie, aber darauf müssen Sie sich einstellen: Wenn ich Sie nicht davon abbringen kann, nach
Lucas zu suchen, dann werde ich Sie zumindest begleiten. Ich kann Sie auf keinen Fall in so einem gefährli-
chen Land als Frau allein lassen.«

Auf dem Rückweg zum Hotel – Arif hat im selben Hotel eingecheckt – kommen wir am kilometerlangen weißen Sandstrand mit hohen Palmen vorbei. Er ist wunderschön, aber leer. Weder Einheimische noch Touristen sind hier zu finden. Das wundert mich. Arif klärt mich auf.

»Dieser Strand hat traurige Berühmtheit erlangt, als im Frühjahr 2016 bei einem Anschlag einer afrikanischen Sektion von al-Qaida zweiundzwanzig Menschen ums Leben kamen. Seitdem wird der Ort gemieden.«

Ich schaue Arif entsetzt an.

»Warum töten Menschen andere Menschen? Die haben ihnen doch nichts getan. Machen die es aus Spaß an Gewalttaten?«

Arif blickt mich ernst an.

»Das vielleicht auch. Aber der Hauptgrund hat historische Wurzeln. Nach dem Ende der Kolonialzeit hat der Westen, allen voran die Amerikaner, immer wieder in die politischen Entwicklungen der Regionen im Nahen Osten und Afrika eingegriffen und zum Teil gewählte Regierungen gestürzt, weil sie nicht in ihr Konzept passten. Das hat immer wieder zu regionalen Konflikten geführt. Es hat sich Widerstand gebildet, der sich inzwischen verselbständigt und auch auf Afrika übergegriffen hat. Es ist inzwischen zu einem Religionskrieg ausgeartet. Widerstandsgruppen, die sich Islamischer Staat, al Qaida, Ansar Dine oder Boko Haram nennen, gehen gegen alles vor, das westlich angehaucht ist oder sie für unislamisch halten.«

Inzwischen sind wir im Hotel angekommen und Arif erledigt etliche Telefonate. Es dauert nicht lange, dann hat er die erwünschte Auskunft und informiert mich:

»Der Konvoi hat sich vor drei Wochen Richtung Norden aufgemacht. Sie wollen über die Grenze nach Bamako. Das ist die Hauptstadt von Mali. Von dort soll es weitergehen nach Nordosten, Richtung Timbuktu. Dahinter beginnt Rebellen- und Tuareg-Gebiet. Dort gibt es immer wieder Kämpfe. Daher denke ich, sie werden im Gebiet südlich von Timbuktu bleiben, am Rande des Niger-Überschwemmungsgebiets. Dort sind Malaria, Cholera und Tuberkulose weit verbreitet und die medizinische Versorgung ist katastrophal. Mali gehört zu den ärmsten Ländern, von dort aus können die Menschen nicht einmal nach Europa flüchten. Sogar dafür sind sie zu arm.«

»Wie kommen wir nach Mali?«, frage ich ihn.

»Ich werde versuchen, einen Flug nach Bamako zu bekommen. Von dort gibt es unregelmäßige Flüge mit dem ›Mali-Tombouctou-Air-Service‹ nach Timbuktu. Das ist zwar eine Katastrophen-Airline, aber es gibt nichts anderes. Wenn wir Glück haben kommen wir gleichzeitig mit dem Konvoi der Ärzte und Krankenschwestern in der Gegend an.«

Der Flug nach Bamako am folgenden Tag geht mit einer Stunde Verspätung ab.

»Da können wir von Glück sagen,« meint Arif. »So ›pünktlich‹ sind die Maschinen selten. Normal ist eine Verspätung zwischen einem halben und mehreren Tagen. Es ist immer ein Abenteuer, in Westafrika zu fliegen. Viele der hier ansässigen Fluggesellschaften stehen in Europa auf der schwarzen Liste und haben dort keine Landeerlaubnis. Die Wartung ihrer Flugzeuge lässt zu wünschen übrig. Ich hoffe, das stört Sie nicht?«

Es stört mich nicht. Ebenso wenig störe ich mich daran, dass die Armlehne, als ich sie einrasten will, in den Mittelgang und das Tablett zum Abstellen von Essen und Getränk beim Herunterklappen mir auf den Schoß fällt.

Mit dem Taxifahrer in Bamako hat mein Begleiter, mit dem ich mich nach einer längeren Unterhaltung im Flugzeug nun duze, ein Problem. Der Mann spricht weder Arabisch noch Französisch, obwohl Letzteres die Amtssprache ist.

Als ich nach kurzer Zeit mit dem Fahrer ein längeres Gespräch führe, schaut mich Arif erstaunt an.

»In welcher Sprache redest du mit ihm? Ich verstehe kein Wort.«

»Warte, ich frage den Taxifahrer. Ich weiß auch nicht, wie die Sprache heißt.«

»Du weißt nicht, wie die Sprache heißt, aber du sprichst sie? Wie kann das denn sein?«

»Ich spreche fast alle Sprachen auf diesem Planeten, ich muss sie nur einmal gehört haben. – Es ist übrigens Bambara, hat er mir gerade gesagt. Es wird von knapp der Hälfte der Malier gesprochen, sie ist hier Verkehrssprache. Französisch kann nur eine kleine gebildete Oberschicht.«

Arif schaut mich fassungslos an.

In Bamako sitzen wir erst einmal fest.

Ein Weiterflug nach Timbuktu ist nicht möglich. Alle Flüge sind gestrichen. Wir wollen den Grund wissen und erfahren, dass es wieder Kämpfe nördlich der Stadt gibt.

»Und die Stadt selbst?«, fragen wir. Die sei weiterhin in den Händen der malischen, französischen und neuerdings auch deutschen Streitkräfte, wird uns gesagt.

Doch auch hier hat Arif wieder eine Lösung. Er findet nach ein paar Tagen einen Piloten, der bereit ist, uns mit seiner einmotorigen Cessna gegen einen entsprechend hohen Preis zu fliegen.

Die kleine Cessna setzt nach stundenlangem wackeligen Flug sicher auf dem Rollfeld des Flughafens von Timbuktu auf. Der Flugplatz liegt auf halber Strecke zwischen Timbuktu und dem Niger, drei Kilometer südlich der Stadt. Unser Pilot hat einen halboffenen Geländewagen, einen Pickup, mit Fahrer organisiert. Ebenso Lebensmittel und Wasser für eine längere Fahrt.

Ali, unser Fahrer, weiß, dass der Konvoi der Médecins sans Frontières erst vor wenigen Tagen Timbuktu passiert hat und weiter nigerabwärts nach Osten gezogen ist. Um ihm zu folgen, müssen wir ebenfalls durch das ehemalige Zentrum des Transsaharahandels.

Vom alten Glanz als Handelszentrum ist nicht mehr viel übrig. Straßen versanden, da sich die Wüste immer weiter nach Süden ausdehnt. Ali erzählt, dass die Menschen hier extrem arm sind. Im April 2012 hatten die

Tuareg Timbuktu besetzt, nachdem sie den ganzen Norden unter ihre Kontrolle gebracht hatten. Sie kämpften für eine Unabhängigkeit von der dunkelhäutigen Regierung in Bamako, die einst ihre Sklaven waren. Sie wurden dann aber schnell von den islamistischen Gruppen Ansar Dine und der hiesigen Sektion von al-Qaida aus Timbuktu vertrieben, die dann eine Schreckensherrschaft errichteten und etliche Kulturdenkmäler und historische Grabstätten zerstörten. Erst Ende Januar 2013 wurde Timbuktu im Rahmen der Opération Serval von französischen und malischen Truppen zurückerobert.

Jetzt gibt es noch einzelne nomadisierende Stämme der Tuareg in der Gegend, die vom Schmuggel und gelegentlich vom Menschenhandel leben. Ausländer wurden aber in letzter Zeit kaum noch zum Zwecke der Lösegelderpressung entführt.

Auf Anraten Arifs habe ich mich als Muslima verkleidet. Ich trage einen blauen Niqab, einen Schleier, der die Partie um die Augen freilässt. Verschleierung ist zwar in Mali nicht üblich, aber der Niqab verhindert, dass man mich als Ausländerin erkennt.

»Und an noch eines solltest du unbedingt denken«, erinnert er mich. »Wenn wir uns in der Öffentlichkeit bewegen, musst du immer ein paar Schritte hinter mir gehen.«

»Was ist das denn für eine blöde Regel? Wenn ich mir die Gegend angucke und du vielleicht abrupt stehenbleibst, dann renne ich ja auf dich auf.«

Arif lacht. »Du darfst eben nicht in der Gegend herumgucken, sondern immer schön auf mich, deinen Herrn und Gebieter, achten.«

Wir verzichten also auf eine Besichtigung Timbuktus und wenden uns erst nach Osten und dann nach Südosten nigerabwärts parallel zum Fluss in Richtung Grenze zum Nachbarstaat Niger. In der Nähe von Bamba, einer Stadt am Nigerufer und 190 Kilometer von Timbuktu entfernt, vermutet unser Fahrer das Lager mit dem mobilen Krankenhaus der Médecins Sans Frontières.

Wir haben mittlerweile Timbuktu weit hinter uns gelassen und fahren durch wüstenähnliche Savannenlandschaft. In der flimmernden Luft liegt im Süden der Grüngürtel des Flusses wie eine Fata Morgana über dem Horizont.

Die Straße ist nicht befestigt und wir kommen nur langsam voran. Die Hitze und der Staub machen uns zu schaffen. Den ganzen Vormittag kommt uns kein Fahrzeug entgegen. Wir sind allein. Dann hält unser Fahrer unvermutet an.

»Wir werden in Kürze in einen Sandsturm geraten. Ich habe die Vorboten bereits in der Ferne ausmachen können. Wir müssen das Fahrzeug schützen.«

Mit einer großen Plane deckt er das Auto vollständig ab. Die Enden gräbt er fast einen halben Meter in den Boden und beschwert zusätzlich die Abdeckung mit großen Felsbrocken. Wir helfen ihm.

»Wenn Sand in den Motor und das Getriebe gerät, kriegen wir das Fahrzeug nicht mehr in Gang«, sagt er. »Es muss alles absolut dicht sein.«

Nach einer guten Stunde Arbeit krabbeln wir unter die Plane. Arif und ich strecken uns im Führerhaus aus, Ali legt sich lang auf die Ladefläche. Kurz darauf hören wir den Sturm an der Plane zerren und der Sand erzeugt auf der Abdeckung ein Geräusch, als ob jemand mit Schmirgelpapier über Stoff streicht. Es ist nahezu dunkel, obwohl an einigen Stellen durchsichtige Folie für Sicht nach draußen sorgt. Doch der Sand draußen lässt kaum noch einen Sonnenstrahl durch. Nur an unserer Uhr können wir feststellen, dass es inzwischen Nacht geworden ist. Der Sturm tobt die ganze Nacht und wir machen uns Sorgen, ob der Schutz dem Wind standhält. An Schlaf ist nicht zu denken. Erst gegen Morgen legt sich der Sturm und es wird hell.

Wir krabbeln unter der Plane hervor und befreien sie vom Sand. Unsere Befürchtung, dass auch die Straße unter Sanddünen begraben ist, erfüllt sich gottseidank nicht. Die Gegend ist hier sehr flach und die Straße leicht erhöht. Daher hat der Sturm das Gegenteil bewirkt und die Straße von eventuellem Sand freigeblasen. Ali startet das Fahrzeug und Arif und ich strecken uns auf der Ladefläche unter einem Sonnensegel aus, um den fehlenden Schlaf nachzuholen. Ali meint, er brauche keinen Schlaf, er habe den größten Teil der Nacht schlafend auf der Ladefläche des Fahrzeugs verbracht. Solch ein Sandsturm sei für ihn nichts Ungewöhnliches.

Später sitzen wir alle drei wieder vorn im Fahrzeug. Die Gegend hat sich verändert. Die flache Ebene ist von Schotterhügeln und Sanddünen abgelöst worden. Die Piste vor uns führt in einer langgezogenen Kurve über eine große Düne. Wir haben eben die Kuppe erreicht, als vor uns auf der Straße ein Mann auf einem Kamel die Weiterfahrt blockiert. Der Wind zerrt an seinem wallenden blauen Gewand. Zwischen der ebenfalls blauen Kopfbedeckung und einem Mundtuch erkennt man einen kleinen Teil seines sonnengegerbten, aber dennoch hellhäutigen Gesichts, in dem besonders die dunklen Augen hervorstechen. Das Gewehr in seiner Hand ist auf uns gerichtet.

Unvermittelt tauchen nun auch von den Seiten bewaffnete Reiter auf, die genauso gekleidet sind und uns ebenfalls mit ihren Waffen bedrohen.

»Es sind Tuareg«, flüstert unser Fahrer angstvoll.

9

»Siehst du, Jean-Pierre, wir sind ein gutes Stück weiter. Fassen wir mal zusammen:

In der Gegend taucht eine junge Frau auf, die sich merkwürdig benimmt. Sie ist offenbar mit manchen Gepflogenheiten der Menschen nicht vertraut. Außerdem ist sie auffallend schön. Und von dem Bildhauer wissen wir, dass sie sich Florence nennt. Den Namen hat er den Agenten der CIA verschwiegen. Das ist übrigens das Einzige, was wir diesen Leuten voraushaben. Ansonsten sind sie überall vor uns gewesen. Wir wissen auch, dass sie bisher keinem Menschen etwas zuleide getan hat, im Gegenteil, sie wird als sehr freundlich und den Mitmenschen zugetan geschildert. Ich fürchte aber, wenn sie in die Fänge der Amerikaner gerät, dass diese sie auseinandernehmen, im wahrsten Sinne des Wortes. Denen ist alles Fremde suspekt. Und ob sie dabei draufgeht, wird ihnen egal sein. Hauptsache, sie bekommen Informationen, mit denen sie ihre angebliche Überlegenheit festigen können. Aber ganz unabhängig davon, ob sie von außerhalb kommt oder nicht; wenn an den Aussagen der leider sehr unzuverlässigen Zeugen etwas dran sein sollte, dass sie sich enorm schnell bewegen kann, dann wollen die Amerikaner unbedingt herausbekommen, wie sie das macht.

Wir müssen ihnen daher zuvorkommen, damit wir sie warnen können.«

»Mein Gott, Paulette! Da hast du dir was vorgenommen. Die Leute von der CIA werden keine Freudensprünge machen, wenn sie erfahren, dass du ihnen in die Quere kommst.«

***

In Kürze ist unser Fahrzeug umzingelt und man fordert uns auf, auszusteigen. Einer der Männer übernimmt den Wagen, Arif und Ali werden an Händen gefesselt und jeweils vor einem Mann auf Kamele gesetzt. Mir hat man keine Fesseln angelegt. Die Tuareg behandeln mich sehr respektvoll und überlassen mir sogar das Kamel des Mannes, der das Fahrzeug übernommen hat. Immer weiter entfernen wir uns von der befestigten Straße. Die Reise geht über Sand- und Schotterdünen.

Der Fahrer, welcher sich hier gut auszukennen scheint, lenkt unser Fahrzeug geschickt durch das unwegsame Gelände. Offenbar folgen wir einer alten Karawanenstraße. Nach etwa einer halben Stunde kommt ein Lager in Sicht, das, vor neugierigen Blicken verborgen, in einer Senke an einer kleinen Oase liegt. Einige Zelte aus Tierhäuten ducken sich in dem spärlichen Schatten hoher Palmen mit ausladenden Blättern. Rundherum grasen magere Ziegen und etliche Kamele. Inmitten dieser Oase steht ein gemauerter Brunnen, welcher das hier so dringend benötigte Wasser liefert.

Vor dem größten Zelt halten wir an. Frauen nehmen mich in Empfang. Sie tragen fast alle, ebenso wie ich, ein Tuch um Körper und Kopf gewickelt. Ihr Gesicht ist jedoch frei. Arif und unser Fahrer müssen sich auf dem Boden in den Sand hocken. Sie sind umringt von den Männern. Der Anführer richtet nun das Wort an sie, auf Französisch. Man will alles von ihnen wissen: das Woher und Wohin. Während Arif und der Fahrer draußen verhört werden, reichen mir die Frauen Essen; dabei unterhalten sie sich und ich verstehe sie. Als ich sie in ihrer Sprache anspreche und wissen will, was nun mit uns geschieht, blicken sie mich erstaunt an. Die Hausherrin steht auf und geht zu den Männern vors Zelt. Dort flüstert sie dem Anführer etwas ins Ohr. Er schaut ungläubig zu mir herüber und dreht sich dann Arif zu.

»Dein Weib ist eine Targia? Warum hast du das nicht gesagt? Wir hätten euch mit größtem Respekt empfangen.«

Arif ist verwundert.

»Eine Targia, also eine weibliche Tuareg? Das wusste ich nicht. Wie kommen Sie darauf?«

»Mein Weib hat mir gerade gesagt, dass deine Frau akzentfrei unsere Sprache, das Tamasheq, spricht. Das kann niemand, der nicht zu uns Tuareg oder Imushagh gehört, wie wir uns selbst bezeichnen. Außerdem: Hast du nie auf ihren Gang geachtet? So stolz und aufrecht geht nur eine Imushagh.«

Daraufhin erhebt sich der Mann und herrscht seine Leute an.

»Nehmt den Männern die Fesseln ab und sagt den Frauen, sie sollen Tee bereiten.«

Dann sitzen wir alle zusammen und ich muss erzählen, wie es kommt, dass eine Targia als Frau eines

Arabers durch die Wüste reist. Ich muss mir also etwas ausdenken, aber darin bin ich ja schon geübt.

Also erzähle ich, dass meine Familie im Norden Nigers lebte, als ich von einer marodierenden Schmugglerbande entführt wurde. Meine Eltern wurden getötet, aber meine zwei Brüder konnten fliehen.

»Man schleppte mich bis nach Marokko, wo ich auf einem Markt in einem abgelegenen Ort im Süden des Landes verkauft werden sollte. Dann erschien auf einmal ein Mann, der eine Gruppe Polizisten bei sich hatte. Die verhafteten die Händler, denn Menschenhandel ist auch dort verboten. Ich war frei und der Mann nahm mich mit in sein Haus.

Dieser Mann war Arzt und er war gut zu mir. So gut, dass ich bei ihm blieb und bereit war, seine Frau zu werden.«

»Und dieser Mann ist der Mann, der jetzt neben mir sitzt«, stellt der Anführer fest.

»Ja, er heißt Arif und ist Arzt. Und wir sind hier, weil wir nach einer Gruppe von Ärzten und Krankenschwestern suchen, die sich in Mali irgendwo im Bereich des Niger aufhalten, um einheimischen Menschen zu helfen, die an keine ärztliche Versorgung kommen. Sie nennen sich Médecins Sans Frontières.«

Der Anführer nickt.

»Ich habe davon gehört.«

Inzwischen sitzen wir alle draußen zusammen. Die Frauen bereiten den Tee. Es heißt: Wenn man mit den Tuareg drei Tassen Tee getrunken hat, steht man unter ihrem besonderen Schutz. Und wir trinken im Laufe des Abends mehr als drei Tassen Tee.

Mit Erstaunen stellen wir fest, dass es sich bei dem Anführer um einen äußerst gebildeten Mann handelt. Er ist über die politische Situation in Westafrika genauestens informiert. Er fährt fort.

»Es ist schlimm, dass die Islamisten sogar gegen die Médecins Sans Frontières vorgehen. Sie halten die westliche Medizin für Teufelswerk. Sie gehen auch gegen uns vor, weil sie unsere Kultur, in der gute und böse Geister einen festen Platz und Frauen Rechte haben und unverschleiert sind, für unislamisch ansehen.«

Er atmet tief ein.

»Damals, als Mali in die Unabhängigkeit entlassen wurde, wären wir lieber unter der Herrschaft der Franzosen geblieben. Aus unserer Sicht war die französische Herrschaft gegenüber der Herrschaft unserer früheren Sklaven – dunkelhäutiger Afrikaner – das kleinere Übel. Die neuen Herrscher rächten sich furchtbar. Wir wurden verfolgt und werden es noch heute. Auch ihre Korruptheit ist kaum zu übertreffen. Sie beteiligen sich am Schmuggel und an Menschen- und Drogenhandel. Daher weigern wir uns auch bis heute, Bambara, die Sprache der Unterdrücker aus dem Süden zu sprechen.

Eine große Schuld an den Konflikten in Westafrika, eigentlich sogar in ganz Afrika, tragen aber die Europäer. Die Kolonialmächte, besonders England und Frankreich, haben damals die Grenzen ohne Rücksicht auf die vielen Ethnien gezogen. Durch diese willkürliche Setzung waren Konflikte vorprogrammiert. Nimm uns als Beispiel. Das Gebiet der Tuareg, wie wir von ihnen genannt werden, erstreckt sich über die heutigen Staaten Algerien, kleine Teile Libyens, Mali, Niger und Burkina Faso. Allein hier in Mali gibt es über 35 weitere ethnische Gruppen, deren Verbreitung sich nicht nur auf Mali beschränkt.«

Dann hält er inne. Seine dunklen Augen fixieren einen imaginären Punkt in der Ferne. Schließlich wendet er sich an Arif, der schweigend neben ihm sitzt.

»Es ist schlimm, was in Westafrika geschieht und in der Vergangenheit geschehen ist, und es ist schlimm, wie man mein Volk behandelt. Aber lass uns von etwas anderem reden:

Erlaubst du, dass ich deiner Frau ein Amulett schenke? Es ist eine besondere Kette, die über der Kopfbedeckung getragen wird und sie zusammenhält. Sie signalisiert allen Stämmen der Imushagh, dass ihr unter unserem besonderen Schutz steht. Es könnte eure weitere Reise erleichtern, jedenfalls dann, wenn ihr auf Imushagh trefft.«

Arif fühlt sich geehrt. Mit einer tiefen Verbeugung antwortet er.

»Es wird mir und meiner Frau eine große Ehre sein, dein Geschenk anzunehmen.«

Zwei Frauen kommen herbei und legen mir die Kette um den Kopf. Dann mache ich etwas, das unsere Gastgeber in Erstaunen versetzt: Ich wickele mein Kopftuch neu, sodass auch Nase und Mund frei liegen, wie es bei den Frauen der Tuareg üblich ist.

Der Anführer betrachtet mich voller Bewunderung.

»Sie ist wahrlich eine echte Targia und eine besonders schöne dazu. Es ist uns eine Ehre, so ein schönes und stolzes Mitglied unserer Stämme bei uns zu haben.«

Und zu Arif: »Du musst ein sehr glücklicher Mann sein.«

Am nächsten Morgen begleiten uns drei Kamelreiter noch ein ganzes Stück des Weges. Als die Sonne höher steigt, verabschieden sie sich und wir sind wieder allein auf der Piste Richtung Südosten. Wir sind auf halber Strecke zwischen Timbuktu und Bamba und die Sonne brennt unbarmherzig vom wolkenlosen Himmel. Weit und breit sind kein Baum und kein Strauch zu sehen, die Schatten spenden könnten. Nur ein paar trockene Dornbüsche recken ihre kahlen Zweige in den stahlblauen Himmel.

Wir nähern uns Bamba und zum ersten Mal kommen uns Fahrzeuge entgegen. Wir halten ein Fahrzeug an und fragen, ob in der Gegend ein mobiles Krankenhaus der Médecins Sans Frontières zu finden sei.

Wir haben Glück. Nach wenigen Kilometern würden wir sie am Ufer des Nigers sehen können, wird uns mitgeteilt.

Dann taucht das Lager rechts von uns am Fluss auf. Vor dem Wagen, der als Krankenstation dient, hat sich eine lange Schlange Einheimischer gebildet: viele Frauen mit Säuglingen und Kleinkindern, aber auch ein paar Männer. Rund um das Lager der Mediziner haben Einheimische Zelte aufgeschlagen.

Unsere Ankunft erregt Aufsehen. Als ich, diesmal neben Arif und nicht hinter ihm, an den Menschen vorüberschreite, geht ein Raunen durch die Menge.

»Eine Targia!« klingt es teils furchtsam, teils neugierig. Sie wissen: Die Tuareg nehmen so gut wie nie ihre Frauen mit, sie bleiben meistens zu Hause.

Als wir näherkommen, geht die Tür der Krankenstation auf. Eine weiße Frau steht im Türrahmen und schaut verwundert erst auf mich dann auf Arif. Sie reißt die Augen auf und führt die Hand vor Erstaunen an den Mund.

»Bist du das, Arif?« Dann ruft sie über ihre Schulter in die mobile Station.

»Kommt alle her! Arif ist gekommen!«

Kurz darauf drängeln sich etliche männliche und weibliche Personen in weißen Kitteln in der Türöffnung. Die Frau stürzt auf Arif zu, fällt ihm um den Hals und wirft ihn dabei fast um.

Wir werden in die Station geleitet und es hagelt Fragen.

»Bist du gekommen, um wieder mitzuarbeiten? Wo kommst du überhaupt her? Wieso begleitet dich eine Targia? Wie hast du uns gefunden?«

Arif berichtet in Kürze. Als er auf unsere Erlebnisse bei den Tuareg zu sprechen kommt, blickt eine junge Ärztin mich erstaunt an und platzt heraus.

»Dann bist du gar keine Targia. Aber wieso sprichst du perfekt Tamasheq? Und Bambara? Und Dioula?«

Sie überlegt einen kurzen Moment. Dann hellt sich ihre Miene auf.

»Du bist das Sprachengenie, von dem Lucas erzählt hat! Florence?«

»Ja, Lucas kennt mich als Florence. Tatsächlich heiße ich aber Sophie. Doch das ist eine längere Geschichte.

Du sagst, Lucas hat von mir erzählt? Wo ist er eigentlich? Er müsste doch auch hier sein?«

»Lucas ist vor zwei Tagen fort. Rüber nach Niger. Wir bekamen die Nachricht, dass in einem Dorf südlich des Aïr-Gebirges die Cholera ausgebrochen ist. Außerdem leiden dort viele Kinder an Noma, einer weitverbreiteten Krankheit, verursacht durch Hunger und mangelnde Hygiene.

Er machte sich mit zwei Fahrzeugen und fünf unserer Leute auf den Weg. Er musste allerdings zuerst zum Flughafen von Niamey. Uns waren einige Medikamente ausgegangen. Dort sollte eine Ladung ankommen. Wir haben dort aber niemanden, der sie in Empfang nehmen kann. Und sie den Behörden zu übergeben, ist zu riskant. Sie würde nicht weit kommen, sondern in den verschiedensten Kanälen versickern. Korruption und Bestechung ist auch in Niger weit verbreitet.

So, nun richtet euch erst einmal bei uns ein. Wir arbeiten bis zum Dunkelwerden. Dann können wir uns zusammensetzen und ihr müsst uns alles erzählen.«

Am Abend sitzen wir zusammen und Arif erzählt ausführlich. Wenn man seinen blumigen Worten lauscht, klingt es fast so wie die Abenteuer aus den Geschichten von Tausend und einer Nacht. Die gesamte Medizinertruppe lauscht seinem Bericht. Als er geendet hat, wendet sich die junge Ärztin, die uns zuerst begrüßt hat, mir zu und fragt:

»Lucas hat viel von dir erzählt. Aber wie stehst du eigentlich zu Lucas?«

»Hm, ich glaube, ich habe mich in ihn verliebt.«

Überrascht und mit einem ungläubigen Ausdruck im Gesicht platzt sie heraus:

»Du glaubst nur, du hast dich verliebt? Du machst den weiten Weg von Hamburg über Genf, Marokko, dann zur Elfenbeinküste und schließlich nach Mali, wirst fast getötet und von Tuareg gefangen genommen, und dann glaubst du nur, dass du ihn liebst? Also, wenn das nicht Liebe ist, dann weiß ich nicht, was Liebe sonst sein soll.«

»Sicher hast du recht. Aber ich habe ein Gefühl in dieser Stärke zum ersten Mal. Ich habe noch nie etwas Ähnliches gefühlt. Es verwirrt und verunsichert mich.«

Am nächsten Morgen verabschieden wir uns in aller Frühe. Wir haben uns die genaue Lage des Dorfes geben lassen. Um dorthin zu kommen, müssen wir durch die Hauptstadt Niamey und dann nach Nordosten in den Steppen- und Wüstenteil von Niger.

Die Fahrt am Niger entlang führt durch dichtbesiedeltes Gebiet. Hier leben 90 Prozent der Nigrer. Wir versorgen uns dann in der Hauptstadt mit Frischwasser, Lebensmitteln und Benzin und machen uns auf den Weg. Die Vegetation wird immer dürftiger, je weiter wir nach Norden kommen, und geht erst in Dornstrauchsavanne, später in wüstenähnliche Steppe und Sandwüste über. Am Horizont sind die ersten Ausläufer des Aïr-Gebirges zu erkennen. Rechts von uns in der Ferne erzeugt die schon etwas tiefer stehende Sonne atemberaubende Licht- und Schattenformationen auf den gewaltigen Sanddünen der Ténéré-Wüste. Unser Fahrer berichtet, dass dieses gewaltige Naturschauspiel leider nicht mehr überall zu beobachten ist. Inzwischen zerstören chinesische Ölfördertürme an etlichen Stellen das Bild, obwohl diese Wüste zum Weltkulturerbe zählt.

Wir überqueren die erste, noch relativ flache Gebirgskette und gelangen am zweiten Tag in eine breite Ebene. Dahinter erhebt sich das bis zu 1.900 Meter hohe Zentralgebirge. Auf kurviger, unbefestigter Piste geht es hinunter in die Ebene. Nach einer weiteren Stunde schwebt am Horizont vor uns in der flimmernden Luft ein grünbraunes und silbriges Gebilde. Es sieht aus, als befände sich dort eine Oase oder Wasserstelle. Unser einheimischer Führer reicht mir sein Glas.

»Schauen Sie mal hindurch. Fällt Ihnen irgendetwas Ungewöhnliches auf?«

Angestrengt blicke ich auf das flimmernde Gebilde. Dann sage ich:

»Also, mit viel Fantasie lassen sich Palmen erkennen, aber sie scheinen auf dem Kopf zu stehen.«

»Das haben Sie völlig richtig erkannt. Es gibt vermutlich eine Wasserstelle mit etwas grüner Vegetation und sie liegt auch in diese Richtung, nur viel weiter weg. Was wir sehen, ist eine Spiegelung an der heißen Luftschicht, eine Fata Morgana. Sie wird wieder verschwinden, wenn wir weiter auf sie zufahren. Aber irgendwann werden wir das Original sehen können. Was wir hier sehen, ist eine echte Fata Morgana. Die meisten Menschen halten bereits silbrig schimmernde aufsteigende Luft am Ende einer Ebene oder Straße für Wasser und damit für eine Oase. Aber dieses Phänomen ist überall zu sehen, auch bei Ihnen in Europa, und hat nichts mit einer Fata Morgana zu tun.«

Unser Führer behält recht. Nach zwei Stunden Fahrt durch die trockene Hitze erkennen wir Buschwerk und grüne Palmen in der Ferne. Wir nähern uns der Wasserstelle. Schon von weitem sticht uns ein ausgebranntes Fahrzeug ins Auge. Beim Näherkommen können wir den Schriftzug auf dem Lastwagen erkennen: Médecins Sans Frontières. Uns stockt der Atem. Dann sehen wir Leichen.

10

»Sie wollen allen Ernstes behaupten, dass Sie den Namen nicht protokolliert haben?«

»Nein, erst wollten wir sie erkennungsdienstlich behandeln.«

»Und bevor das geschehen ist, ist sie Ihnen abgehauen. Und Sie haben nichts unternommen, um sie wieder einzufangen?«

»Nein, gegen Sie lag nichts vor. Dass jemand seine Papiere nicht dabei hat, ist nichts Ungewöhnliches. Außerdem ist es nicht strafbar.«

»Sie ist Ihnen einfach so davongelaufen?«

»Ja! Die Beamtin sagte, sie sei sehr schnell gewesen.«

»Können Sie sich denn erinnern, welchen Namen sie angegeben hat.«

»Keinen. Sie wusste ihn nicht. Nur ihren Vornamen.«

»Sie wusste ihren Namen nicht, nur ihren Vornamen?«

»Genau. Der Vorname war, glaube ich, Flora oder so ähnlich.«

»Und sie war Französin, oder?«

»Nein. Ich glaube, eher nicht. Sie sprach akzentfrei Deutsch. Aber sie konnte Französisch. Und auch Arabisch.«

»Wir haben gehört, es gab da noch einen Mann. War das ein Bekannter oder Freund von ihr?«

»Ja, ein junger Arzt. Es schien aber so, als hätten sie sich erst hier kennengelernt. Er arbeitet für die Ärzte ohne Grenzen.«

»Und erinnern Sie sich wenigstens an seinen Namen?«

»Ja, er sagte, er hieße Lukas Möville oder so ähnlich.«

»Wissen Sie, wohin er wollte?«

»Ja, er wollte zu einem Kongress nach Hamburg.«

»Darüber haben Sie auch nichts im Protokoll? Was machen Sie hier eigentlich für eine schlampige Arbeit.«

»Ich verbiete mir diesen Ton! Seit dem letzten Ministererlass sollen wir neuerdings den gesamten Grenzverkehr kontrollieren, haben aber kein zusätzliches Personal bekommen. Da haben wir keine Zeit für solche Bagatellfälle.«

»Ist ja schon gut. Tut mir leid, ich wollte Sie nicht beleidigen. Danke für die Auskünfte.«

»Bitte! Aber eines hätte ich gern noch gewusst: Wieso interessiert sich der Bundesnachrichtendienst für die Frau? Und wer sind die beiden anderen Herren?«

»Die Herren sind Kollegen von amerikanischer Seite. Und über die Gründe darf ich leider keine Auskunft erteilen.«

***

Die Leichen neben dem ausgebrannten Fahrzeug haben Schusswunden. Mein Herz krampft sich zusammen. Ich traue mich kaum, näher heranzugehen. Arif beugt sich bereits über den ersten Toten. Kurz darauf richtet er sich auf.

»Ich kenne sie alle. Es sind ein Arzt und drei Krankenschwestern.« Und nach einem Zögern: »Lucas ist nicht dabei.«

In mir keimt ein Fünkchen Hoffnung.

»Es fehlt das zweite Fahrzeug. Möglicherweise haben sie damit die Beute abtransportiert. Es gab ja jede Menge Medikamente und Verbandsmaterial und natürlich Nahrungsmittel. Vielleicht haben sie ihn als Fahrer mitgenommen?«

Arif schüttelt traurig den Kopf.

»Auch wenn es schmerzt, Sophie, aber das passt nicht zu deren Muster. Wenn sie Opfer am Leben lassen, dann Frauen, um sie als Sexsklavinnen zu benutzen, niemals Männer.«

»Vielleicht konnte er fliehen?«

»Wohin soll er denn von hier aus fliehen können? Rundherum ist doch nur Wüste? Aber vielleicht hat er es versucht. Lass uns die Umgebung absuchen.«

Dann entdecke ich eine Schleifspur im Sand. Sie führt zu einem Busch. Ich erkenne unter dem Blattwerk eine menschliche Hand, kurz darauf einen Körper.

Es ist Lucas.

Ich schreie laut auf und Arif eilt herbei. Er beugt sich über den leblosen Körper und untersucht ihn.

Dann erhebt er sich und schaut mir in die Augen.

»Er lebt. Er hat mehrere Schusswunden. Zwei Durchschüsse dicht am Herzen und im rechten Arm und in den Oberschenkeln stecken Kugeln. Sie müssen ihn für tot gehalten haben und er konnte sich nach ihrem Abzug wohl noch in den Schatten des Busches schleppen. Aber er ist bewusstlos und sein Atem geht sehr flach. Wir müssen ihn notdürftig versorgen. Das nächste Krankenhaus ist in Zinder, etwa 250 Kilometer von hier. Zinder ist die frühere Hauptstadt und hat einen Flugplatz. Wenn er den Transport überlebt, können wir ihn vielleicht retten. Aber seine Verletzungen sind sehr schwer; ich weiß nicht, ob er das durchsteht.«

Zu dritt heben wir Lucas vorsichtig auf die Ladefläche des Fahrzeugs. Arif baut aus Spritzen und Schläuchen eine Art Tropf, der ihm Wasser mit etwas Kochsalz intravenös zuführt. Ich klettere ebenfalls auf die Ladefläche. Arif weist mich ein:

»Du musst die Flasche ständig hochhalten und den Schlauch mit der Hand so abquetschen, dass die Lösung nur tröpfchenweise hindurchgeht. Schaffst du das?«

»Ich schaffe alles, wenn es Lucas hilft.«

Arif gibt den Befehl zum Aufbruch. Wir haben keine Zeit zu verlieren und können die Leichen nicht begraben. So bald wie möglich wollen wir das Militär benachrichtigen, damit sie die Toten bergen. Aber nun müssen wir schnell die Stadt erreichen. Doch Ali muss vorsichtig fahren, um größere Erschütterungen zu vermeiden. Ich habe Lucas' Kopf auf meinen Schoß gebettet und befeuchte immer wieder seine Lippen. Sein Gesicht ist heiß. Er fiebert.

Wir kommen für hiesige Verhältnisse gut voran. Die Bergkette liegt hinter uns. Vor uns breitet sich die Schotter- und Dornbuschwüste aus. Weiter im Südosten flimmern wieder am Horizont die riesigen Sanddünen der Ténéré-Wüste. Auch von hier aus sind die landschaftszerstörenden Bohrtürme nicht zu sehen. Es sieht alles so friedlich aus. Nur, wir haben nicht die Zeit und Muße, den Anblick zu genießen. Die Sorge um Lucas' Überleben lässt uns an nichts anderes denken.

Gelegentlich müssen wir tief liegende ausgetrocknete Flussläufe durchqueren. »Hier ist schon seit Jahren kein Wasser mehr geflossen«, erklärt unser Fahrer Ali.

Unvermittelt tauchen aus einer dieser Senken bewaffnete Kämpfer auf. Der Kleidung nach sind es weder Tuareg noch Angehörige der Ansar Dine oder al-Qaida, aber auch nicht der regulären nigrischen Armee. Es muss sich um marodierende Schmugglerbanden handeln. Sie sind auf unsere Ausrüstung aus, wie ich ihren laut gebrüllten Worten entnehmen kann. Sie sprechen Hausa, die neben Französisch im Niger am weitesten verbreitete Sprache. Wir sollen das Fahrzeug verlassen. Sie verleihen der Aufforderung mit auf uns gerichteten Gewehren Nachdruck. Ich bekomme Panik. Wenn ich jetzt von der Ladefläche herunterklettere, bedeutet das Lucas' Tod. Wenn ich sitzen bleibe, werden sie mich erschießen. Gegen eine bewaffnete Gruppe komme ich auch mit meiner Schnelligkeit nicht an. Ich bin verzweifelt; ich will Lucas nicht aufgeben. Bevor wir jedoch dazu kommen die Türen zu öffnen beziehungsweise die Ladeklappe herunterzulassen, fallen Schüsse. Von hinter den Dünen tauchen von allen Seiten Blaue Krieger auf. Die Wegelagerer haben keine Chance. Einige fallen getroffen zu Boden, der Rest flieht panikartig.

Aus dem Kreis der uns umzingelnden Tuareg löst sich ihr Anführer. Er reitet auf uns zu und grüßt respektvoll.

»Wir bedauern, dass ihr das Blutbad mitansehen musstet. Es ist uns nicht leicht gefallen, gegen die Leute vorzugehen, die normalerweise zu unseren Verbündeten gehören. Die anhaltenden Dürren und die Verfolgung durch Regierungstruppen zwingen uns leider dazu, mit Schmugglern und Dieben gemeinsame Sache zu machen.«

Er fährt fort:

»Nun haben unsere Verbündeten es aber gewagt, eine Targia und ihren Mann anzugreifen, die unter unserem besonderen Schutz stehen.«

»Wie habt ihr von uns erfahren?«, will Arif wissen.

»Solche Geschichten verbreiten sich wie ein Lauffeuer unter den Stämmen der Imushagh, die sich hier in Niger Imajeghen nennen. In den Zelten wird von ihrer außerordentlichen Schönheit berichtet. Und ich muss gestehen, die Geschichten sind wahr.«

Dabei schaut er mich an und sieht dann Lucas.

»Was ist mit dem Mann? Er ist verletzt?«

»Er ist der einzige Überlebende eines Massakers an vier Ärzten und Krankenschwestern. Sie waren unterwegs zu einem Dorf am Rande des Aïr-Gebirges. Sie gehören zu den Médecins Sans Frontières.«

»Ich kenne diese Organisation. Kein Angehöriger unserer Stämme würde gegen sie vorgehen. Es kann nur eine Gruppe gewesen sein, die der hiesigen Sektion von al-Qaida, Ansar Dine oder Boko Haram angehört.«

Mit Bedauern unterbricht Arif den Anführer der Tuareg.

»Entschuldigt bitte, dass wir weiter müssen. Wir müssen das Krankenhaus in Zinder erreichen. Jede Minute Verzögerung kann den Tod unseres Verletzten bedeuten.«

Der Mann nickt verständnisvoll, greift in einen Beutel, den er um den Hals trägt, und reicht mir ein paar getrocknete Kräuter.

»Leg diese auf seine Wunden. Sie können den Wundbrand verhindern und haben fiebersenkende Wirkung.«

Wir haben gerade noch Zeit, uns zu bedanken, da ist die Gruppe bereits hinter der nächsten Düne verschwunden.

Dank der Kräuter des Tuareg-Führers übersteht Lucas die nächsten Stunden, und je weiter wir nach Süden kommen, desto besser wird die Straße. Arif, der Ali beim Fahren abgelöst hat, kann endlich etwas schneller fahren. Unbehelligt erreichen wir schließlich das Krankenhaus in Zinder.

Arif weist sich als Arzt aus und wird sogleich behandelt, als gehöre er zum Personal. Er darf sogar erste Operationen an Lucas persönlich durchführen.

»Die sind froh«, sagt er, »dass ich das mache, denn Niger hat enormen Ärztemangel. Und die Krankenhäuser hier haben natürlich nicht europäischen Standard. Ich kann ihn nur so weit stabilisieren, dass er einen Transport im Ambulanzflugzeug nach Frankreich übersteht.«

Später berichtet er:

»Ich konnte die Kugeln aus Armen und Beinen entfernen. Die Durchschüsse haben knapp das Herz verfehlt, aber innere Organe verletzt. Diese Operationen können hier nicht gemacht werden. Er würde es nicht überleben. Wir werden ihn für den Flug nach Frankreich ins künstliche Koma setzen. Das erhöht seine Überlebenschancen. Und du wirst ihn begleiten. Als behandelnder Arzt habe ich dich für den Rücktransport als Begleitung eingeteilt.«

Und mit einem angedeuteten Lächeln ergänzt er:

»Du darfst ihn kurz sehen. Er ist bei Bewusstsein, aber er kann nicht sprechen.«

Ich stürze ins Krankenzimmer. Lucas hat die Augen offen. Ich bedecke sein Gesicht mit Küssen. Er schaut ungläubig. Er versteht nicht, wieso ich hier bin und versucht, etwas zu sagen. Aber es geht nicht. Dann schließt er die Augen. Arif kommt hinzu und sagt:

»Er ist wieder bewusstlos. Das war zu viel für ihn.«

»Darf ich die Nacht bei ihm bleiben?«

»Das geht hier nicht. Es ist eine Intensivstation. Außerdem musst du etwas schlafen. Morgen früh soll das Ambulanzflugzeug landen.«

Auf dem Flug nach Frankreich wird Lucas von einem Arzt und einer Krankenschwester versorgt. Das Ambulanzflugzeug ist mit allen technischen Geräten ausgestattet, die Lucas am Leben erhalten. Arzt und Schwester können nicht viel machen, da er im künstlichen Koma liegt. Sie überwachen lediglich die Anzeigen auf den Geräten und korrigieren gelegentlich einige Einstellungen.

»Wir werden auf dem alten Pariser Flughafen Le Bourget landen«, sagt mir der Arzt. »Dieser Flughafen wird heute nur noch für den Geschäftsfliegerverkehr genutzt und eben für Spezialflüge wie unseren. Ihr

Verlobter wird von dort mit einem Hubschrauber ins ›Amerikanische Krankenhaus Paris‹ in Neuilly-sur-Seine gebracht. Es heißt zwar ›Amerikanisches Krankenhaus‹, aber die Amerikaner haben nur insoweit damit zu tun, als sie bei der Gründung mitgewirkt haben. Es ist eine der besten Privatkliniken.

Was ich aber noch fragen wollte: Gibt es außer Ihnen noch weitere Angehörige, die wir benachrichtigen sollten?«

»Ja, seine Eltern. Sie leben in der Champagne. Ich werde das übernehmen, sobald wir in Neuilly-sur-Seine angekommen sind.«

»Danke, das ist sehr freundlich von Ihnen. Und ich möchte Ihnen noch etwas sagen. Ich denke, seine Überlebenschancen sind gut. Sein Zustand ist stabil, seit wir in Niger abgeflogen sind.«

11

»In Hamburg seid ihr also nicht weitergekommen. Und bei dem Arzt war auch Schluss. Was habe ich bloß für unfähige Mitarbeiter. Wisst ihr eigentlich, dass Frankreich einen Auslieferungsantrag gestellt hat? Die wollen euch vor Gericht stellen. Da hat sich nämlich jemand euretwegen umgebracht.«

»Sir, es tut uns leid. Das war nicht unsere Absicht. Und was die Frau angeht, so sieht es aus, als hätte sie sich in Hamburg in Luft aufgelöst. Das Letzte, was wir von ihr wissen, ist ein Auftritt auf dem Kongress und dass sie im Elysée-Hotel in Begleitung des Arztes untergekommen ist. Dann verliert sich ihre Spur. Niemand hat sie seitdem gesehen.«

»Und der Mann? Der Arzt? Was ist mit dem?«

»Wir konnten verfolgen, dass er ohne Begleitung über Frankfurt und Rabat nach Abidjan, Elfenbeinküste, geflogen ist. Seine Organisation ist dort aktiv. Dort ist er dann spurlos verschwunden. Er ist auch nie zurück- oder weitergeflogen. Wir haben sämtliche Passagierlisten aller Airlines, die westafrikanische Staaten anfliegen oder von dort starten, über Monate kontrolliert.«

»Mit anderen Worten: Ihr habt nicht die leiseste Ahnung wo sich das Mädchen oder der Mann aufhalten. Außerdem könnt ihr euch in Frankreich nicht mehr blicken lassen. Nehmt hiermit zur Kenntnis, dass euer Job daher erledigt ist. Ihr könnt von Glück sagen, wenn wir eine Beschäftigung für euch beiden Nullen im Keller unserer Verwaltung in der Registratur finden. Also verschwindet! Ich muss mir fähigere Leute suchen.«

***

»Hallo, spreche ich mit Madame Meurville?«

»Ja. Wer ist denn da?«

»Mein Name ist Sophie Miller. Ihr Sohn kennt mich unter meinem zweiten Namen Florence.«

»Florence! Was für eine Überraschung! Wo sind Sie? Sie müssen uns unbedingt besuchen kommen. Lucas hat so viel von Ihnen erzählt.«

»Das geht leider nicht. – Madame Meurville: Es ist etwas passiert. Mit Lucas.«

»Oh Gott. Was ist mit ihm? Er ist doch nicht etwa – tot? Sagen Sie, dass er nicht tot ist!«

»Nein, Madame Meurville. Er lebt. Er liegt im Amerikanischen Krankenhaus Paris. Aber er ist schwer verletzt. Wir sind gerade zusammen aus Afrika zurückgekommen. Mit einem Ambulanzflugzeug. Sein Zustand ist zurzeit stabil. Die Ärzte sagen, dass seine Überlebenschancen gut sind. Er wird noch heute operiert.«

»Wir kommen. Oh Gott, ich muss das seinem Vater schonend beibringen. Er hat gerade einen Herzinfarkt hinter sich. Aber wir kommen zu Ihnen, so schnell wir können.«

Später sitzen wir zu dritt im Warteraum und ich berichte mit wenigen Worten von dem Überfall und der Fahrt nach Zinder. Zwischendurch ist ein Arzt erschienen und hat berichtet, dass die Operationen gut verlaufen sind. In zwei Stunden dürften wir ihn besuchen.

Madame Meurville sieht mich immer wieder von der Seite an. Irgendwann kann sie nicht mehr an sich halten.

»Mademoiselle Sophie ... Ich darf doch Sophie zu Ihnen sagen oder lieber Florence?«

»Selbstverständlich. Sophie oder Florence. Wie es Ihnen beliebt. Sophie ist allerdings mein richtiger Name.«

»Gut, dann sage ich Sophie zu Ihnen. Sophie, ich kann gar nicht sagen, wie dankbar mein Mann und ich Ihnen sind. Sie haben unserem Sohn das Leben gerettet. Und das möchte ich auch noch sagen: Sie sehen bezaubernd aus. Sie wissen nicht, wie wir uns freuen, dass Lucas ein so liebes Mädchen gefunden hat.«

»Danken Sie nicht mir. Ohne Lucas' Freund Arif wäre auch ich nicht mehr am Leben.«

Dann dürfen wir zu Lucas. Wir sitzen alle an seinem Bett. Er hält meine Hand und sagt:

»Es ist so schön dass du da bist. Und ich muss dir sagen, ich habe dich die ganze Zeit sehr vermisst.«

»Ich dich auch, Lucas. Ich glaube, ich habe mich in dich verliebt. Ich hatte solche Sehnsucht nach dir.«

Wir schauen uns zärtlich an und halten uns bei den Händen. Madame und Monsieur Meurville blicken sich ebenfalls an. Man sieht ihnen an, dass sie sich über unsere Zuneigung freuen.

Dann klopft es an der Tür und herein kommt ... Arif.

Lucas' Augen strahlen vor Freude.

»Arif, mein Freund. Es ist schön, dich wiederzusehen. Es ist überhaupt schön, euch alle zu sehen.«

Arif umarmt seinen Freund, soweit es die Verbände und Versorgungsschläuche zulassen.

Nach einer Zeit sagt Lucas:

»Wisst ihr, was komisch ist? Jetzt, wo Florence und Arif hier sind? Ich hatte einen merkwürdigen Traum, in dem ihr beide vorgekommen seid. In dem Traum sah ich eine Targia, eine weibliche Tuareg.

Sie hatte dein Gesicht, Florence. Doch immer, wenn ich nach dir greifen wollte, verschwamm das Gesicht und stattdessen erschien ein Targi mit blauer Kopfbedeckung und Mundschutz. Er hatte die Augen von dir, Arif, und sagte mit deiner Stimme: ›Du kannst sie nicht haben, sie ist meine Frau‹. Das wiederholte sich ständig. Ist das nicht merkwürdig?«

Arif wirft mir einen bedeutungsvollen Blick zu. Dann sagt er:

»Lucas! Das war kein Traum.«

Nun erzählt er die ganze Geschichte in allen Einzelheiten, angefangen bei unserem Treffen in der Kasbah des Oudaïas in Rabat. Lucas und seine Eltern lauschen atemlos. Nachdem er geendet hat, nehmen uns Lucas' Eltern nacheinander in die Arme.

»Mein Gott, was habt ihr durchgemacht, nur um Lucas zu finden. Das können wir niemals wieder gutmachen. Aber ihr solltet wissen: Unser Haus ist auch euer Haus. Ihr seid jederzeit willkommen.«

Lucas' Vater, der sich bisher zurückgehalten hat, nickt zustimmend. Tränen laufen über seine Wangen.

Die Zeit vergeht wie im Fluge und wir müssen uns verabschieden. Es war etwas viel für Lucas, sagen die Ärzte. Er braucht noch Ruhe.

Einige Wochen später sitzen Lucas und ich auf der Veranda des alten Herrenhauses seiner Eltern.

Das zirka zwei Hektar große Anwesen inmitten landwirtschaftlich genutzter Flächen wird von einer Mauer aus Natursteinen umschlossen. Durch ein großes schmiedeeisernes Tor gelangt man durch einen lichten Laub- und Pinienwald auf einem Sand- und Kiesweg vor das Herrenhaus aus dem neunzehnten Jahrhundert. Hinter dem Gebäude blickt man von einer hochgelegenen Terrasse über die sanften Hügel der Champagne. Weit entfernt in einer Senke breitet sich der große Wald eines Naturparks aus, der »Parc Naturel Régional de la Forêt d´Orient«. Drei künstliche seenartige Rückhaltebecken stauen hier jeweils über Zu- und Abflüsse das Wasser der Seine und Aube bei Hochwasser: Der alte Lac d´Orient und die beiden jüngeren Lac d´Auzon-Temple und Lac Amance.

Wir genießen die Ruhe und die friedvolle Landschaft. Die schrecklichen Erlebnisse haben wir einigermaßen verdrängt. Lucas erholt sich unter diesen Bedingungen schnell; wir machen lange Spaziergänge im Naturpark, baden im Lac d´Orient oder liegen einfach nur im Schatten der Bäume am Ufer des Sees. Lucas’ Eltern verwöhnen uns nach Strich und Faden; seine Mutter ist überglücklich, ihren geliebten Sohn bei sich zu haben. Sie kann gar nicht oft genug betonen, wie stolz sie darauf ist, dass ihr Sohn solch eine wunderschöne Frau als Partnerin gewählt hat. Beide, Madame und Monsieur Meurville, haben mich tief in ihr Herz geschlossen. Anfangs war Lucas verwirrt, weil seine Eltern mich mit Sophie anredeten, doch als ich ihm von Katja und ihrem Bekannten erzählte und warum ich jetzt Sophie heiße, hat er sich ebenfalls angewöhnt, mich Sophie zu nennen. Nur gelegentlich rutscht ihm noch Florence heraus.

Dann geschieht etwas, das die Ruhe abrupt beendet. Die jüngste Vergangenheit holt mich ein.

Lucas und ich sind in die nächste Stadt gefahren, nach Troyes. Wir erledigen ein paar Besorgungen für uns wie auch für seine Eltern. Bevor wir zurückfahren, setzen wir uns in ein kleines Straßencafé. Es ist später Vormittag und in dem Bistro kaum etwas los.

Ein junges Mädchen, höchstens sechzehn, nimmt unsere Bestellung auf. Als ich ihr meine Wünsche nenne, schaut sie mich entsetzt an.

»Warum schauen Sie mich so an? Ist etwas mit mir?«

Nur mühsam bringt sie heraus:

»Ich kenne Sie. Von einem Fahndungsfoto. Sie sind doch die Freundin des toten Malers beziehungsweise, Sie waren es.«

Ihre Augen füllen sich mit Tränen.

Lucas nimmt ihren Arm.

»Kommen Sie. Setzen Sie sich zu uns. Und erzählen Sie. Ihr Chef wird nichts dagegen haben, es ist hier sowieso kaum etwas los.«

Das Mädchen kommt der Aufforderung nach und setzt sich zu uns. Dann beginnt sie.

»Sie sind der Grund, warum mein Vater nicht mehr lebt. Ich weiß, Sie haben keine Schuld, denn Sie wissen ja nichts davon. Schuld bin allein ich. Hätte ich doch bloß den Mund gehalten, als die Agenten der amerikanischen Behörde für nationale Sicherheit, der CIA oder NSA – ich weiß es nicht genau – bei uns waren. Die suchten nach Ihnen und haben sich dabei so dummerhaftig angestellt, dass ich nicht umhin konnte, sie darauf aufmerksam zu machen. Damit habe ich ganz offensichtlich ihre empfindliche Stelle getroffen; ich habe sie lächerlich gemacht. Das konnten sie nicht auf sich sitzen lassen und haben sich furchtbar gerächt. Mein Vater war Leiter der Polizeiwache und hat sie rausgeschmissen. Einige Wochen später wurde mein Vater vom Dienst suspendiert. Es wurden Bilder seinen Vorgesetzten zugespielt, die zeigten, dass mein Vater mich angeblich missbraucht hätte. Aber die Bilder waren komplett gefälscht. Mein Vater hat mir nie etwas getan. Er war der beste Vater, den man sich denken kann. Ich war ja das Einzige, was er noch hatte, nachdem meine Mutter vor vielen Jahren gestorben war. Aber es setzte eine beispiellose Hetzkampagne gegen meinen Vater ein, von der auch ich nicht verschont blieb. Meine Beteuerungen seiner Unschuld wurden mir nicht abgenommen. Es hieß, ich wolle ihn nur schützen. Irgendwann hat er es nicht mehr ausgehalten und hat sich umgebracht.«

Das Mädchen hält inne, Tränen laufen ihm über die Wangen.

»Wenn ich doch bloß den Mund gehalten hätte, damals, als sie behaupteten, Sie wären eine Islamistin, die Terroranschläge geplant hätte. Aber das war so ein hirnverbrannter Blödsinn.

Nach dem Tod meines Vaters bin ich fort. Weg aus der kleinen Stadt. In bin hier in die Champagne gekommen und schlage mich mit Jobs als Kellnerin durch.«

Lucas schaut mich fragend an.

»Die suchen dich als Terroristin? Das kann doch nicht deren Ernst sein.«

»Ist es auch nicht«, wirft das Mädchen ein, »das kann nur ein Vorwand gewesen sein.«

Dann sagt sie zu mir:

»Aber sie suchen Sie. Sie sollten vorsichtig sein und vor allem nicht öffentlich auftreten. Haben Sie denn eine Ahnung, warum sie von den Amerikanern gesucht werden?«

»Nein, ich habe nicht den leisesten Schimmer. Vielleicht hat es mit dem Teil meines Lebens zu tun, der aus meiner Erinnerung gelöscht ist.«

12

»Ich habe das Mädchen gefunden, Jean-Pierre.«

»Welches Mädchen, Paulette?«

»Na das, dem die Agenten der CIA so übel mitgespielt haben. Die Tochter des Polizisten, der sich umgebracht hat.«

»Ach die, die von ihrem Vater missbraucht wurde.«

»Sie wurde nicht missbraucht. Inzwischen weiß man, dass die Bilder manipuliert worden sind. Und zwar von den Amerikanern. Übrigens kann sich kein amerikanischer Agent mehr in der Gegend sehen lassen. Der Präfekt des Départements ist stinksauer. Er macht zu Recht die beiden Agenten für den Tod des Polizisten verantwortlich und hat die französische Regierung bewogen, einen Auslieferungsantrag an die Amerikaner zu stellen. Aber die USA weigern sich natürlich.«

»Und, wo ist das Mädchen?«

»Es arbeitet in einer kleinen Bar in Troyes. Ein Freund hat sie zufällig dort gesehen.«

»Na, dann nichts wie nach Troyes.«

***

Auf der Heimfahrt ist Lucas sehr besorgt.

»Ich denke, du bist in Gefahr, Florence. Ich habe in Afrika und vor allem im Nahen Osten erlebt, wozu die Amerikaner fähig sind, wenn etwas nicht so läuft, wie sie es wünschen. Ich werde mit meinen Eltern reden.«

In Folge von Lucas' Unterredung wimmelt es in den nächsten Tagen von Handwerker- und Technikerfirmen auf dem Grundstück. Die Natursteinmauern werden mit elektrischen Zäunen bestückt, überall werden Kameras installiert, und neben dem Gärtner und Hauspersonal sorgt ein Tag und Nacht anwesendes Sicherheitspersonal dafür, dass niemand unbemerkt das Anwesen betreten kann. Ständig begleiten uns zwei Sicherheitsleute, wenn wir das Grundstück verlassen. Ich empfinde das als außerordentlich lästig. Aber Lucas besteht darauf.

Doch nicht nur die ständige Bewachung und Begleitung stört mich; ich empfinde, je mehr Tage vergehen, eine zunehmende innere Unruhe. Irgendwann spreche ich mit Lucas darüber, als wir allein am Strand des Lac d'Orient sitzen und die Ruhe der Landschaft auf uns wirken lassen.

»Lucas, ich weiß nicht, was mit mir los ist und es hat auch nichts mit dir zu tun. Ich liebe dich immer noch genauso wie am Anfang und wünsche mir nichts sehnlicher als immer mit dir zusammen zu sein. Ich genieße jeden Tag mit dir. Aber irgendetwas ist in mir, das mich forttreibt. Ich habe das Bedürfnis, ich müsse hinaus, neuen Menschen begegnen, die Welt kennen und verstehen lernen. Ich weiß, es ist gefährlich die Sicherheit des Anwesens deiner Eltern beziehungsweise unserer Personenschützer zu verlassen und sich unter fremde Menschen zu begeben, aber ich komme gegen dieses Drängen nicht an und befürchte, dass unsere Liebe Schaden nehmen könnte. Was soll ich nur machen?«

Mit hängenden Schultern schaue ich Lucas hilflos an. Er fasst meine Hände.

»Ich wusste schon damals, als ich dich kennenlernte, dass du ein sehr ungewöhnliches Mädchen bist. Du bist anders als andere, und wenn es dich fortdrängt, dann musst du eben fort. Ein kleines bisschen kann ich dich sogar verstehen, auch wenn es mich traurig macht, aber mir ging es auch so. Auch ich habe es hier auf Dauer nicht ausgehalten. Nicht ohne Grund habe ich mich den Médecins Sans Frontières angeschlossen. Auch ich wollte fort und die Welt kennenlernen. Aber ich möchte dich nicht verlieren. Vielleicht können wir zusammen fortgehen. Und vielleicht können wir erst einmal für eine begrenzte Zeit fortgehen, mit dem festen Versprechen in absehbarer Zeit wiederzukommen. Das würde meine Eltern zumindest etwas beruhigen. Ich hätte da auch schon ein paar Ideen.«

»Du hast doch hoffentlich nicht vor, wieder nach Afrika zu gehen, Lucas. Das wäre unverantwortlich. Du bist noch nicht wieder ganz gesund. Größere Anstrengungen musst du unbedingt noch meiden.«

»Aber nein, mein Liebling. Das kann ich meinen Eltern nicht antun. Es gibt da etwas, das deinem Wunsch nach dem Kennenlernen von Menschen entgegenkommen könnte. Meine Eltern haben es schon seit längerem geplant. Sie möchten eine große Feier veranstalten mit ausgewählten Gästen. So eine Feier für den dem Tod nur knapp entgangenen und heimgekehrten Sohn und seine Verlobte. Du weißt ja, meine Eltern sind sehr reich, und es würde die sogenannte Crème de la Crème der Gesellschaft hier aufschlagen.

Da gibt es schon sehr skurrile Gestalten darunter. Und wir müssen auch nicht befürchten, dass sich Fremde unter die Gäste mischen. Meine Eltern laden nur solche ein, die sie persönlich kennen.«

Lucas schaut mich fragend an und fährt dann fort:

»Und danach segeln wir in die weite Welt hinaus. Was hältst du davon?«

»Wie? In die weite Welt segeln? Hast du denn ein Schiff?«

»Nein, aber ich habe einen Cousin. Und der besitzt eine große Yacht. Der liegt mir schon seit längerem in den Ohren, dass ich ihn auf eine Karibiktour begleite. Bisher habe ich immer abgelehnt, weil er mir mit seiner Art manchmal auf den Wecker ging. Aber mit dir zusammen könnte ich mir das schon vorstellen.«

»Hm, das könnte vorerst eine Lösung abgeben. Aber wieso zerstört dein Cousin dir einen Wecker? Oder geht darauf herum? Hat er eine Wecker-Phobie?«

Lucas lacht.

»Das ist wieder einmal typisch Florence. Oder soll ich Sophie sagen? Du kannst mit einigen gängigen Redewendungen überhaupt nichts anfangen, so als würdest du von einem anderen Stern kommen. Du weißt enorm viel, aber in einigen Dingen bist du völlig unwissend. Aber deswegen liebe ich dich. Es ist erfrischend, mit welch gesunder Naivität du an manche Dinge herangehst.«

Er nimmt mich in den Arm und küsst mich leidenschaftlich. Als ich versuche, ihm die Hose aufzuknöpfen, wehrt er ab.

»Nicht hier, Sophie. Unsere Leiwächter beobachten uns.«

»Das ist auch etwas, das mir nicht gefällt, Lucas. Wir können nicht mehr wie früher überall spontan übereinander herfallen, wenn uns danach ist. Immer stehen wir unter Beobachtung. Wir können uns nur noch ins Schlafzimmer zurückziehen. Aber immer nur im Schlafzimmer? Das ist – wie sagte damals Katja? – das ist nicht das Gelbe vom Ei.«

Lucas fasst mich bei der Hand und zieht mich hoch.

»Komm! Wir laufen in den Wald. Wenn unsere Bewacher merken, was wir vorhaben, werden sie sich hoffentlich zurückhalten.«

Die Vorbereitungen für das große Fest sind in vollem Gange. Unsere Sicherheitsfirma hat alle vom Caterer eingestellten Leute durchleuchtet. Die Terrasse ist mit bunten Lichtern geschmückt, in zwei Räumen ist das Buffet aufgebaut und im großen Saal wird eine Band dezente Tanzmusik spielen. Im zweiten Saal unmittelbar daneben stehen Sofas, Sessel und bequeme Stühle, auf die man sich zum Gespräch zurückziehen kann.

Madame hat es sich nicht nehmen lassen, einige Tage vorher mit mir nach Paris zu fahren, um mir etwas Passendes für das Fest zu kaufen beziehungsweise mich beim Kauf zu beraten. Wir hatten schließlich unter anderem ein sündhaft teures Kleid einer bekannten Pariser Modedynastie erstanden.

Das Rot passe hervorragend zu meinen schwarzen Haaren und meinem dunklen Teint, meint Madame Meurville.

Als ich dann am Festtag mit Hilfe einer jungen Bediensteten dezent geschminkt in dem Kleid mit einem Ausschnitt, der zwischen meinen Brüsten fast bis zur Taille reicht, vor Lucas stehe, kriegt er sich gar nicht wieder ein.

»Mein Gott, Sophie! Du siehst wahnsinnig aus! Die Männer heute Abend werden dir reihenweise zu Füßen liegen.«

»Wieso wahnsinnig, Lucas? Hältst du mich etwa für ein bisschen verrückt? Und warum sollten sich die Männer auf den Fußboden legen? Das sieht doch albern aus.«

Lucas schmunzelt.

»Ach, Sophie! Das sind wieder so Redewendungen. Die darfst du nicht wörtlich nehmen. Ich wollte damit sagen, dass du ganz sicher der Star des heutigen Abends sein wirst. Du wirst mit Abstand die Schönste sein.«

Dann fahren die ersten Limousinen vor. Oben am Ende der Freitreppe unter den Säulen zum Eingang begrüßen Madame und Monsieur Meurville persönlich alle Gäste. Lucas und ich stehen links von den Gastgebern und er flüstert mir jedes Mal zu, was es mit den zu begrüßenden Personen auf sich hat.

»Der rothaarige Mann mit dem Bürstenhaarschnitt und der Wasserstoffperoxid-blonden Frau, der gerade aus der Stretch-Limousine steigt, ist einer der reichsten

Männer Frankreichs. Er wird in der Forbes-Liste der Reichen unter den ersten Hundert geführt.«

»Es gibt eine Liste der reichsten Menschen? Wozu denn das?«

Bevor Lucas antworten kann, steht der ›Listen-Mann‹ mit seiner Frau vor uns und Lucas macht uns bekannt. Dann passiert etwas Merkwürdiges: Der Mann nimmt meine Hand nicht etwa, um sie zu drücken, sondern beugt sich über sie. Er will sie offenbar küssen. Aber auch das gelingt ihm nicht wirklich; sein Mund berührt nicht einmal meine Haut. Seine Begleiterin dagegen haucht mir, wie ich es schon oft erlebt habe, jeweils einen angedeuteten Kuss nacheinander auf beide Wangen. Ich schaue Lucas fragend an und er flüstert mir zu, dass man das in der ›feinen Gesellschaft‹ so mache. Und noch eine weitere Gepflogenheit dieser ›feinen Gesellschaft‹ irritiert mich. Ich nehme mir vor, Lucas später danach zu fragen. Die bewundernden Blicke besonders der Männer sind nicht zu übersehen, aber wieso gratuliert man Lucas zu der Schönheit seiner Verlobten? Warum nicht mir? Außerdem haben wir nun bereits Hunderte Gäste begrüßt, aber keiner der Männer hat sich vor mir auf den Boden geworfen. Auch nicht der Mann, den mir Lucas als den Präfekten der Region vorstellt. Er trägt eine Schärpe in den Nationalfarben und wird begleitet von seiner Gattin, einer kleinen rundlichen Person in einem paillettenbesetzten, schwarzen langen Kleid.

Plötzlich verstummen die Gespräche. Alle Blicke wenden sich zur Treppe. Zwei Neuankömmlinge

kommen federnden Schrittes die breite Treppe herauf
und werden von Madame und Monsieur herzlich begrüßt. Der eine ist schlank, nahezu kahlköpfig, ich
schätze ihn auf Mitte fünfzig. Der zweite ist jünger,
südafrikanischer Herkunft, wie mir Lucas zuflüstert,
ebenfalls sehr schlank, mit kurzgeschnittenen dunkel-
blonden Haaren. Sein dunkler Anzug steht im Kontrast zur sportlich lässigen Kleidung des ersten.

»Es sind berühmte Amerikaner, die Papa kennengelernt hat, als sie noch Studenten waren«, flüstert mir
Lucas zu. »Heute sind sie Multimilliardäre.«

»Amerikaner?«, frage ich entsetzt.

»Du musst dir keine Sorgen machen«, beruhigt mich
Lucas. »Sie sind in Amerika so große Tiere, dass sie
sich kaum von irgendwelchen Geheimdiensten ihres
Landes einspannen lassen. Sie haben ihr Geld in der
IT-Branche gemacht.«
Ich bin schon wieder irritiert und frage Lucas:
»Also sind sie Polizisten?«
»Wie kommst du denn darauf, Sophie? Natürlich
nicht!«
»Erinnerst du dich nicht, Lucas? Du hast damals, als
wir von der deutschen Polizei wegen der Libyerin
Ayasha verhört wurden, den Polizisten als ›höheres
Tier‹ bezeichnet. Daher dachte ich bisher, dass höhe-
res Tier ein anderes Wort für Polizist ist.«
Lucas lacht laut heraus.
»Das ist mal wieder typisch Sophie oder Florence.
Manche Redewendungen kennst du einfach nicht. Mit
einem höheren Tier bezeichnet man oft Menschen, die
in einer Hierarchie ziemlich weit oben stehen. Bei

diesen beiden ist es die Hierarchie des Geldes; die wohl wichtigste in den Vereinigten Staaten. Du wirst sie sicher noch kennenlernen, und sie haben ein ungewöhnliches Hobby gemeinsam.«
Die beiden sind sofort von sämtlichen männlichen Gästen umringt. Jeder will ihnen die Hand schütteln. Erst als Madame das Büffet für eröffnet erklärt, lässt man von ihnen ab.

Nachdem nun die ›feine Gesellschaft‹ sehr unfein über das Büffet hergefallen ist, indem sie sich den Teller mit den edelsten Leckereien vollgefüllt und dann kaum etwas davon gegessen hat, stürzen die Herren sich auf mich. Jeder will der Erste sein, der mich zum Tanz auffordern darf. Sie überbieten sich in Komplimenten, von denen ich die meisten nicht verstehe.

Irgendwann, nach dem gefühlt fünfzigsten Tanz, tun mir die Füße so weh, dass ich mich setzen muss. Kaum habe ich Platz genommen, als mir ein unangenehmer Geruch in die Nase steigt. Es riecht süßlich und nach Alkohol vermischt mit Schweiß. Die Duftwolke geht von einem jungen Mann aus, der sich unbemerkt neben mich gelümmelt hat. Seine halbwegs gepflegte Kleidung passt so gar nicht zu seinen fettigen, langen Haaren, und die Fingernägel sehen aus, als ob eine Ratte an ihnen genagt hätte. Er stiert mich aus glasigen Augen an.

»Ey«, lallt er, »bist du nicht der Engel, der bei meiner Ankunft über dem Eingang geschwebt ist?« Dabei rückt er dicht an mich heran, sodass mir seine Alkoholfahne ins Gesicht schlägt. Ich versuche, ihn auf Abstand zu halten. Ohne Erfolg. Er sitzt fast schon auf meinem Schoß und wird zudringlich; er versucht, mir in den Ausschnitt und mit der anderen Hand unter das Kleid zu greifen. Einige der umstehenden Gäste werfen empörte Blicke auf den Mann und wollen mir zu Hilfe eilen. Doch bevor sie uns erreichen, habe ich dem Jungen kräftige Tritte mit beiden angezogenen Beinen gegen die Brust verpasst, dass ihm die Luft wegbleibt, er fast einen halben Meter durch den Raum fliegt und dann reglos auf dem Boden liegenbleibt. Die anderen Gäste werfen mir erstaunte Blicke zu, einige klatschen anerkennend.

Inzwischen hat jemand Lucas von dem Vorfall unterrichtet. Er stürmt in den Raum.

»Sophie! Was ist passiert? Ist er zudringlich geworden?«

»Er hat mir an die Brust und unter das Kleid gegriffen. Aber mir ist nichts passiert: Ich habe mich gewehrt.«

Der Junge kommt wieder zu sich und Lucas packt ihn so fest am Nacken, dass er aufschreit. Er schleppt ihn nach draußen, wo er ihn den Wachleuten übergibt.

»Rufen Sie ein Taxi und schaffen Sie ihn nach Hause! Er ist voll mit Drogen und betrunken. Ich will ihn hier nie wieder sehen.«

Dann kommt er zurück und ich frage ihn:

»Wer war das denn? Und wie kommt der hierher? Was macht der überhaupt?«

Ich bin noch ganz aufgeregt. Lucas nimmt mich in den Arm, um mich zu beruhigen.

Das ist ein Sprössling der bekannten Familie ›De Havillier‹. Er ist von Beruf Sohn.«

»Das verstehe ich nicht, Lucas. Sohn zu sein ist doch kein Beruf?«

»Sophie! Das ist wieder so ein Ausdruck dafür, dass jemand nichts aus seinem Leben macht, nichts tut und nichts kann, außer eben Sohn zu sein. Das Einzige, was er kann, ist, das Geld seiner Eltern ausgeben. Die lassen das leider zu. Eigentlich sind die De Havilliers ganz reizende Menschen. Unglücklicherweise ist er ihr einziges Kind und sie schaffen es einfach nicht, ihm den Geldhahn zuzudrehen. Sie denken auch, er wird später sowieso alles erben. Das ist allerdings meiner Meinung nach nicht sicher, denn dazu müsste er seine Eltern überleben. Das wiederum halte ich bei seinen Alkohol- und Drogenexzessen eher für unwahrscheinlich.«

Lucas schaut auf.

»Da kommen übrigens seine Eltern. Ich denke, sie wollen sich bei dir für ihren Sohn entschuldigen.«

Madame De Havillier, eine kleine zierliche Person, trippelt, ihren Gatten im Schlepptau, auf Lucas und mich zu. Aus ihrem von kurzen, grauen Haaren umrahmten und trotz ihres Alters fast faltenlosen Gesicht blicken mich graublaue Augen bekümmert an. Der Blick ihres Mannes geht an mir vorbei auf einen unbestimmten Punkt hinter mir; seine Lippen hat er fest zusammengekniffen. Er traut sich nicht, mir in die Augen zu sehen. Dann ergreift seine Frau meine Hände:

»Mademoiselle Miller, es tut meinem Mann und mir aufrichtig leid, dass Sie die Ausfälle unseres Sohnes erleben mussten. Wir möchten uns hiermit in aller Form bei Ihnen entschuldigen. Sie müssen mir glauben, wie unangenehm uns sein Benehmen ist.«

Nun blickt auch Monsieur mich an.

»Auch ich möchte Ihnen ausdrücklich mein Bedauern aussprechen. Das Benehmen meines Sohnes ist unentschuldbar. Ich hoffe, Sie können uns trotzdem verzeihen.«

Ich drücke beide Hände seiner Frau.

»Selbstverständlich verzeihe ich Ihnen. Sie müssen sich keine Sorgen machen. Sie haben es vielleicht gesehen: Ich kann mich wehren. Möglicherweise wird ihr Sohn in den nächsten Tagen einige blaue Flecken haben. Meine Tritte waren etwas heftig.«

Monsieur De Havillier unterbricht mich.

»Das hoffe ich sogar sehr. Wenn es nach mir gegangen wäre, hätten Sie gern noch heftiger zutreten dürfen. Wissen Sie, meine Frau ist leider viel zu nachsichtig mit ihrem Sohn. Er ist ja ihr einziges Kind, aber das ist natürlich keine Entschuldigung.«

Lucas bemerkt abschließend:

»Meine Verlobte und ich nehmen Ihre Entschuldigung gern an und ich hoffe, dass Sie trotz des Vorfalles noch einige angenehme Stunden in unserem Hause verbringen können.«

Mit einem »Zu gütig, Monsieur Meurville!« ziehen sich beide dann zurück.

»Komm«, sagt Lucas, »lass uns tanzen und den Vorfall vergessen.«

Ich genieße den Tanz. Ich wusste gar nicht, welch ein hervorragender Tänzer Lucas ist. Das scheint aber das Zeichen für weitere anwesende Herren zu sein, mich für die nächsten Tänze mit Beschlag zu belegen. Wenn es dabei zu Gesprächen kommt, sind es in der Regel Selbstdarstellungen der jeweiligen Herren. Begriffe wie Shareholder Value, Hausse und Baisse, Millionen und Milliarden fliegen mir förmlich um die Ohren.

In der folgenden Tanzpause sitzt plötzlich der rothaarige Bürstenhaarschnitt-Mann aus der Forbes-Liste neben mir, diesmal ohne seine blondierte Begleitung, und verwickelt mich sofort in ein Gespräch. Das Gespräch ist allerdings sehr einseitig. Er scheint angetrunken zu sein und redet ohne Unterlass.

Stolz berichtet er, dass er in der Forbes-Liste der reichsten Franzosen auf Platz achtzig stehe und dass er zurzeit daran arbeite, in Kürze unter den ersten Zehn zu erscheinen. Die Aussichten seien gut.

»Wissen Sie, ich bin unter anderem im Waffengeschäft tätig. Ich liefere jede Menge Waffen in alle Welt und helfe somit Rebellen, sich gegen ihre autokratischen Regierungen zur Wehr zu setzen, aber auch den Regierungen, gegen kriminelle Vereinigungen vorzugehen. Daher landet meine Handelsware gelegentlich auch in Krisengebieten. Letzteres ist zwar nicht ganz legal, aber ich verdiene doppelt daran. Denn je mehr Waffen ich verkaufe, desto mehr Menschen müssen aus den Gebieten fliehen. Und je mehr Menschen bei uns in Europa ankommen, desto größer ist der Bedarf an Wohncontainern. Und da komme ich wieder ins Spiel.«

Er hält einen Moment inne und klopft sich stolz auf die Brust.

» Ich habe nämlich weltweit alle Wohncontainer aufgekauft und halte sie vom Markt fern; will sagen: Ich verknappe das Angebot. Die Regierungen müssen immer mehr bezahlen. Während ich anfangs noch eine Wohneinheit für zwanzigtausend Euro verkaufen konnte, müssen die Regierungen inzwischen wegen der großen Nachfrage fast siebzigtausend bezahlen.«

Er schaut mich an, als erwarte er, dass mich seine Zahlen beeindrucken.

»Meine Kosten betragen jedoch höchstens tausendfünfhundert pro Einheit. Damit erwirtschafte ich einen Gewinn von jeweils mehreren tausend Prozent«, verkündet er stolz.

»Sie verdienen also ihr Geld mit Flüchtlingen?«, werfe ich ein. »Ist das nicht unmoralisch?«

»Unmoralisch? Das sagt natürlich so ein kleines süßes Mädchen wie sie. So jemand wie Sie kann die Gesetze der Marktwirtschaft selbstverständlich nicht verstehen. Ich erklär es Ihnen: Ich handle streng marktwirtschaftlich nach Angebot und Nachfrage. Und ich nehme nicht einmal das Geld von den armen Flüchtlingen, sondern allein von den reichen Staaten in Europa. Was soll daran unmoralisch sein?«

»Aber Sie haben selbst gesagt«, wende ich ein, »dass Ihre Geschäfte nicht unbedingt legal sind. Haben Sie keine Angst, dass man Sie wegen der Machenschaften eines Tages vor Gericht stellen wird?«

»Aber nein, meine Liebe. Wie sollte ich? Dazu bin ich viel zu schlau und viel zu bekannt. Ich habe schließlich Verbindungen bis in die höchsten politischen Ebenen.«

Er macht eine Pause und schaut mich herausfordernd an; offenbar erwartet er von mir ein Zeichen der Bewunderung. Da dieses ausbleibt, klopft er sich selbst erneut anerkennend auf die Brust und fährt fort:

»Sollte man mich jemals vor ein Gericht zerren wollen, habe ich selbstverständlich vorgesorgt. Ich bin dann arm wie eine Kirchenmaus. Viel Geld wird meiner Frau gehören und wir haben Gütertrennung vereinbart; der Rest ist über die ganze Welt verstreut und für so simpel denkende Beamte wie unsere Staatsanwälte nicht auffindbar. Ich werde die besten Anwälte bekommen und der Staat bezahlt sie. Sie werden sich darum reißen, mich vertreten zu dürfen, schon wegen der enormen Publicity. Und die Sache wird so groß sein, dass binnen kurzem einige bekannte Regisseure bei mir auf der Matte stehen und darum betteln werden, die Filmrechte zu bekommen. Einfacher und schneller könnte ich gar nicht noch reicher werden.«

Ich bin entsetzt. Dieser Mann gehört nicht auf eine Liste der reichsten Männer Frankreichs, sondern eher auf eine Liste der kriminellsten Menschen dieses Planeten. Aber eine solche Liste scheint es nicht zu geben. Bevor er mir nun weiter von seinen Machenschaften vorschwärmt, unterbreche ich seinen Redeschwall:

»Es tut mir leid, das sagen zu müssen, aber ich finde Ihre Einstellung zynisch und menschenverachtend und kann nur hoffen, dass Sie sich mit der Einschätzung der Intelligenz französischer Staatsanwälte gründlich täuschen.«

Damit stehe ich auf und suche mir einen weiter entfernten Platz. Er schaut mir verständnislos hinterher. Im Fortgehen höre ich ihn zu seinem Sitznachbarn auf der anderen Seite sagen:

»Also, die Verlobte des jungen Herrn Meurville ist ja ganz reizend und zweifellos bildschön, aber ein bisschen naiv. Sie kommt sicher aus einfachen Verhältnissen, und da ist man eben nicht besonders helle.«

Kaum sitze ich wieder, da steht der ältere der beiden Amerikaner vor mir und betrachtet mich eingehend.

»Mein Kompliment, junge Frau. Sie sehen nicht nur bezaubernd aus, sondern wissen auch, sich zu wehren. Es hat mir gefallen, wie sie den aufdringlichen jungen Mann fortgeschleudert haben. Darf ich mich zu Ihnen setzen?«

Ich deute zustimmend auf den freien Platz neben mir.

»Sie scheinen überhaupt eine ungewöhnliche Frau zu sein. Ich habe gehört, dass Sie ihrem Verlobten in Afrika das Leben gerettet haben.«

Nach einem kurzen Zögern fährt er fort.

»Entschuldigen Sie bitte, ich habe vergessen, mich vorzustellen. Ich heiße Jeffrey, aber sie können Jeff zu mir sagen.«

»Ich bin Sophie, aber das wissen Sie vermutlich. Doch auch Sie scheinen etwas Besonderes zu sein. Die Männer hier begegnen Ihnen mit großer Hochachtung, ja, teilweise sogar mit einer gewissen Unterwürfigkeit. Wie kommt das?«

»Das liegt möglicherweise an dem, was ich tue. Aber ich will sie nicht mit Einzelheiten langweilen. Viel lieber würde ich mit Ihnen über mein Hobby plaudern. Das habe ich übrigens mit Elon gemeinsam. Das ist der Mann, der zusammen mit mir angekommen ist. Wir kennen uns gut, sind aber, trotz des gemeinsamen Hobbys, nicht eng befreundet.«

Als ich Genaueres über seine Leidenschaft wissen will, ist er nicht mehr zu bremsen. Mit leuchtenden Augen erzählt er, dass er sich mit Raumfahrt und wiederverwendbaren Raketensystemen beschäftigt.

»Es gibt einen berühmten Astrophysiker«, beginnt er, »der glaubt fest daran, dass die Menschheit in spätestens hundert Jahren ihren Planeten unbewohnbar gemacht hat, da sie die Erde rücksichtslos ausbeutet. Elon und ich, wir beide dagegen denken weiter. Wir investieren viel Geld, um es den Menschen einmal zu ermöglichen, andere Planeten zu besiedeln und der Umweltkatastrophe auf der Erde zu entkommen.«

Er redet ununterbrochen. Irgendwann merkt er, dass meine Aufmerksamkeit nachlässt und entschuldigt sich.

»Es tut mir leid, dass ich Sie möglicherweise mit meinen Ausführungen gelangweilt habe. Ich rede mich bei diesem Thema so in Rage, dass ich nicht mitbekomme, wann es zu viel wird. Darf ich Sie daher um den nächsten Tanz bitten?«

Also tanzen wir. Kaum ist das Musikstück beendet, da stehen erneut etliche Herren bereit und lassen mir keine Chance, mich von der Tanzfläche zurückzuziehen.

Irgendwann ist auch dieses Fest zu Ende und ich falle erschöpft neben Lucas ins Bett.

»Puh, war das anstrengend! Und ich wusste gar nicht, dass es unter der Crème de la Crème der Gesellschaft, wie du sie nennst, so viele unangenehme Typen gibt.«

Lucas kann sich ein Schmunzeln nicht verkneifen.

»Es gibt auch viele nette und sympathische Menschen darunter, aber du ziehst die anderen magisch an. Und ich kann dir auch sagen, warum: Diese Typen glauben, sich mit ihrem vielen Geld alles leisten zu können. Ganz besonders hübsche Frauen. Viele von ihnen umgeben sich ständig mit Models aus der Werbe- und Modebranche oder mit mehr oder weniger bekannten Stars und Sternchen aus Film und Fernsehen. Sie haben die Erfahrung gemacht, dass sie für Geld jede Frau kaufen können, Hauptsache, der Preis stimmt. Und weil du extrem gut aussiehst, passt du hervorragend in ihr Beuteschema.«

»Naja, es gab auch andere Begegnungen. Was mir der Amerikaner von seinem Hobby und dem seines Bekannten erzählt hat, war nicht uninteressant. Ich habe mich allerdings gefragt, warum die beiden die vielen Milliarden nicht besser dazu nutzen, die Bedingungen auf der Erde zu verbessern, damit es gar nicht erst zur Katastrophe kommt.«

»Da hast du völlig recht«, murmelt Lucas schon etwas schläfrig. »Vielleicht sollte man sich auch Gedanken darüber machen, wie und womit sie ihr vieles Geld verdient haben.«

13

»*Mademoiselle, würden Sie sich einen Moment zu uns setzen. Wir hätten ein paar Fragen an Sie.*«

»*Was wollen Sie und wer sind Sie? Wenn Sie vom Geheimdienst sind, vergessen Sie's. Ich rede nicht mit Ihnen.*«

»*Nein, wir sind keine Agenten. Mein Name ist Paulette, Paulette Seytres, und das ist mein Mitarbeiter Jean-Pierre. Wir sind Astronomen. Wir forschen an einem Projekt, das mit einer jungen Frau zu tun haben könnte. Und zwar mit der Frau, derentwegen die Leute von der CIA bei Ihnen und Ihrem Vater waren. Die waren auch bei uns und haben uns jede weitere Forschung verboten.*«

»*Wie können Amerikaner Ihnen als Französin etwas verbieten? Ich glaube Ihnen nicht.*«

»*Die haben ganz oben, auf höchster Minister-Ebene Unterstützung erhalten. Unsere Vorgesetzten wurden unter Druck gesetzt. Die haben wohl auch Informationen weitergegeben, die wir ihnen unter dem Zeichen höchster Vertraulichkeit haben zukommen lassen. Hier ist übrigens ein Zeitungsausschnitt mit einem Bild von mir. Daraus können Sie ersehen, dass ich die Wahrheit sage.*

Wissen Sie eigentlich, dass man Ihren Vater rehabilitiert hat?«

»*Nein! Wirklich? Wieso auf einmal?*«

»*Der Betrug mit den Bildern ist aufgeflogen. Man betreibt jetzt die Auslieferung der beiden Agenten. Sie sollen in Frankreich vor Gericht gestellt werden. Aber Sie können sich sicher denken, dass die Amerikaner sich weigern, dem nachzukommen.«*

»Das wäre eine gute Nachricht, wenn sie nicht zu spät käme. Sie hilft mir jetzt auch nicht mehr und macht meinen Vater nicht wieder lebendig. Also, was wollen Sie von mir?«

»Wir wollen nichts von Ihnen. Wir versuchen, die junge Frau zu finden. Wir müssen sie vor den Amerikanern, speziell der CIA, warnen und haben möglicherweise Informationen darüber, warum sie gesucht wird, denn sie selbst weiß das vermutlich nicht.«

»Sie haben recht. Sie weiß es nicht.«

»Woher wissen Sie, dass sie es nicht weiß?«

»Sie hat es mir gesagt.«

»Sie hat es Ihnen gesagt? Dann haben Sie sie gesprochen? Wo haben Sie sie gesprochen?«

»Na, hier. Im Café.«

∗∗∗

Wir sind schon eine Woche mit der Yacht von Lucas' Cousin Gerard unterwegs auf dem Atlantik. Gerard hatte das Schiff von einem Bekannten von Le Havre, wo es normalerweise liegt, nach Lanzarote segeln lassen. Dort haben wir es dann übernommen.

Das Boot ist mit allem Komfort und modernster Technik ausgestattet. Solarzellen sorgen für die nötige Energie. Der Dieselgenerator ist nur für Notfälle vorgesehen. Trinkwasser wird über eine Meerwasserentsalzungsanlage gewonnen. Segel werden vollautomatisch gesetzt. Die Yacht kann notfalls von einer Person gesteuert werden. Insofern ist nachts nur eine Wache an Deck erforderlich.

Niemand außer Lucas' Eltern weiß, dass wir mit dem Boot unterwegs sind. Aber auch sie wissen nicht, wohin es gehen soll. Wenn sie Kontakt zu uns herstellen wollen, geht es nur über Funk, es sei denn, wir befinden uns an Land. Dafür haben sie Gerards Mobilfunknummer.

Gerard sieht man die Verwandtschaft mit Lucas nicht an. Er ist nicht besonders groß, vielleicht 1,70 Meter, und hat bereits einen Bauchansatz. Wenn er spricht, schauen seine braunen Augen in seinem von vielen Seereisen wettergegerbten Gesicht unter dem schon etwas lichten schwarzen Haar meistens an seinem Gegenüber vorbei. Ich schätze ihn auf Mitte bis Ende dreißig.

Mit von der Partie ist Gerards Freundin Sylvie. Sylvie ist jung, blond und nicht seefest. Die erste Woche hing sie bleich und elend an der Reling und hat die Fische gefüttert. Erst seit zwei Tagen geht es ihr besser. Der anfängliche Sturm hat sich gelegt, die Sonne kam durch und es wurde endlich wärmer.

Beide, Gerard und seine Gespielin, wurden verpflichtet, niemandem zu erzählen, woher wir kommen. Wenn jemand fragen sollte, dann starteten wir auf Lanzarote und sind davor durchs Mittelmeer gesegelt. Wir haben den beiden verraten, dass ich vermutlich vom amerikanischen Geheimdienst gesucht werde, weil ich etwas besitze, das sie unbedingt haben wollen. Nur weiß keiner von uns, was das sein könnte.

Am zweiten sonnigen Tag traut sich Sylvie zum ersten Mal im Bikini aufs Vordeck. Ich setze mich neben sie und schaue aufs Meer. Gelegentlich betrachte ich auch ihren Körper, der in ihrem knappen Bikini mit dem String-Tanga perfekt zur Geltung kommt. Und noch etwas an ihrem Körper versetzt mich in Erstaunen. Ich spreche Lucas abends darauf an.

»Hast du gesehen, Lucas? Sylvie hat ja gewaltige Brüste. Und rund wie Ballons. Darauf müsst ihr Männer doch abfahren.«

»Ach Sophie! Die sind doch nicht echt.«

»WAS? Sie hat falsche Brüste! Nimmt sie die abends ab?«

Lucas prustet los.

»Das ist mal wieder typisch Florence! Es ist herrlich, wie naiv du an die Dinge herangehst. Nein, Sophie, die nimmt sie nicht ab. Das kann sie auch gar nicht. Außen herum sind ihre Brüste schon echt. Aber innen sind sie durch Silikonkissen aufgepumpt, die man ihr unter die Haut implantiert hat.«

Ich schüttele den Kopf.

»Das ist ja merkwürdig! Warum hat sie das machen lassen?«

»Ich weiß es auch nicht. Vermutlich denkt sie, dass sie von Natur aus zu kleine Brüste hat. Und natürlich hast du auch recht damit, dass einige Männer darauf abfahren. Mein Cousin Gerard gehört offenbar auch dazu.«

»Und was ist mit dir? Gehörst du ebenfalls dazu?«

Lucas schmunzelt.

»Nein, Sophie. Ich stehe mehr auf Natur wie bei dir. Deine sind die schönsten Brüste, die ich je gesehen habe.«

»Dann bin ich ja beruhigt.« Damit lege ich meine Arme um seinen Nacken, küsse ihn leidenschaftlich und ziehe ihn unter Deck.

Am nächsten Tag liegt Sylvie wieder auf dem Vordeck und sonnt sich. Sie hat ihren BH abgelegt. Ich bin neugierig und frage sie, ob ich einmal ihre Brüste anfassen dürfe. Sie schaut mich erstaunt an, nickt dann aber.

»Nur zu, Sophie, wenn es dir Spaß macht.«

Ich drücke leicht ihre Brüste und knete sie dann ein wenig. Sylvie verdreht die Augen und ein verhaltenes Stöhnen dringt aus ihrem Mund.

»Echt, Sylvie? Da sind Kunststoffkissen drunter? Tut das nicht weh? Fühlt sich eigentlich ganz normal an.«

»Nicht wahr«, meint sie. »Männer merken so was sowieso nicht, und weh tut es auch nicht. Ich spüre das gar nicht. Deine Berührungen habe ich natürlich gespürt und sie waren schön. Aber so soll es ja auch sein.«

Schon nach wenigen Tagen bedauern wir, dass sich das Wetter gebessert hat, denn Sylvie langweilt sich und wird anstrengend. Sie hat es schnell satt bekommen, immer nur in der Sonne zu liegen. Jede freie Minute nervt sie uns, indem sie verlangt, dass wir auf ihre kleinen Spielchen mit einfachen Zaubertricks eingehen. Wir müssen Spielkarten ziehen, sie uns merken und ihr wieder in den Stoß geben. Dann mischt sie und hat am Ende genau die von uns gemerkte Karte in der Hand. Aber was noch schlimmer ist: Ständig lässt sie Münzen und Handtaschenutensilien verschwinden und holt sie an den unmöglichsten Stellen unserer Körper wieder hervor. Ihre kleinen Zaubertricks sind zum Teil leicht zu durchschauen, sodass wir restlos genervt sind, während sie sich über unsere Gesichter totlacht. Sie geht sogar so weit, Dinge verschwinden zu lassen, die wir für Segelmanöver dringend benötigen. Irgendwann reicht es uns und Lucas spricht seinen Cousin an.

»Sag mal, Gerard, kann deine Gespielin auch noch etwas anderes als gut aussehen und uns mit ihren Zaubertricks nerven?«

Gerard grinst.

»Naja, diese kleinen Zaubertricks sind ihr Hobby. Darauf ist sie mächtig stolz. Aber sie hat natürlich noch andere Qualitäten.«

Lucas unterbricht.

»Als da wären?«

Gerard druckst ein bisschen herum.

»Kannst du dir das nicht denken? Ich will ja nicht ins Detail gehen, aber in gewissen Dingen ist sie eine richtige Granate.«

»Okay, Gerard. Das ist sicher schön für dich, aber Sophie und mir geht sie mit ihrer Art ganz schön auf den Keks.«

»Gut, Lucas, ich rede mit ihr.«

Zwei weitere Wochen vergehen. Endlich kommt Land in Sicht: Barbados. Aber Gerard segelt an der Insel vorbei.

»Ich will kein Risiko eingehen«, sagt er. »Fast alle Segler, die den Atlantik auf unserer Route überqueren, gehen als Erstes auf Barbados an Land. Sollte man wirklich unsere Spur aufgenommen haben, was ich mir nicht vorstellen kann, dann würde man uns auf dieser Insel abfangen. Wir segeln daher weiter südlich, Richtung Trinidad und Tobago.«

Wir nähern uns Tobago. Das ist eine kleine Insel, dicht vor der venezolanischen Küste. Zusammen mit der größeren Nachbarinsel Trinidad bildet sie den Staat ›Trinidad und Tobago‹. Wir machen im Hafen der Inselhauptstadt Scarborough fest und haben endlich wieder festen Boden unter den Füßen. Zuerst schauen wir uns die kleine Stadt an. Wir klettern hoch zum Fort King George aus der Zeit, als die Engländer Trinidad und Tobago erobert hatten und gegen Holländer, Spanier und Franzosen verteidigen mussten. Anschließend schlendern wir durch die Straßen des Städtchens. Von einem Café im Zentrum beobachten wir das Treiben der Einheimischen. Wir sehen hauptsächlich Frauen, in bunte Tücher gehüllt, ihren Einkauf auf dem Kopf durch die Straßen tragen. Männer sitzen eher in den Straßencafés herum, einige haben eine Bierflasche vor sich auf dem Tisch stehen, andere spielen Domino.

Während unsere Männer für Nachschub an frischen Lebensmitteln und Treibstoff sorgen, schlendern Sylvie und ich die kurze Einkaufsstraße entlang. Sie stöbert in einigen Boutiquen und ersteht ein paar bunte Tücher in karibischen Farben.

Zurück an Bord legt Gerard ab und wir segeln an der Küste entlang nach Norden. Vor einer Bucht mit Palmen und herrlichem Sandstrand, der Englishman Bay, ankern wir und fahren mit dem kleinen motorisierten Beiboot an Land.

»Viele der Strände von Tobago haben als Kulisse für Piratenfilme herhalten müssen«, erklärt Gerard. »Ich würde mich nicht wundern, wenn hier jeden Augenblick Long John Silver aus dem Dschungel stelzt.«

»Wer ist Long John Silver?«, will ich wissen.

»Long John Silver«, erklärt mir Lucas, »ist ein einbeiniger Schiffskoch aus dem Buch ›Die Schatzinsel‹ von Louis C. Stevenson. Teile des Films wurde hier gedreht.«

Sylvie bleibt am Strand zurück und wir drei erkunden die nähere Umgebung des lichten Dschungels. Tobago tut viel für die Erhaltung seiner einzigartigen Natur und besitzt eines der ältesten Naturschutzgebiete der Welt. Heute ist es Weltnaturerbe.

Als wir nach etwa zwei Stunden zurückkommen, trauen wir unseren Augen nicht. Mitten auf dem Strand umringt eine Gruppe von ungefähr zehn jungen Männern ein hellblondes Mädchen, das ihnen Kartentricks vorführt. Alle jungen Schwarzen sind begeistert und Sylvie hat leichtes Spiel. Denn kaum einer achtet bei ihren Tricks auf ihre Hände. Sie alle starren vielmehr auf ihren üppigen Vorbau, der aus dem knappen Bikini hervorquillt.

Später schwärmt sie uns von den Einheimischen vor. Sie seien allesamt ständig damit beschäftigt zu ›limen‹. ›Liming‹, so erklärt sie uns, sei so etwas wie ›dolce far niente‹ oder ›süßes Nichtstun‹. Das sei die Hauptbeschäftigung der hiesigen jungen Männer, die, nachdem sie eine junge Frau geschwängert haben, nichts Eiligeres zu tun haben, als zurück in den Schoß ihrer Mutter zu flüchten. Daher sind es hier überwiegend Frauen, die arbeiten und für die Familie sorgen. Das fände sie zwar nicht toll, schränkt Sylvie ein, aber die jungen Männer seien sehr charmant und – mit einem schrägen Blick auf Lucas – wüssten ihre Zauberkunststücke zu würdigen.

Im Weggehen murmelt er:

»Die wissen eher ganz etwas anderes zu würdigen.«

Wir umrunden die Insel und ankern in einer Lagune im Südwesten. Hier ist das Wasser so flach, dass man fast überall stehen kann. Das hat leider dazu geführt, dass sämtliche Korallenbänke von den überall hier anlandenden Touristen zerstört sind. Eine kleine Landzunge mit schneeweißem Muschelkalksand und Palmen, die bis ans Wasser reichen ist, noch fast unberührt. Sie ist auch nur von der Wasserseite zu erreichen. Hier hat eine Gruppe Einheimischer mit ihren Booten festgemacht und einen Grill aufgebaut. Man lädt uns sofort ein, daran teilzunehmen. Es werden leckere einheimische Gerichte gereicht, mit exotischen Früchten garniert. Wir erfahren, das dieser Ort den merkwürdigen Namen ›No Man´s Land‹ trägt. Besonders Sylvie fühlt sich wieder ausgesprochen wohl, denn sie ist nicht nur wegen ihrer langen blonden Haare erneut Mittelpunkt der vorwiegend männlichen Gesellschaft.

Wir verlassen Tobago und segeln weiter nach Westen. Unser Ziel ist die der venezolanischen Küste vorgelagerte Isla Margarita, was übersetzt heißt: Insel der Perlen. Hier kann man günstig einkaufen, sagt Gerard, denn die Insel ist Zollfreigebiet. Die Isla Margarita ist der Goldesel Venezuelas. Sie wird hauptsächlich von wohlhabenden Holländern und Deutschen aufgesucht. Hier scheffelt der venezolanische Staat die dringend benötigten Devisen, während das restliche Land in Armut und Chaos versinkt.

Wir machen im kleinen Hafen Porlamar fest, und Silvie schleppt mich auch gleich in die Einkaufstempel dieser größten Stadt der Insel. Nach vielen Anproben ersteht sie dann einen weiten Rock und eine Bluse in karibischen Farben. Außerdem kauft sie etliche Tücher, auch ein paar für mich. Und wir müssen natürlich in ein Schmuckgeschäft.

»Auf Margarita zu sein, ohne eine Perlenkette zu erstehen, geht einfach nicht«, meint sie.

Dann segeln wir weiter nach Nordwesten und ankern vor der Playa el Agua. Dieser Strand sei der schönste der Insel, sagt Gerard: Karibik pur. Unser kleines Beiboot bringt uns an den herrlich weißen Sandstrand und Lucas, Gerard und ich stürzen uns in die grün-blauen karibischen Fluten. Sylvie hat es nicht so mit Baden. Sie bleibt lieber am Strand im Schatten einer riesigen Palme.

Außer Atem vom Herumtollen in den Fluten kommen wir nach einer guten Stunde aus dem Wasser und sehen Sylvie schon wieder umringt von einer Meute junger Einheimischer. Gelächter und Gejohle schallt uns entgegen. Überall fröhliche Gesichter. Dann sehen wir ein schmales Brett, das Sylvie vor sich hingelegt hat.

»Ich glaub es nicht!«, ruft Gerard. »Sie spielt mit denen das Hütchen-Spiel.«

Das ist ein Spiel mit einer kleinen Glaskugel und drei Hütchen, die ständig verschoben werden, und die Zuschauer müssen Geld einsetzen und raten, unter welchem Hütchen sich am Ende die Kugel befindet. Wenn der Spieler halbwegs geschickt ist, dann haben die Zuschauer keine Chance. Das Spiel ist wohl schon länger im Gange. Alle sind fröhlich und lachen. Was uns wundert, ist, dass diejenigen, die gerade ihr Geld verloren haben, sich besonders freuen und am lautesten lachen. Beim Näherkommen sehen wir den Grund: Wer sein Geld verloren hat, darf anschließend den Schein oder die Scheine unter das Minimum an Stoff stecken, das sich Sylvies Bikini-Oberteil nennt. Ihre Brüste sind bereits bedeckt mit einer Unmenge von Scheinen. Gerard ist entsetzt; er geht mit energischen Schritten auf sie zu und zieht sie zu sich hoch.

»Bist du verrückt geworden? Wenn du so weitermachst, werden die irgendwann alle über dich herfallen.«

Sylvie schaut ihn mit einem gewollt unschuldigen Blick an.

»Na und? Was wäre daran so schlimm? Schau dir doch die Kerle hier an. Lauter junge, gutgebaute und dunkelhäutige Burschen.«

Gerard verschlägt es die Sprache.

»Was soll das denn heißen, Sylvie? Genüge ich dir etwa nicht mehr?«

Sie tätschelt ihm die Wangen.

»Aber mein kleiner Liebling! Natürlich genügst du mir. Ich hab das doch nicht ernst gemeint. Wollte dich nur ein bisschen eifersüchtig machen.«

Damit reibt sie ihren Körper an seinem und es fallen etliche Scheine zu Boden. Einige junge Männer stürzen sich auf das Geld und stecken es unter dem johlenden Beifall ihrer Kumpane unter das hintere Bändchen ihres String-Tangas. Die Stimmung ist entspannt, alle lachen und freuen sich. Dann packt Sylvie ihre Utensilien zusammen und wir steigen in unser kleines Boot. Sie dreht sich noch einmal um und ruft:

»Bye-bye, Jungs. War nett, euch alle kennenzulernen.« Die jungen Männer winken bis wir schon fast unsere Yacht erreicht haben.

Auf der Fahrt wendet sich Lucas an seinen Cousin.

»Also, eines muss ich deiner Freundin lassen: Man kann ihr einen gewissen Geschäftssinn nicht absprechen.«

»Naja!«, meint Gerard, »die Einhundert-Bolívar-Scheine haben zwar einen offiziellen Wert von knapp zehn Euro, aber auf dem Schwarzmarkt bekommt man gerade mal einen Viertel-US-Dollar oder zwanzig Euro-Cent dafür. Venezuela leidet unter einer Hyperinflation.«

Einen Tag später haben wir die erste Panne. Die Meerwasserentsalzungsanlage hat ihren Geist aufgegeben. Die Männer probieren etliche Stunden, sie wieder in Gang zu setzen. Nach ungezählten vergeblichen Versuchen richtet Gerard sich auf.

»Wir brauchen ein bestimmtes Ersatzteil. Nur, das gibt es hier auf der Insel nicht und auf dem nahen Festland wohl auch nicht. Wir sollten nach Aruba segeln. Das sind etwa 270 Seemeilen von hier. Aruba ist die westlichste der ehemals niederländischen Antillen. Davor liegen Bonaire und Curacao. Man nennt sie auch die ABC-Inseln: Aruba, Bonaire und Curacao. Aruba hat kaum Niederschläge und der Boden ist so porös, dass er kein Wasser hält. Daher wird dort das gesamte Wasser aus Meerwasserentsalzungsanlagen gewonnen. Dort werde ich sicher das Ersatzteil bekommen. Bei dem hier ständig wehenden Nordostpassat müssten wir in gut einem Tag dort sein.«

Gegen Abend des nächsten Tages kommt Oranjestad in Sicht, die Hauptstadt Arubas. Die quietschbunten Häuserfassaden im Zuckerbäckerstil in Rosa-, Blau-, Rot- und Gelbtönen erinnern mich an ein Werbeplakat von Disneyland. Die abendliche bunte Beleuchtung verstärkt noch den Eindruck. Ein paar hundert Meter weiter strömt ein Pulk von älteren Leuten, hauptsächlich Damen, auf das am Kai liegende amerikanische Kreuzfahrtschiff. Gerard erzählt, dass jeden zweiten Tag um die Mittagszeit riesige Kreuzfahrtschiffe aus den USA am Pier von Oranjestad festmachen und amerikanische Rentner und Rentnerinnen in die Stadt strömen. Insbesondere die alten Damen hört man dann immer wieder ›Oh, my God‹ ausrufen. Am selben Abend macht sich dann das Schiff zur nächsten Oh-my-God-Karibikinsel auf.

Wir sitzen in einem gemütlichen Lokal direkt am Hafen.

»Ich habe einen Vorschlag für morgen zu machen«, ergreift Gerard das Wort. »Lucas und ich kümmern uns um das Ersatzteil und bauen es, wenn möglich, auch gleich ein. Ihr beiden Mädel könnt euch einer Führung über die Insel anschließen. Ich kenne eine Frau, übrigens die letzte reinrassige Nachfahrin der früher hier lebenden Arawak-Indianer, die macht das hervorragend. Wenn ihr einverstanden seid, rufe ich sie morgen früh an. Die Führung dauert etwa einen dreiviertel Tag. Was haltet ihr davon?«

Wir stimmen begeistert zu. Wenn wir allerdings gewusst hätten, welche Probleme daraus entstehen würden, hätte sich unsere Begeisterung in Grenzen gehalten.

14

»*Sie rufen über diese Nummer an? Ich hoffe, Sie haben etwas Wichtiges mitzuteilen.*«

»*Ja, Sir. Ich denke, das dürfte Sie interessieren. Es gibt hier auf Aruba eine ältere Frau. Sie ist die letzte reinrassige Nachfahrin der einst hier lebenden Arawak-Indianer, die erst von den Kariben unterdrückt und dann von den Spaniern fast ausgerottet wurden.*«

»*Mann! Kommen Sie zur Sache! Wen interessiert ein altes Indianerweib!*«

»*Moment, Sir! Kommt ja noch. Diese Frau arbeitet hier als Touristenführerin und ist mit Joe Monroe verheiratet. Joe hat mal für unseren Verein gearbeitet. Und gestern Abend hat sie Joe folgendes erzählt und er hat es dann mir erzählt:*

Unter den Touristen, die sie gestern über die Insel geführt hat, um ihnen Geologie und Geschichte Arubas näherzubringen, waren zwei junge Frauen. Eine langhaarige Blonde und eine Dunkelhaarige mit kurzem Haarschnitt.«

»*Hören Sie. Ich habe nicht unendlich Zeit. Kommen Sie auf das Wesentliche.*«

»*Gewiss, Sir. Die dunkelhaarige Frau konnte sich enorm schnell bewegen.*«

»*Enorm schnell bewegen? Sagen Sie das noch mal!*«

»*Ja, Sir. Sie ist nach dem, was mir Joe erzählt hat, unglaublich schnell gewesen, als es darum ging, ein Kind vor dem Absturz von einer Felsenbrücke zu bewahren.*«

»*Beschreiben Sie es. Wie schnell war sie?*«

»Sie ist so schnell zu dem Kind gelaufen, dass es aussah, als würde sie sich im Zeitraffer bewegen. Das Kind war etwa zweihundert Meter entfernt und sie war in wenigen Sekunden bei ihm.«

»Und hat sie eine Erklärung dafür abgegeben?«

»Ja, Sir! Sie sagte, sie würde zum ehemaligen Olympia-Kader Russlands gehören und auf Kurzstrecke spezialisiert sein. Doch bevor sie bei den Olympischen Spielen antreten durfte, sei sie in den Westen geflohen. Aber ich kann mir nicht vorstellen, dass es unter den Russen so schnelle Leichtathleten gibt.«

»Warten Sie einen Augenblick. Bleiben Sie in der Leitung. Ich melde mich gleich zurück.«

Ein paar Minuten später:

»Okay. Zwei unserer Leute machen gerade Urlaub auf der Insel. Ich setze sie auf das Mädchen an. Es sind zwar nicht unsere besten und sie waren schon länger nicht mehr im Außeneinsatz, doch so schnell bekomme ich keine Profis dahin. Die sollen sich eben was einfallen lassen.

Und Sie bekommen inzwischen raus, wo das Mädchen untergekommen ist. Wenn meine Männer sich bei Ihnen melden, schärfen Sie den beiden noch mal ein: Keine Schusswaffen! Wenn sie Mitwisser beseitigen müssen, dann lautlos. Ich will kein Aufsehen. Aber das dunkle Mädchen will ich lebend. Was mit der oder den anderen geschieht, überlasse ich den beiden.

***

Gegen Vormittag holt Kathy uns mit einem Kleinbus ab. Mit von der Partie sind ein junges Pärchen aus Holland, ein älteres Ehepaar aus Deutschland, Mitte fünfzig, und eine Mutter mit einem etwa dreijährigen

Sohn. Kathy ist eine schlanke Frau mit schwarzen Haaren und nur wenigen Falten um die dunklen Augen, die fröhlich blitzen, sodass man nur schwer ihr Alter schätzen kann.

Auf der Fahrt entlang der Südwestküste erzählt sie uns von ihrer Heimat. Aruba ist zirka 90 Kilometer lang und etwa neun Kilometer breit, also eine sehr kleine Insel. Die Temperaturen schwanken über das ganze Jahr lediglich zwischen 27 und 29 Grad. Der ununterbrochen wehende Nordostpassat hat zu einem merkwürdigen Phänomen geführt. Die nur auf der Insel vorkommenden Divi-Divi-Bäume strecken sämtliche Äste, vergleichbar einer Fahne im Wind, in Richtung Südwest.

Wir kommen vorbei an einem Hotel im holländischen Kolonialstil, das Amsterdam Manor. Es liegt direkt am schneeweißen Strand mit einigen Divi-Divi-Bäumen. Weiter im Norden drängen sich die großen amerikanischen Hotelketten. Aruba ist, so sagt unsere Führerin, für die US-Amerikaner das, was für die Deutschen das spanische Mallorca ist.

Man merkt Kathy an, dass sie für diese Art Tourismus nicht viel übrig hat.

Dann reißen wir vor Erstaunen die Augen auf. Vor uns steht – und das mitten in der Karibik – eine echte holländische Windmühle, deren Flügel sich sogar drehen. Drinnen lädt eines der besten Restaurants der Insel zum Speisen und Verweilen ein. Doch wir fahren weiter, entlang der Längsachse der Insel nach Südosten, vorbei an bis zu vier Meter hohen Säulenkakteen und vielen Aloen, deren Saft als Aloe Vera einst das wichtigste Exportgut der Insel darstellte. Auf halber Strecke machen wir Rast auf einem Hochplateau an der rauen Nordostküste mit Blick auf die »Natural Bridge of Aruba«, ein schmales Felsentor über dem Wasser. Hier packt unsere Reiseführerin Picknicksachen aus und wir sitzen zusammen, schwatzen miteinander und Kathy erzählt von der Vergangenheit, als Aruba Umschlagplatz für den Sklavenhandel war und davon, als ihr Volk, die Arawak-Indianer, von den vom Festland herüberdrängenden Kariben unterjocht wurde und zum Teil in ihnen aufgegangen ist und die Spanier später zuerst die Kariben und dann ihr Volk nahezu ausgerottet haben.

Plötzlich ruft Carol, die junge Mutter mit dem dreijährigen Kind:

»Wo ist Jamie? Er war doch eben noch hier!«

Alle schauen sich suchend um.

Sylvie schreit auf und zeigt auf die Felsenbrücke. Das Kind klettert oben auf den Felsen herum. Dann stürzt es und alle schreien. Aber es steht gleich wieder auf. Die Mutter will nach ihrem Kind rufen, aber ich halte ihr den Mund zu.

»Wenn Jamie dich hört und nur ein paar Schritte in unsere Richtung macht, wird er abstürzen.«

Ich löse die Hand von ihrem Mund und laufe los. Der Adrenalinausstoß in meinem Körper tut seine Wirkung. In nur wenigen Sekunden bin ich bei dem Kind, nehme es auf den Arm und klettere nun vorsichtig zurück. Carol kommt mir entgegen und nimmt mir überglücklich das Kind ab. Die Sorge um ihr Kind hat sie gar nichts von meinem Tempo mitbekommen lassen. Doch die anderen einschließlich Sylvie blicken mich erstaunt an. Ich erfinde wieder einmal eine Geschichte von einer russischen Leichtathletin für Kurzstrecken, die ich vor meiner Flucht in den Westen gewesen sei. Damit geben sich alle zufrieden, nur Kathy und Sylvie betrachten mich nachdenklich.

Auf der Weiterfahrt spricht Sylvie mich an.

»Sophie, du kannst mich nicht für dumm verkaufen. Kein Sportler und keine Sportlerin der Welt erreicht auch nur annähernd das Tempo, das du vorhin vorgelegt hast.«

Sieh an, denke ich, sie ist doch nicht so einfach gestrickt, wie ich bisher angenommen habe. Ich habe sie wohl unterschätzt.

»Okay, Sylvie. Ich weiß nicht, woher es kommt. Und es passiert mir auch nur ganz selten. Aber tue mir einen Gefallen und erzähle den Männern nichts davon. Es könnte sie erschrecken.«

»Du kannst dich auf mich verlassen: Ich schweige wie ein Grab! Aber ich kann mir jetzt auch vorstellen, warum der amerikanische Geheimdienst hinter dir her ist. Die müssen davon Wind bekommen haben.«

»Meinst du wirklich, dass das Grund ist, Sylvie?«

Den Abschluss der Rundreise bildet ein Besuch in Charlie's Bar im äußersten Südwesten der Insel, in Nachbarschaft der verrostenden Anlagen einer noch bis 2009 von den Amerikanern betriebenen Ölraffinerie.

Arubas wohl berühmteste Bar hat bei Einheimischen und Gästen Tradition seit 1941. Hier muss man gewesen sein. Die Wirte sind herzlich und erzählen viel und gern – wobei man nicht sicher sein kann, ob alles stimmt – wie uns Kathy erklärt. Die Decke über dem Gastraum hängt voll mit kuriosen Erinnerungsstücken, die die Besucher der letzten Jahrzehnte mitgebracht haben. So kleben an den Säulen unter anderem Fünfhundert-Francs-Scheine aus Frankreich von vor 1960 und Zehn-DM-Scheine aus Deutschland.

Nach dem obligatorischen Drink an der Bar geht es weiter, vorbei an den Ruinen der früheren Sklavenunterkünfte.

Gegen Abend sind wir dann zurück. Die Männer sind gerade mit dem Einbau des Ersatzteiles für die Meerwasserentsalzungsanlage fertig und wir genießen wieder den Sonnenuntergang im Karibischen Meer vom einem exponierten Platz in einem Restaurant direkt am Hafen.

Am dritten Tag auf Aruba stehen vier Herren auf dem Deck. Wir drei sind mit der Reinigung des Bootes beschäftigt. Der Einbau des Ersatzteiles hat einigen Schmutz verursacht. Sylvie liegt noch unten in der Koje. Zwei der Männer weisen sich als einheimische Polizisten aus. Sie kommen auch gleich zur Sache.

»Sie werden beschuldigt, Drogen von Venezuela hierher nach Aruba geschmuggelt zu haben, um sie an die amerikanischen Touristen im Norden der Insel zu verkaufen.«

»Wer behauptet das?«

»Diese beiden Herren sind von der amerikanischen Drogenfahndung. Sie haben Hinweise bekommen.«

Der eine der Amerikaner unterbricht den Mann und trippelt dabei etwas nervös von einem Bein auf das andere.

»Entschuldigen Sie, darf ich mal ihre Toilette benutzen.« Damit verschwindet er auch schon unter Deck. Er kommt zurück und die übrigen drei schicken sich an, das Boot zu durchsuchen, während der vierte oben bleibt, um uns im Auge zu behalten. Sie wollen eben nach unten gehen, als Sylvie die Treppe hochgetaumelt kommt und sich verschlafen die Augen reibt. Sie trägt ein langärmeliges, viel zu großes T-Shirt und eine weite Hose. Wir wundern uns, denn dieser Aufzug ist völlig untypisch für sie.

Sie reißt erstaunt die Augen auf.

»Wer sind die denn?« Dabei torkelt sie noch völlig schlaftrunken erst dem einen dann dem anderen Amerikaner versehentlich in die Arme. Den beiden Männern scheint das nicht unangenehm zu sein. Etwas verlegen wehren sie das Mädchen halbherzig ab.

Dann klettern die drei nach unten. Nach kurzer Zeit kommen sie zurück.

»Tut uns leid, wir haben nichts gefunden.«

Sylvie fragt mit unschuldigem Augenaufschlag, was sie denn eigentlich suchten, und wird aufgeklärt. Dann sprudelt sie los, so viel hat sie auf der gesamten bisherigen Reise noch nicht geredet.

»Ich glaube, Sie machen da etwas falsch, meine Herren. Sind Sie sicher, dass die beiden, die sich hier als amerikanische Fahnder ausgeben, wirklich das sind, was sie vorgeben? Ich habe erhebliche Zweifel. Vielleicht interessiert es sie, dass ich unten in meiner Koje zufällig gehört habe, wie der angebliche Drogenfahnder etwas vor sich hinmurmelte, das sich wie ›hirnlose arubanische Beamte‹ und ›Keesköppe‹ anhörte. Kontrollieren sie doch mal deren Ausweise und schauen sie in deren Taschen nach.«

Während die beiden Polizisten bisher eher gelangweilt bis genervt Sylvies Redefluss folgen, werden sie auf einmal aufmerksam als das Wort ›Keesköppe‹ fällt. Aruba ist Teil der ehemaligen Niederländischen Antillen, aber inzwischen ein selbständiger Staat. Der niederländische König ist jedoch weiterhin Staatsoberhaupt. Die Menschen hier reagieren sehr empfindlich, wenn man sie als Holländer bezeichnet. Und Keesköppe ist das Schlimmste, was man hier über einen Einheimischen sagen kann. Sie wenden sich von uns ab und verlangen nun sehr bestimmt die Ausweise der Amerikaner. Diese greifen in ihre Taschen und wühlen darin herum.

»Das ist aber nun blöd«, äußern sie sich achselzuckend. »Wir haben unsere Ausweise nicht dabei. Eben hatten wir sie noch. Aber was ist ...?«

Beide ziehen ungewöhnlich schnell die Hände aus den Taschen und tun so, als sei nichts. Doch die einheimischen Beamten sind misstrauisch geworden.

»Was haben Sie? Was ist da in Ihren Taschen, das Sie nicht zeigen wollen?«

»Nichts«, sagt der eine. »Mir war nur etwas eingefallen.«

»Los! Herzeigen! Was ist in den Taschen?«

Beide greifen nun den amerikanischen Agenten in die Tasche und fördern jeweils einen kleinen Beutel mit weißem Pulver zutage.

»Sieh mal an, was haben wir denn da?«

»Das muss uns zugesteckt worden sein. Das gehört uns nicht.«

Der eine Polizist öffnet eine Ecke des Beutels, riecht und schmeckt am Pulver.

»Das ist Heroin!«

Dann höhnt er:

»Zugesteckt? Ja, natürlich! Wann soll das gewesen sein? Die junge Dame hat sie kaum berührt und das hätten wir wohl sehen müssen. Also: keine Ausweise und Heroin in den Taschen! So was haben wir gern. Ich weiß ja nicht, was ihr mit den Päckchen vorhattet, aber es sollte ganz sicher irgendeine Sauerei werden. Machen wir es kurz: Sie sind festgenommen.«

In diesem Augenblick zieht einer der Agenten ein Messer und setzt es dem einheimischen Polizisten an den Hals.

»Los! Her mit euren Revolvern. Und keine falsche Bewegung, sonst steche ich zu.«

Der zweite Polizist zögert noch.

»Mann, geben Sie auf. Sie haben keine Chance. Sie kommen hier nicht weg. Wir sind auf einer Insel.«

»Das lassen Sie mal meine Sorge sein. Also, auf den Boden mit den Waffen und schön langsam!«

Es vergeht keine Zehntelsekunde, da stehe ich neben ihm und schlage so kräftig auf sein Handgelenk, dass er vor Schmerzen aufschreit und das Messer zu Boden fällt. Der zweite Polizist reagiert blitzschnell und hat seine Waffe gezogen. Die beiden Agenten liegen kurz darauf auf dem Boden und Handschellen klicken.

»Mein Kompliment, junge Frau«, lässt sich der Mann vernehmen, »ich hab gar nicht gesehen, wie Sie neben ihn getreten sind. Er hatte gerade verlangt, dass wir die Waffen auf den Boden legen, als er auch schon aufschrie. Ihre Reaktionsschnelligkeit möchte ich haben. Also, vielen Dank für Ihre Hilfe und entschuldigen Sie alle die Belästigung.«

Damit klettern die beiden Polizisten mit ihren Gefangenen von Bord.

Die Männer sind fort und Gerard und Lucas beglückwünschen mich zu meiner – wie sie sich ausdrücken – mutigen Tat.

»Das war kein Kunststück«, wiegele ich ab, »ich stand ja fast neben ihm.«

Doch dann wenden die beiden sich erstaunt Silvie zu.

»Wie hast du das denn gemacht, Sylvie? Unglaublich! Das hätten wir dir niemals zugetraut. Los, erzähl!«

»Naja, ich habe unten die Gespräche oben an Deck mitbekommen. Ich habe mich dann in den Bugschrank gequetscht. Durch einen Spalt konnte ich sehen, wie der Mann zwei kleine Päckchen an Stellen deponierte, die man nun wirklich nicht übersehen kann. Er war auch ganz schnell wieder oben. Da dachte ich mir, jetzt schlägst du sie mit ihren eigenen Waffen. Ich habe die Päckchen an mich genommen, mir schnell Hemd und Hose übergezogen und bin dann nach oben getorkelt. Ja, und dann habe ich meine kleinen Zaubertricks angewandt. Ich bin quasi gegen die beiden gefallen und habe dabei die Päckchen in ihren Taschen versenkt.«

Dann hält sie etwas in den Händen hoch und grinst frech.

»Hier sind übrigens noch zwei Ausweise amerikanischer CIA-Agenten. Falls jemand damit etwas anfangen kann?«

Gerard kriegt sich gar nicht wieder ein.

»Wow, Sylvie. Du warst großartig. Das hätte ich dir nie zugetraut.«

»Naja«, meint sie grinsend. »Blond ist eben nicht immer gleichzusetzen mit blöd.«

Dann wird Sylvie auf einmal ernst und ihre Augen glitzern feucht. Sie sagt etwas, das niemand von uns ihr zugetraut hätte.

»Ich freue mich so, dass ich euch helfen konnte. Ich weiß, dass ich euch mit meinen blöden Zaubertricks genervt habe und dass du, Lucas, nicht viel von mir hältst, weil ich meinen Körper einsetze, um Aufmerksamkeit zu erregen. Aber das ist das einzige Kapital, das ich habe. Ich kann ja nichts anderes als gut aussehen. Ich habe nicht einmal etwas Richtiges gelernt. Ich kann mit keinem von euch mithalten. Lucas ist Mediziner, Gerard ist auf der ganzen Welt zu Hause und kennt sich überall aus, und Sophie, du gehst an unbekannte Dinge mit einer Natürlichkeit heran, die bewundernswert ist. Und dann siehst du auch noch unglaublich gut aus.«

Sie steht mit hängenden Schultern vor uns. Tränen laufen über ihre Wangen. Lucas nimmt sie spontan in die Arme.

»Ich muss mich bei dir entschuldigen Sylvie. Ich habe dich falsch eingeschätzt und mich von Vorurteilen leiten lassen. Du bist eine tolle Frau. Und wie du die CIA-Agenten vorgeführt hast, war einfach großartig.«

Auch ich nehme sie anschließend in die Arme, drücke sie und streiche über ihre Haare. Sie hat die Geste verstanden und lächelt mich unter Tränen an.

»Sylvie, du hast mir wahrscheinlich das Leben gerettet. Das werde ich dir nie vergessen. Lass uns Freundinnen sein, und wenn du einmal Hilfe brauchst, werde ich für dich da sein.«

Sylvie atmet tief ein.

»Danke. Es ist schön, Freunde zu haben. Ich fühle mich jetzt viel besser. – Gut. Dann lass uns jetzt darüber reden, wie es weitergehen soll.«

Wenig später sitzen wir zusammen auf dem Deck und beraten uns.

Lucas sagt:

»Wir müssen schnellstens hier weg. Die Amerikaner haben unsere Spur aufgenommen und werden nicht lockerlassen. Hast du eine Idee, Gerard, wo wir hinkönnen und wo uns die Amerikaner nur schwer oder gar nicht finden?«

»Hm«, überlegt Gerard, »das ist nicht ganz einfach. Als Erstes würde ich versuchen, eine Genehmigung für Kuba zu bekommen. Bis vor kurzem wäre das noch unmöglich gewesen. Aber heute geht es. Es kostet natürlich einiges und wir müssen uns darauf einstellen, sowohl bei Ankunft als auch bei der Abreise gründlich gefilzt zu werden. Trotz des Tauwetters zwischen den USA und Kuba traut sich kein CIA-Agent auf die Insel. Sollte er nämlich enttarnt werden, muss er mit der Höchststrafe dort rechnen, und das ist in der Regel lebenslänglich. Dann müssen wir wohl auch das Boot loswerden. Von Kuba aus könnte ich einen Agenten auf Guadeloupe beauftragen, einen Käufer für mein Boot zu finden und ein neues zu kaufen. Das ist dort recht problemlos, da die Insel zum französischen Mutterland gehört.«

Wir erreichen die Hauptstadt Havanna nach knapp einer Woche. Die Zollabfertigung im Hafen geht ausgesprochen zügig voran. Gerard wundert sich. Schon nach einer Viertelstunde verlassen die beiden Beamten das Schiff und wir haben die Einreisestempel in unseren Pässen. Gerard ist völlig durcheinander.

»Da stimmt doch etwas nicht. Ich weiß von anderen Bootseignern, dass die Zoll- und Einreiseformalitäten bis zu einem halben Tag dauern können.«

»Können die Amerikaner nicht doch ihre Finger im Spiel haben?« will ich wissen.

»Völlig unmöglich. Hier würde kein Agent der USA auch nur ein Bein an Land kriegen. In dieser Hinsicht sind die Kubaner völlig unbestechlich. CIA-Agenten müssten sogar damit rechnen, von der Bevölkerung gelyncht zu werden, denn es gibt kaum einen Kubaner, der nicht einen Angehörigen hatte, der damals bei der missglückten Invasion von Exilkubanern und CIA in der Schweinebucht umgekommen ist.«

Wir lassen die Sache vorerst auf sich beruhen und erkunden am folgenden Tag die Altstadt von Havanna. Gerard macht den Reiseführer. Er ist nicht das erste Mal in der kubanischen Metropole.

Wir nehmen einen Drink, einen Mojito, an der Bar des wunderschönen alten Hotels ›Ambos Mundos‹, Ecke Mercaderes und Calle Obispo: Hier hat Hemingway lange Zeit gewohnt und seinen Roman ›Wem die Stunde schlägt‹ über die Zeit des spanischen Bürgerkriegs geschrieben. In der fünften Etage ist sein Zimmer zu besichtigen, das noch immer die Einrichtung aus den 40er und 50er Jahren des letzten Jahrhunderts zeigt. Auch seine Schreibmaschine steht hier auf einem kleinen Tisch vor dem Bett, in dem er wohl manchen Rausch ausgeschlafen haben mag.

Anschließend mieten wir einen der liebevoll restaurieren und gepflegten amerikanischen Oldtimer und lassen uns über den berühmten Malecón kutschieren. Auf der Mauer zum Wasser sitzen normalerweise jeden Abend die Liebespaare und betrachten den Sonnenuntergang über dem Karibischen Meer. Doch heute ist die Mauer vereinsamt. Den Grund bekommen wir auch sehr schnell mit. Alle paar Minuten spritzt eine Gischtwelle über die Mauer und breitet sich auf der Straße aus. Das Meer vor Havanna ist ziemlich aufgewühlt. Ansonsten ist der Malecón wie immer recht bevölkert, nur dass sich das Leben und Treiben auf der dem Meer abgewandten Seite abspielt.

Den Abend verbringen wir dann im Hotel Florida ebenfalls an der touristischen Flaniermeile, der Calle Obispo, und schauen den Salsa-Tänzern zu, die hier jeden Abend zu Son und Salsa ihre Hüften schwingen.

Am dritten Abend auf Kuba bekommen wir auf dem Schiff Besuch. Die beiden Herren kommen uns bekannt vor. Es sind die beiden Zollbeamten und sie sind ausgesprochen freundlich. Sie sagen auch gleich, dass sie nicht in ihrer Eigenschaft als Vertreter des Staates unterwegs seien, sondern im Auftrag ihrer Familie. Die nämlich würden uns alle vier gern zu einem Umtrunk in das berühmte Hemingway-Lokal ›La Floridita‹ im Zentrum Havannas einladen. Die Einladung sei auch ohne jeden Hintergedanken, das würden sie bei der Heiligen Mutter Maria versprechen. Und mit einem Augenzwinkern ergänzen sie: »Ihr habt nämlich bei uns eine gewisse Berühmtheit erlangt.«
Wir sind neugierig geworden.

Am kommenden Abend machen wir uns auf den Weg. Vom Hafen aus geht es vorbei an der russisch-orthodoxen Kirche. Anschließend schlendern wir, wie auch hunderte weiterer Touristen, durch die Calle Obispo bis kurz vor das dem Capitol in Washington nachempfundene Capitolio. Am Ende der Obispo liegt links an einer Ecke die berühmte Bar. Man will uns erst nicht reinlassen; es sei eine geschlossenen Gesellschaft, aber dann kommt uns unser Zollbeamter entgegen, stellt sich als Roberto vor und führt uns hinein. Die nicht allzu große Bar ist mit zirka fünfzig Personen, Männern wie Frauen, gut gefüllt.

»Alles meine Familie!«, ruft Roberto mit einer ausladenden Armbewegung. Als wir den Raum betreten, verstummen die Gäste. Alle blicken uns an.

»Das sind die Señoritas Silvia y Sofia!«, ruft er seinen Leuten zu. Ihr alle kennt sie von Paolos Bericht. Sie haben die beiden CIA-Agenten so wunderbar fertiggemacht und dafür gesorgt, dass sie ins Gefängnis kamen.«

Nun geht ein Lärmen los. Alle sind aufgesprungen und jeder will uns drücken und Wangenküsse geben. Ich bin überwältigt und weiß nicht so recht, wie ich mich verhalten soll. Doch Sylvie genießt ganz offensichtlich das Bad in der Menge. Rufe werden laut wie ›Viva Silvia y Sofia‹ und alle strahlen vor Freude. Besonders Sylvie mit ihrer blonden, bis zum Po reichenden Mähne ist sofort Mittelpunkt sämtlicher männlicher Familienmitglieder.

Nachdem sich der Trubel etwas gelegt hat, sitzen Gerard, Lucas und ich mit Roberto zusammen, während Sylvie wohl zum hundertsten Mal erzählen muss, wie sie die Amerikaner gefoppt hat.

»Woher habt ihr alle hier die Information darüber, was auf Aruba geschehen ist?«, wollen wir von Roberto wissen.

»Nun, Amigos! Dafür muss ich etwas weiter ausholen:

Mein Bruder Paolo hat sich vor Jahren beim kubanischen Geheimdienst, der Dirección de Intelligencia beworben. Er hatte einen Grund, denn in unserer

Familie besteht eine abgrundtiefe Abneigung gegen die CIA. Dieser Hass hat seine Ursache darin, dass bei einem der vielen misslungenen Attentate auf unser ehemaliges Staatsoberhaupt Fidel Castro durch die CIA unser Vater getötet wurde.

Nun, kurz darauf wurde Paolo nach Aruba entsandt. Er sprach nämlich Englisch und sogar ein bisschen Papiamento, den dortigen Dialekt der einfachen Leute. Unsere Regierung wollte wissen, was die Amerikaner so alles dort trieben. Als die USA dann ihre Raffinerie stilllegten und abzogen, war sein Job dort erledigt. Aber er kam nicht zurück, sondern blieb auf Aruba, beantragte Asyl und bewarb sich bei der dortigen Polizei.«

»Dann war einer der beiden Polizisten Paolo?«, werfe ich ein.

»Ja. Er wurde dazu abgeordnet, zwei amerikanischen Agenten Amtshilfe zu leisten. Das passte ihm natürlich überhaupt nicht, aber was sollte er machen? Er merkte sehr schnell, worauf das Ganze hinauslaufen sollte, und als das schöne blonde Mädchen dann ihre Show abzog, freute er sich innerlich diebisch. Er hatte natürlich ihre kleinen Tricks durchschaut. Aber er machte sofort mit, denn es gefiel ihm außerordentlich, wie die Agenten vorgeführt wurden.«

»Aber dass er dann als Geisel genommen wurde, dürfte ihm wohl weniger gefallen haben«, meint Lucas.

»Exakt. Ab da wurde die Sache brenzlig. Aber da haben Sie, Señorita Sofia, so hervorragend reagiert. Meine ganze Familie ist Ihnen dafür unendlich dankbar. Wer weiß, wie es sonst ausgegangen wäre.

Die Familie hat natürlich die ganze Zeit den Kontakt zu Paolo aufrechterhalten, auch, nachdem er Asyl beantragt hatte. Daher hat er uns vor kurzem alles berichten können. Als Sie dann mit ihrem Schiff angekündigt wurden, habe ich dafür gesorgt, dass mein Schwager Ernesto und ich für Sie zuständig wurden.

Doch nun genug der Reden. Kommen Sie, mischen wir uns unter die Familie. Ich würde Ihnen auch gern unser Familienoberhaupt, unserer Mutter Doña Consuela, vorstellen.«

Doña Consuela sitzt am Ende der Tafel auf einem erhöhten Platz. Sie drückt mich sofort an ihren gewaltigen Busen, sodass mir die Luft wegbleibt, und herzt und küsst mich überschwänglich.

»Meine Tochter«, sagt sie zu mir, »du hast meinem Paolo das Leben gerettet. Dafür sind meine Kinder und Kindeskinder und ich dir ewig dankbar. Betrachte dich meiner Familie zugehörig.«

Damit holt sie aus den Falten ihres weißen Kleides eine Glasperlenkette mit einer kleinen stilisierten Figur aus Holz und legt sie mir um. Es sei ein Amulett, das einen Orisha, einen Gott beziehungsweise Schutzheiligen darstellt. Ihr Sohn Roberto erzählt mir später, dass seine Mutter eine Santera sei, eine Frau, die dem Glauben der Santería anhängt, eine Mischung aus Katholizismus und afrikanischen Naturreligionen. Das Amulett würde Wunder in der Liebe, der Gesundheit und im Glück bewirken.

Dann entlässt mich Doña Consuela.

Darauf haben etliche Männer der Familie nur gewartet. Sie belegen mich sofort mit Beschlag und überhäufen mich mit Komplimenten.

Der Abend artet in ein gewaltiges Besäufnis auf Seiten der Kubaner aus. Als wir uns endlich von Roberto, Ernesto und deren gesamter Familie verabschiedet haben, schwanken auch wir ziemlich beschwipst zurück aufs Schiff.

Am nächsten Morgen haben wir allesamt Kopfschmerzen und Lucas versorgt uns mit Tabletten.

Gerards Agent auf Guadeloupe hat inzwischen einen Käufer für die Yacht gefunden. Und es gibt sogar zwei Schiffe, vergleichbar dem unseren, die zum Verkauf anstehen. Beide liegen aber im Yachthafen von Martinique.

»Das ist kein Problem«, meint Gerard, »denn Martinique, gut 100 Kilometer südlich von Guadeloupe gelegen, gehört ebenfalls zum französischen Mutterland.

»Ich habe zwei Vorschläge zu machen«, fährt er fort, »entweder wir alle vier segeln nach Martinique, da sind wir einige Tage unterwegs, ich kaufe dort das Schiff und lasse von meinem Makler das alte nach Guadeloupe überführen und dort verkaufen. Dann sehen wir weiter. Oder aber nur Lucas und ich machen uns auf die Segeltour ohne euch beiden Frauen. Ihr bliebet dann hier. Nach abgeschlossener Transaktion kämen wir wieder zurück.«

Lucas sagt: »Ich würde die zweite Möglichkeit vorziehen. Hier auf Kuba ist Sophie am sichersten vor den amerikanischen Agenten. Wer weiß, was auf der Fahrt nach Martinique alles passieren kann?«

So beschließen wir es auch.

Doch dann kommt alles anders.

15

»Wie konnte das schon wieder passieren? Zwei unserer Leute haben sich von einer jungen Frau vorführen lassen! Hab ich nur noch Idioten um mich herum?«

»Sir, unsere beiden Männer stecken auf Aruba im Gefängnis. Wir sollten sie da herausholen.«

»Ich denke nicht daran, so wie die sich angestellt haben. Sollen sie doch dort verrotten. Was ist mit dem Schiff?«

»Sir, wir haben eine Auskunft vom Hafenmeister in Oranjestad. Demnach ist die Yacht mit Ziel Grenada ausgelaufen, aber dort nie angekommen.«

»Was ist mit GPS?«

»Das müssen die komplett stillgelegt haben. Die segeln auf Sicht oder navigieren ganz altertümlich mit einem Sextanten. Trotzdem Sir, wir können zumindest einen kleinen Erfolg vermelden: Wir kennen inzwischen die Eltern des Arztes und wissen, wo sie wohnen. Wir können uns vorstellen, dass wir über die herausbekommen, wo sich ihr Sohn aufhält und damit auch seine Freundin.«

»Worauf wartet ihr dann noch? Ich will Ergebnisse!«

***

Gerard bekommt einen Anruf.

»Für dich«, sagt er zu Lucas und reicht ihm das Handy. »Deine Mutter.«

»Mamma, was gibt es? ... Was? .... Oh, nein! Wie ist das passiert? ... Wir kommen, so schnell wir können!«

Mit feucht glitzernden Augen blickt er uns an.

»Papa ist tot. Man hat ihn auf offener Straße in ein Auto gezerrt. Er hat es nicht für nötig gehalten, sich von einem Wachmann begleiten zu lassen. Nur wenig später hat die Polizei ihn tot auf der Straße gefunden. Er hatte Verletzungen im Gesicht und am Körper. Man hat ihn geschlagen und später aus einem Fahrzeug geworfen. Die Polizei sagt jedoch, dass er nicht an den Schlägen gestorben ist. Der Schreck und die Aufregung hätten zu einem Herzschlag geführt. Er hatte ja bereits einen Herzinfarkt hinter sich.«

»Das ist ja schrecklich, Lucas! Das tut mir so leid.«

Ich nehme ihn in den Arm. Auch er drückt mich. Ich kann seinen Kummer spüren. So halten wir uns eine Zeitlang stumm in den Armen. Nach einer Weile frage ich:

»Hat die Polizei eine Vermutung geäußert, warum man ihn überfallen hat?«

»Ja, sie vermutet eine Entführung, um Lösegeld zu erpressen. Meine Eltern seien ja nicht arm. Aber ich glaube nicht, dass jemand Lösegeld wollte. Dann wäre eine Forderung eingegangen und man hätte seinen Tod verschwiegen. Ich glaube eher, die wollten Informationen über unseren Aufenthaltsort.«

»Und? Hätte er ihnen was sagen können?«

»Nein, er wusste nur, dass wir mit dem Schiff unterwegs sind, also für die nichts Neues. Er wusste auch keine Telefon- oder Handynummer.«

»Und deine Mutter? Wie kommt sie damit zurecht?«

»Schlecht. Und sie hat eine Mordswut auf die Amerikaner. Auch sie ahnt, dass es keine Entführung war.«

Dann nimmt er meine Hände und schaut mir in die Augen.

»Ich muss zurück und ihr beistehen. Ich werde auch bei der Beerdigung dabei sein. Du solltest aber hierbleiben. Nur hier bist du sicher.«

»Nein Lucas, ich lasse dich nicht allein zurückfliegen. Ich komme mit. Außerdem fühle ich mich für seinen Tod verantwortlich. Die sind ja hinter mir her. Wenn es mich nicht gäbe, würde dein Vater noch leben.«

»Unsinn, Sophie! Wenn es dich nicht gäbe, wäre ich tot. Wenn du aber unbedingt darauf bestehst, mitzufliegen, müssen wir für deine Sicherheit sorgen. Ich hätte eine Idee: Es gibt einen Direktflug Havanna – Paris mit der Kubanischen Fluggesellschaft ›Cubana de Aviación‹. An deren Fluggastdaten kommen weder NSA noch CIA so ohne weiteres heran. Und für alle Fälle lassen wir uns auf Charles-de-Gaulles von unseren Sicherheitsleuten abholen. Da könnte eigentlich nichts schiefgehen.«

Es dauert einige Tage, dann haben wir den gewünschten Flug gebucht. Wir haben uns schon vorher von Sylvie und Gerard verabschiedet, die nun ohne uns den Schiffstausch vornehmen müssen.

»Wir versuchen, alles möglichst schnell abzuwickeln«, sagt Gerard zum Abschied »und werden dann von Martinique rüberkommen. Ich weiß aber nicht, ob wir es bis zur Beisetzung deines Vaters und meines Onkels schaffen. Auf jeden Fall richte deiner Mutter unser aufrichtiges Beileid aus und sag ihr, dass wir mit ihr fühlen.«

Der Flug nach Paris verläuft ereignislos. Angekommen auf Charles-de-Gaulle haben wir auch schnell unser Gepäck und passieren den Zoll. Doch da ist erst einmal Schluss. Zwei Zollbeamte fordern uns auf, ihnen in einen Raum zu folgen. Wir wollen wissen, warum und bekommen nur ein Achselzucken.

»Tut uns leid. Anweisung von oben.«

Wir schauen uns an. Mein Körper beginnt Adrenalin auszuschütten. Irgendetwas stimmt nicht. Wir werden einen langen Gang entlanggeführt. Plötzlich ertönt von hinter uns eine laute Stimme:

»Einen Augenblick, bitte! Bleiben Sie stehen!«

Die Aufforderung gilt unseren Zollbeamten. Wir vier drehen uns um. Vom Ende des Ganges kommen zwei Flughafenpolizisten auf uns zu. Im Gefolge haben sie zwei kräftige Männer in Zivil. Wir kennen sie: Es sind zwei der Sicherheitskräfte von dem Anwesen in der Champagne.

Die Polizisten haben aufgeschlossen und fragen die Zollbeamten barsch:

»Was haben Sie mit dem jungen Paar vor?«

»Wir sollen sie zwei Männern zuführen, die sich als Sicherheitspersonal ausgewiesen haben. Aber was ist denn los?«

»Los ist, dass die beiden einer Familie angehören, deren Mitglieder gefährdet sind, entführt zu werden. Hat man Ihnen einen Grund angegeben, warum die

Männer die jungen Leute sehen wollen und haben Sie deren Ausweise kontrolliert?«

»Nein, Monsieur. Sie haben keine Begründung angegeben und die Ausweise haben wir nur oberflächlich angeschaut.«

»Und wo sind die Herren jetzt?«

»Sie warten im Verhörraum. Das ist die zweite Tür auf der rechten Seite.«

»Gut. Bleiben Sie zurück.«

Die beiden Polizisten nähern sich mit vorgehaltenen Waffen der Tür, als plötzlich Alarm losgeht. Dann reißen sie die Tür auf und springen in den Raum. Er ist leer, aber eine gegenüberliegende Tür steht offen. Sie führt ins Freie.

»Das Öffnen dieser Tür hat den Alarm ausgelöst«, erklärt der erste Zollbeamte, »sie darf nur im Notfall geöffnet werden.«

Beide Polizisten und auch unsere beiden privaten Sicherheitsleute laufen nach draußen und schauen sich nach allen Seiten um. Aber die Fremden sind verschwunden.

Der Alarm hat etliche Flughafenpolizisten herbeigerufen, die nach kurzer Aufklärung nach draußen schwärmen und beginnen, das gesamte Gelände abzusuchen.

Inzwischen werden die beiden Zollbeamten verhört und wir sind zusammen mit unserem Begleitschutz entlassen. Im Fortgehen hören wir noch die Antwort auf die Frage eines Polizisten, ob ihnen etwas Ungewöhnliches aufgefallen sei, nämlich, dass beide mit amerikanischem Akzent gesprochen hätten. Wir werfen uns einen wissenden Blick zu. Irgendwie müssen die wohl doch an die Passagierlisten gekommen sein.

Auf der Fahrt in die Champagne fragen wir unsere beiden Bodyguards, wie es ihnen gelungen ist, durch die Sicherheitsschleuse zu kommen.

»Der Tod Ihres Vaters, Monsieur Meurville, hat gewaltigen Staub aufgewirbelt. Er war ja eine bekannte Persönlichkeit. Der Polizeipräfekt von Paris hat sich persönlich von den Ergebnissen der Untersuchung des Falles unterrichten lassen. Er hat der Präfektur in Troyes und der örtlichen Polizei jegliche Unterstützung zugesagt und Ihrer Frau Mutter angeboten, sie könne jederzeit die Hilfe der Polizei in Anspruch nehmen. Sogar der Innenminister hat ihr persönlich sein Beileid ausgesprochen. Als uns die Beamten nicht durch die Sicherheitssperren lassen wollten, haben wir verlangt, dass sie die Polizeipräfektur anrufen sollten. Es dauerte viel zu lange bis wir sie überzeugt hatten und sie den Anruf tätigten. Dadurch verloren wir wertvolle Zeit. Aber dann ging alles sehr schnell und es wurden sogleich zwei Polizisten für uns abgestellt. Aber wir wären beinahe zu spät gekommen.«

Lucas' Mutter steht bereits oben an der Eingangstreppe. Mutter und Sohn umarmen sich herzlich und auch ich werde in ihre Umarmung eingeschlossen. Als wir dann später im Salon zusammensitzen hat sich Madame Meurville bereits etwas gefasst und kann sogar schon über Monsieur schimpfen.

»Dieser Dickschädel! Er glaubte, er brauche keine Aufpasser. Ihn würden sie ja nicht suchen, betonte er immer wieder. Aber so war er. Er glaubte, immer alles besser zu wissen.«

Dann kommen ihr doch die Tränen und Lucas nimmt sie in den Arm.

Sie betont immer wieder, wie froh sie ist, dass uns nichts passiert ist und sie uns bei sich haben kann. Wir erzählen ihr lieber nicht von dem Vorfall auf dem Pariser Flughafen. Es würde sie nur unnötig beunruhigen.

Was sie uns dann allerdings erzählt, schockiert uns. Die Polizei habe am Fundort der Leiche des Vaters einen Ausweis sichergestellt. Der gehörte einem Schwarzafrikaner aus Libyen. Als die Presse davon Wind bekam, setzte eine beispiellose Hetzkampagne ein. Die Rechten nutzten das, um ihre Ausländerfeindlichkeit zu zementieren. In den umliegenden Orten wie Piney oder Troyes organisierten sie Demonstrationen gegen Ausländer, die darin gipfelten, dass in beiden Orten Ausländerunterkünfte in Brand gesteckt wurden. Es gab Tote. Es kann sich seitdem kaum ein Ausländer auf der Straße sehen lassen. Sie werden angepöbelt oder sogar bespuckt.

Dann kommt ein Anruf eines unserer Sicherheitsleute.

»Monsieur Meurville. Hier stehen zwei Herren von der Securité Nacionale vor dem Eingang. Die wollen Sie sprechen.«

»Haben Sie ihre Ausweise auf Echtheit überprüft?
Auch mit telefonischer Rückfrage?«

»Jawohl, die sind echt.«

»Gut. Begleiten Sie die beiden Herren zu uns und
bleiben Sie bitte auch im Haus immer in ihrer Nähe.«

Dann betreten zwei Herren in dunklen Anzügen in
Begleitung unserer Sicherheitsleute den Salon. Sie
werden von Madame, Lucas und mir empfangen.

Nachdem sie Platz genommen haben und unsere
Aufpasser sich an die Tür zurückgezogen haben, richtet der erste das Wort an Madame und Lucas.

»Sie haben sicher von den schrecklichen Vorfällen in
der Umgebung gehört, ausgelöst durch den Fund des
afrikanischen Ausweises beziehungsweise der Veröf-
fentlichung des Fundes. Nun hat sich etwas ergeben,
das wir nicht verstehen und hoffen, dass Sie uns vielleicht weiterhelfen können.«

Wir drei schauen ihn fragend an. Er fährt fort:

»Wir haben festgestellt, dass der Ausweis gefälscht
ist. Und nicht nur einfach gefälscht, sondern so hervorragend, dass es Tage gedauert hat ihn als falsch zu
verifizieren. Die Fälschung ist so gut – dazu wären
nicht einmal die Leute vom Islamischen Staat oder
von al-Qaida fähig, geschweige denn irgendwelche
kriminellen oder rechtsextremen Organisationen in
Frankreich oder einem anderen europäischen Staat
und schon gar keine kriminellen Banden.«

Der Mann hält einen Moment inne. Er will wohl die
Wirkung seiner Worte auf uns beobachten. Dann
beugt er sich vor und fixiert Lucas.

»Solch einen Aufwand für einen einfachen Ausweis zu betreiben, passt in keiner Weise zu einer schlichten Entführung mit dem Ziel der Lösegelderpressung. Hinzu kommt, dass jemand, der sich solche Mühe mit einem gefälschten Ausweis macht, diesen wohl kaum am Tatort liegen lässt. So dumm kann man gar nicht sein. Deshalb die Frage an Sie: Können Sie sich vorstellen oder wissen Sie vielleicht sogar davon, dass hinter der angeblichen Entführung ganz etwas anderes stecken könnte?«

Lucas verzieht keine Miene, während ich den Atem anhalte.

»Es tut mir leid. Aber sowohl meine Mutter als auch ich waren bisher immer von einer Entführung ausgegangen. Was Sie hier sagen, ist völlig neu für uns.«

»Herr Meurville! Ich frage Sie noch einmal. Wissen Sie etwas? Sind Sie möglicherweise damals in Afrika in etwas hineingeraten und haben etwas erfahren, was auf keinen Fall bekannt werden sollte? Wir wissen von Ihrem – sagen wir einmal: Unfall.«

»Der Überfall einer islamischen Terrororganisation damals richtete sich gegen die Ärzte ohne Grenzen. Er hatte nichts mit mir persönlich zu tun. Ebenso wenig kann der Überfall auf meinen Vater mit mir zu tun haben; ich befand mich zu der Zeit in der Karibik, also nicht einmal in Frankreich. Tut mir leid. Ich kann Ihnen da nicht weiterhelfen.«

Die beiden Herren erheben sich.

»Nun gut, Monsieur Meurville. Sollte Ihnen doch noch etwas einfallen, melden Sie sich bitte bei mir.

Hier ist meine Karte. Und entschuldigen Sie bitte die Störung, Madame.«

Die Männer sind kaum draußen, da platze ich heraus:

»Das ist unglaublich. Nur um den Verdacht von sich abzulenken, nimmt der amerikanische Geheimdienst Unruhen und Aufstände und sogar Tote in Kauf. Die Toten bei den Bränden gehen doch letztlich auf deren Konto. Es ist schrecklich, wozu diese Menschen fähig sind.«

Lucas fügt hinzu:

»Ja, die Skrupellosigkeit des amerikanischen Geheimdienstes ist kaum zu übertreffen. Doch wir können von Glück sagen, dass die französische Securité mich damit in Verbindung bringt. Dich, Sophie, haben die gottseidank überhaupt nicht auf der Rechnung.«

Die nächsten Tage ist Lucas' Mutter mit den Vorbereitungen für die Beerdigungsfeierlichkeiten voll und ganz beschäftigt. Das ist gut so, denn dadurch kommt sie nicht zum Nachdenken. Lucas und ich unterstützen sie dabei, soweit es uns möglich ist. Doch schon sehr bald merken wir, dass wir fast überflüssig sind. Sie hat alles im Griff. Sie ist eine sehr starke Frau. Sie verschickt Hunderte von Traueranzeigen und halb Frankreich hat sein Erscheinen angekündigt, darunter viele Größen aus Wirtschaft und Politik. Letzteres hat dazu geführt, dass unser Sicherheitspersonal Verstärkung sowohl durch regionale Polizei als auch durch die persönlichen Bodyguards der Politiker erhalten hat.

Daher platzt die ›Cathédrale Saint-Pierre-et-Saint-Paul‹ von Troyes bei der Trauerfeier aus allen Nähten. Die Menschen stehen bis auf den Vorplatz der Kathedrale.

Die Trauergesellschaft, die sich später auf dem Friedhof zur Beisetzung versammelt hat, ist allerdings recht überschaubar. Es nehmen nur ausgewählte Gäste teil. Natürlich ist auch hier die Polizei vertreten, hält sich aber im Hintergrund. Neben den Bodyguards der Prominenz haben sich acht unserer Sicherheitsleute unter die Trauernden gemischt.

Die Grabrede des Priesters wird plötzlich durch ein Gerangel gestört. Zwei unserer Männer haben einen Fremden in die Zange genommen, der sich heftig wehrt. Einer der unsrigen greift ihm in die Jackentasche und fördert eine Pistole zutage. Mann und Waffe werden der sofort herbeigeeilten Polizei übergeben. Aus den Augenwinkeln sehe ich, wie sich kurz darauf drei Herren aus der Gruppe der Anwesenden lösen und eilig hinter den nächsten Bäumen verschwinden.

Die Trauerfeierlichkeiten sind zu Ende und langsam kehrt Normalität zurück. Es gab keinen Versuch, in unser gesichertes Anwesen einzudringen. Auch die Ausflüge in die Stadt und die Umgebung verlaufen ereignislos. Allerdings lassen uns unsere Bewacher auch keinen Augenblick aus den Augen.

Wir hoffen, dass die unentwegten Fehlschläge die CIA zum Rückzug veranlasst haben.

Einige Tage später später steht einer der beiden Beamten des französischen Geheimdienstes erneut vor unserer Tür. Diesmal will er Lucas und mich sprechen. Wieder sitzen wir ihm im Salon gegenüber und unsere Wachmänner lehnen an der Wand. Er kommt auch gleich zur Sache.

»Sagen Sie mir bitte, Monsieur Meurville, kann es vielleicht sein, dass die Entführung gar nicht ihrem Vater gegolten hat, sondern Ihnen? Oder, dass man über Ihren Vater herausbekommen wollte, wie man an Sie herankommen kann?«

Lucas sieht den Mann verwundert an:

»Wie kommen Sie denn darauf?«

»Nun, wir haben bei unseren deutschen Kollegen recherchiert. Die wollten zwar zuerst nicht damit rausrücken, weil sie die Sache für zu brisant hielten. Erst als wir absolute Geheimhaltung zusicherten, durften wir Einsicht in ein Geheimpapier nehmen, in dem es um ein Verhör auf einer deutschen Polizeistation an der französischen Grenze ging. Darin haben Sie, Monsieur Meurville, über eine Gräueltat des amerikanischen Militärs in Libyen berichtet, von der sie durch einen dortigen Bekannten erfahren haben. Neben dem Polizeibeamten war noch eine arabische Frau anwesend, die allerdings weder deutsch noch französisch sprach, und eine junge Frau, von der wir annehmen, das es sich um ihre Verlobte, Mademoiselle Miller, handelte.« Dabei schaut er zu mir herüber.

Lucas blickt den Mann eine Zeit lang schweigend an. Dann sagt er:

»Der deutsche Polizist hatte mir zugesichert, dass das nicht ins Protokoll kommt.«

»Ist es auch nicht. Der Mann hat durchaus die Brisanz Ihrer Aussage erkannt und erst sehr viel später unter Zusicherung der absoluten Geheimhaltung einen Bericht abgegeben. Und die wurde auch eingehalten. Die Deutschen wollen es sich doch nicht mit ihren Verbündeten verderben und wir ebenso wenig.

Sie fragen sich nun sicherlich, warum ich das alles wissen will, wo doch auch meiner Behörde nicht daran gelegen sein kann, unseren Verbündeten ans Bein zu pinkeln. Nennen Sie es persönlichen Ehrgeiz. Bei der ganzen Sache gab es mir zu viele Ungereimtheiten. Wenn aber die CIA oder NSA auf irgendeine Weise doch an das Protokoll herangekommen sein sollte, dann passt auf einmal alles zusammen.

Daher also meine Frage an Sie beide: Sind Sie im Fokus des amerikanischen Geheimdienstes?«

Wieder zögert Lucas. Dann schaut er, während er antwortet, mich an.

»Nun gut, Monsieur! Meine Verlobte und ich können nicht ausschließen, dass Sie mit Ihrer Vermutung richtig liegen.«

Der Mann atmet tief durch, nickt kurz und erhebt sich.

»Danke, Monsieur Meurville. Sie haben mir persönlich sehr geholfen. Nun verstehe ich auch die aufwendigen Sicherheitsvorkehrungen, die Sie auf Ihrem Anwesen getroffen haben. Trotzdem bitte ich Sie und Ihre Verlobte: Seien Sie sehr, sehr vorsichtig.«

Damit verabschiedet er sich. Als er zusammen mit unseren Sicherheitsleuten den Raum verlassen hat, nimmt Lucas meine Hände und sagt:

»Ich glaube nicht, dass die Amerikaner an das Geheimpapier gekommen sind. Daher bist es immer noch du, hinter der sie her sind. Aber es schadet nicht, dass die Securité Nationale die CIA im Visier hat, wenn auch unter falschen Voraussetzungen. Das macht es den Amerikanern noch schwerer zu agieren.«

Die nächsten Tage werden richtig warm. Die sanften Hügel der Champagne ducken sich unter der Sommerhitze. Die Luft flimmert über den zum Teil bereits abgeernteten Feldern. Wann immer es möglich ist, nutzen Lucas und ich die Zeit, um im See zu schwimmen oder im Schatten der Bäume zu ruhen. Allerdings stehen wir unter ständiger Beobachtung der Bodyguards.

Dann kommt der Freitag, der auch noch der dreizehnte ist.

16

»Paulette, *du bist verrückt. Du willst es tatsächlich mit den Leuten von der CIA aufnehmen. Das sind Profis. Da hast du nicht die geringste Chance.«*

»Vielleicht doch, Jean-Pierre. Seit dem Vorfall mit dem Leiter der Polizeiwache können die nicht mehr mit der Unterstützung der französischen Behörden rechnen. Die Franzosen warten nur darauf, dass amerikanische Agenten wieder einen Fehler machen. Und hast du von der angeblichen Entführung und dem Tod des alten Meurville gelesen? Sollte herauskommen, dass auch da die Amerikaner dahinterstecken — und ich bin sicher, dass es so ist — dann kann die CIA in Frankreich einpacken. Dann herrscht Eiszeit bis in die Regierungsebene hinauf. Das Verhältnis zu den USA ist jetzt schon außerordentlich angespannt. Die müssen also sehr vorsichtig sein, und das kommt uns zugute.«

»Aber was sollen die Motorradmasken und das Gewehr? Willst du eine Bank überfallen?«

»Natürlich nicht. Sollten wir irgendwann irgendwelchen Agenten von Angesicht zu Angesicht gegenüberstehen, wäre es gut, wenn wir nicht erkannt würden. Und das Gewehr ist nur zu unserer Sicherheit und auch nicht geladen.«

»Ich finde, du solltest dich bei der Securité Nacionale oder im nächsten Film als ›Bond-Girl‹ bewerben. Du gibst schon jetzt eine perfekte Agentin ab.«

»Du machst Witze, Jean-Pierre.«

***

Es ist Freitag, ein schwülwarmer Spätsommerabend. Madame Meurville, Lucas und ich sitzen auf der Terrasse und schauen zu, wie die Sonne langsam hinter den Hügeln der Champagne verschwindet. Auch Lucas' Mutter ist etwas zur Ruhe gekommen. Die Trauer um ihren Gatten ist angesichts der Schönheit des Anblicks der Umgebung in den Hintergrund getreten.

Dann zieht ein Gewitter auf und es fängt an zu regnen. Wir flüchten ins Innere des Hauses und lassen uns ein Glas Wasser für Madame und je ein Glas Rotwein für Lucas und mich bringen. Lucas scheint wieder vollständig hergestellt zu sein, nur bei größeren Anstrengungen atmet er manchmal noch schwer. Seine Lunge war von den Kugeln verletzt worden.

Plötzlich schaut er mich entsetzt an, ringt nach Luft und fällt mit einem Röcheln zu Boden. Madame und ich sind aufgesprungen. Ich beuge mich zu ihm herab. Er ist nicht bei Bewusstsein. Madame reagiert sofort und lässt von der Bediensteten einen Krankenwagen rufen.

Schon nach kurzer Zeit steht das Ambulanzfahrzeug vor dem Eingangsportal. Helfer und Notarzt eilen in den Salon. Der Arzt untersucht ihn kurz und meint, dass er nicht genau sagen könne, was mit Lucas los sei, möglicherweise ein allergischer Schock. Dann meint er vorwurfsvoll, dass kostbare Zeit mit Kontrolle und Durchsuchung des Krankenwagens und seiner Insas-

210

sen in der Grundstücksauffahrt vergeudet worden sei. Sie hätten deutlich schneller hier sein können. Er gibt den Befehl, Lucas in das nächstgelegene Krankenhaus zu schaffen. Ich bestehe darauf, ihn zu begleiten.

Lucas wird mit einem Tropf verbunden und auf der Krankenliege festgeschnallt, auch ich werde gebeten, mich auf dem Sitz anzuschnallen. Der Arzt nimmt auf der anderen Seite der Liege Platz und die beiden Pfleger steigen vorn ein. Der Arzt prüft noch einmal, ob mein Gurt auch stramm sitzt, dann geht es los. Schon nach den ersten Metern bemerke ich, dass der Gurt mir fast den Brustkorb abschnürt; er lässt kein Spiel für Bewegungen. Ich zerre daran, um mir etwas Bewegung zu verschaffen, als der Arzt auf meine Seite kommt und meine Hände wortlos an den Lehnen des Sitzes fixiert. Ich schreie ihn an.

»Was soll das? Warum fesseln Sie mich?«

Ich zerre an den Fesseln, schreie und versuche, den Mann mit meinen Füßen in den Bauch zu treten. Er kann mir ausweichen und zischt mich an:

»Seien Sie still!«

Der Wagen legt sich in eine scharfe Kurve, er hat offenbar gerade die Auffahrt des Anwesens verlassen und biegt in die Straße ein.

Ich schreie laut um Hilfe, gleichzeitig macht der Wagen eine Notbremsung. Die Flüche der beiden im Führerhaus sagen mir, dass unser Fahrzeug bei der Ausfahrt aus dem Grundstück offenbar einen PKW geschrammt hat. Ich rufe weiter laut um Hilfe, bis mir der Arzt ein breites Heftpflaster über den Mund klebt, sodass nur noch ein Gurgeln zu hören ist. Mir wird klar, dass man uns gerade kidnappt. Man muss Lucas etwas ins Getränk gemischt haben. Das kann eigentlich nur das Dienstmädchen gewesen sein, das uns den Rotwein gebracht hat, denn sie ist die Einzige, die sicherstellen konnte, dass Lucas das Betäubungsmittel erhält. Aber warum Lucas? Warum nicht ich? Hinter mir sind sie doch nach der Aussage der Kellnerin in Troyes her. Ich verstehe das nicht. Möglicherweise hat sie die Gläser verwechselt. Oder liegt Lucas vielleicht falsch und das geheime Protokoll der deutschen Polizei ist doch in die Hände der CIA gelangt?

Nach etwa zehn Minuten Fahrt halten wir an. Die beiden Männer aus der Fahrerkabine kommen nach hinten und öffnen die Tür. Dann fixieren sie zu dritt mit vereinten Kräften meine wild um sich schlagenden Füße mit Kabelbindern. Anschließend gehen sie wieder nach vorn, und beim Öffnen der Fahrertür wäre diese beinahe von einem vorbeirasenden Auto abgerissen worden, wie ich ihren Flüchen entnehmen kann.

Es geht weiter durch die regnerische Nacht. Inzwischen ist auch Lucas wieder zu sich gekommen und schaut verständnislos um sich. Doch dann dämmert es ihm, was los ist. Er zerrt an seinen Fesseln und schreit den vermeintlichen Arzt an, der daraufhin auch Lucas' Mund mit Klebestreifen verschließt.

Nach kurzer Zeit ruft unser Bewacher nach vorn:

»Sagt mal, könnt ihr nicht ein bisschen schneller fahren? Ihr schleicht ja förmlich über die Straße.«

Der Fahrer ruft über die Schulter zurück:

»Wir könnten schon, aber wir dürfen auf keinen Fall auffallen. Stell dir nur mal vor, wir würden einen Unfall bauen – wäre ja beinahe vorhin auch passiert, als wir in die Straße einbogen. Was glaubst du würde passieren, wenn man unsere geknebelten und gefesselten Passagiere entdeckt? Außerdem kann man bei dem Regen kaum die Hand vor Augen sehen.«

Nach einer Zeit, die mir wie Stunden vorkommt, stoppt das Fahrzeug erneut. Ich höre die beiden im Fond.

»Sag mal, diese Baustelle war doch vorhin nicht da, oder?«

Der zweite antwortet:

»Doch, die war da. Nur, da war die Durchfahrt von der anderen Seite noch möglich. Jetzt ist die Straße vollständig gesperrt. Wir müssen wohl oder übel die Umleitung nehmen. Da kommen wir nicht durch, es sind zu viele Schilder und Absperrzäune im Weg.«

Dann höre und spüre ich, wie das Fahrzeug über zunehmend unebenen Boden rumpelt. Wir werden mächtig durchgeschüttelt. Auf einmal ist Schluss, die Räder scheinen im Schlamm zu stecken. Die Fahrer steigen fluchend aus und versuchen offenbar, irgendetwas unter die Räder zu schieben.

»Mensch, Bob! Hilf doch mal. Wir schaffen das nicht allein.«

Die Aufforderung gilt unserem Bewacher, der nun die Heckflügeltüren öffnet und sich zu seinen beiden Kumpanen gesellt. Über die gebückten Rücken der drei Männer können wir auf der fernen Straße die schwach blinkenden Lichter erkennen, welche die Baustelle absichern.

Plötzlich tauchen aus der Dunkelheit drei vermummte Gestalten auf. Die erste ist groß und kräftig, während die beiden anderen schlank, die dritte geradezu zierlich ist.

Unsere Männer können sie nicht sehen, da sie ihnen den Rücken zukehren. Dann sind die Fremden heran, stoßen einem unserer Entführer einen Gewehrlauf in den Rücken. Durch die geöffneten Hintertüren können wir alles verfolgen, was draußen geschieht.

»Keine Bewegung! Oder ihr seid tot!«

Unsere drei fahren herum, der eine greift reflexartig unter seine Jacke. Der Schuss aus dem Gewehr geht haarscharf an seinem Kopf vorbei und schlägt in die geöffnete Fahrzeugtür. Erschreckt heben nun alle drei die Hände über den Kopf.

»Die nächste Kugel trifft, wenn ihr nicht tut, was ich euch sage«, warnt die schlanke Gestalt mit dem Gewehr. Es ist eine Frauenstimme.

»Los! Auf den Boden!«

Die drei zögern erst. Doch ein Wink mit dem Gewehrlauf verleiht der Aufforderung Nachdruck und sie legen sich auf die schlammige Erde.

Dann spricht sie die beiden anderen Vermummten an.

»Untersucht sie nach Waffen. Ich bin sicher, sie sind bewaffnet, und wenn sich nur einer von denen dabei rührt, schieße ich.«

Doch alle drei Kidnapper sind unbewaffnet. Die zierliche der Vermummten klettert nun zu uns in den

Wagen, zieht ein Messer und schneidet unsere Fesseln und Gurte durch. Als sie sich über Lucas beugt, sagt sie leise:

»Sie sind doch Arzt. Und dieser Krankenwagen ist vermutlich gestohlen, aber vielleicht können Sie unter der Ausrüstung Spritzen und Medikamente zur Betäubung finden?«

Lucas ist noch etwas benommen, also helfe ich ihm. Nach kurzer Suche finden wir tatsächlich das Verlangte, und Lucas ist inzwischen wieder soweit fit, dass er den drei Entführern jeweils eine Spritze setzen kann.

Wir schleppen die Bewusstlosen aus dem Schlamm und betten sie auf die Grasnarbe am Wegesrand. Dann fordern uns die drei Maskierten auf, ihnen zu folgen.

Auf der Straße angekommen, deuten sie in die Baustelle.

»Unser Auto steht dort hinten hinter dem Baufahrzeug. Könnt ihr uns bitte helfen, die Absperrungen wieder zur Seite zu räumen.«

Schweigend räumen wir fünf die Straße frei.

Als wir in ihr Fahrzeug steigen, nehmen die drei ihre Gesichtsmasken ab. Verblüfft blicke ich ins Gesicht der kleinsten der drei. Lucas und ich kennen sie. Es ist die junge Bedienung aus dem Bistro in Troyes, die uns vor den Agenten der CIA oder NSA gewarnt hatte. Die beiden anderen, den kräftigen Mann und die Frau, habe ich noch nie gesehen. Auch Lucas scheint sie nicht zu kennen.

Das Fahrzeug wendet. Die Frau sitzt am Steuer und der Mann platzt heraus, einen vorwurfsvollen Ton in der Stimme:

»Du hast gesagt, das Gewehr sei nicht geladen!«

Lakonisch antwortet sie:

»Da habe ich eben gelogen.«

»Paulette, du bist unmöglich. Auf was habe ich mich da bloß eingelassen?«

Während der weiteren Fahrt beginnt die Frau dann zu erzählen.

»Wir bringen Sie zurück. Und ich darf uns vielleicht vorstellen: Die junge Frau, Odile, kennen Sie ja bereits. Sie hat sich uns angeschlossen, als sie hörte, dass wir es vielleicht schaffen, den Leuten, die ihr so viel Leid zugefügt haben, eins auszuwischen. Mein Name ist Paulette Seytres, und neben mir, das ist mein Mitarbeiter Jean-Pierre. Wir sind Astronomen und beschäftigen uns seit längerem mit Ihnen, Florence. Wieso und warum wollen wir Ihnen gern erzählen, aber später. Das hat Zeit. Jetzt wollen Sie sicher erst einmal wissen, wie es dazu gekommen ist, dass wir Ihre Spur aufnehmen und Sie befreien konnten.«

Wir nicken und sie fährt fort.

»Mit Hilfe von Odile haben wir herausgefunden, wo Sie sich aufhalten; die Meurvilles sind ja bekannt in dieser Gegend. Wir haben dann heute Abend beschlossen, sie aufzusuchen. Odile konnte uns den Weg zeigen. Da wir wissen, dass die CIA hinter Ihnen her ist, haben wir vorsorglich Masken und ein Gewehr mitgenommen, damit wir bei einer eventuellen Begegnung unerkannt bleiben. Wir wollten gerade vor Ihrem Anwesen halten und uns über die Sprechanlage anmelden, als das Ambulanzfahrzeug mit hohem Tempo aus der Auffahrt auf die Straße geschossen kam und unser Fahrzeug touchierte. Aber statt anzuhalten, fuhr es einfach weiter. Das fanden wir schon merkwürdig. Aber was mich dann vollends misstrauisch machte, war, dass ich glaubte, Hilferufe aus dem Auto vernommen zu haben. Da ich wusste, dass die Amerikaner hinter Ihnen her sind, habe ich sofort die richtigen Schlüsse gezogen. Wir haben das Fahrzeug dann verfolgt. Wir hatten allerdings keine Vorstellung, wie wir Ihre Entführer aufhalten könnten. Da hatte Odile den rettenden Einfall. Sie erinnerte sich an die Baustelle, die wir auf der Fahrt zu Ihnen passiert hatten, außerdem kennt sie sich in der Gegend aus. Sie lebt hier schon seit einiger Zeit. Also habe ich das Gaspedal durchgetreten und wir sind in hohem Tempo an Ihnen vorbeigeschossen. Wir brauchten einen großen Vorsprung. Dabei haben wir beinahe die geöffnete Fahrertür an dem Krankenwagen abgerissen. Dann haben wir in aller Eile die Straße gesperrt und die Umleitung auf den Feldweg eingerichtet. Odile wusste, dass der Weg lediglich auf einen Acker führte und durch den Regen heute Abend völlig aufgeweicht war.«

Odile unterbricht den Redefluss der Astronomin.

»Sie glauben gar nicht, was für eine Befriedigung es für mich war, die drei Verbrecher im Schlamm liegen zu sehen. Auch wenn ich weiß, dass es nicht dieselben Männer waren, die für den Tod meines Vaters verantwortlich waren. Ich hätte sie am liebsten im Dreck liegen lassen, doch sie hätten im Schlamm ersticken können. Das wollte ich natürlich auch nicht.«

Paulette fährt nun fort:

»Ja, und die Motorradmasken und das Gewehr haben uns gute Dienste geleistet, obwohl mich mein Mitarbeiter wegen des Gewehres für verrückt erklärt hat. Aber ich ahnte, dass wir es möglicherweise mit einem außerordentlich rücksichtslosen Gegner zu tun haben würden. Und dem mit völlig leeren Händen gegenübertreten, das wollte ich auf keinen Fall.

So, wir sind vor Ihrem Anwesen. Erlauben Sie, dass wir mit hineinkommen?«

»Selbstverständlich. Wir informieren das Wachpersonal. Und wir haben uns noch gar nicht für die Rettung bedankt.«

Madame Meurville empfängt uns oben vor dem Eingangsportal. Sie wurde bereits unterrichtet und ist sehr erleichtert, uns unverletzt zu sehen.

Als Erstes fragen wir nach dem Dienstmädchen, das uns die Getränke gereicht hat und erfahren, dass es spurlos verschwunden ist. Dann geben wir für die Sicherheitsleute den Befehl aus, noch schärfer alle Bediensteten zu durchleuchten und in Zukunft nur absolut sichere Kandidaten einzustellen. Dann erst finden wir Zeit, mit unseren Rettern im Salon zusammenzusitzen. Die Astronomin kommt auch gleich zur Sache.

»Ich habe die Vermutung, dass Sie, Florence, in irgendeiner Form etwas mit einem im August letzten Jahres in der Erdatmosphäre verglühten Kometen zu tun haben. Denn ein Teil davon hat möglicherweise unbeschadet die Erdoberfläche erreicht.

Nach meinen Informationen wissen Sie selbst nicht, wie Sie dorthin gekommen sind, wo Sie zum ersten Mal aufgewacht sind. Das war übrigens nicht weit von der Stelle entfernt, an der wir den Einschlag vermuteten. Sie wissen ebenfalls nichts über Ihre Herkunft. Ich habe zwei Theorien zu dem, was Ihnen zugestoßen sein könnte. Beide haben allerdings Mängel in der Logik.

Eine Möglichkeit ist, dass Sie tatsächlich von außerhalb auf die Erde gekommen sind. Möglicherweise gestrandet. Sie wären dann ein Alien. Es verwundert allerdings, dass Sie offenbar unvollständige Informationen über die Menschen und einige ihrer Ausdrucksweisen und Gepflogenheiten haben. Denn wenn Sie tatsächlich ein Alien sein sollten und einer Rasse angehören, die die unvorstellbaren Entfernungen im Weltall bewältigen kann, dann muss diese Rasse sehr fortschrittlich sein und ist vermutlich über die Erde und die Menschen genauestens informiert. Doch das lässt sich mit Ihren Wissenslücken nicht vereinbaren.

Die andere Möglichkeit, die ich sehe, ist, dass Sie zufällig mit etwas in Berührung gekommen sind, das aus dem Teil des Kometen stammt, der die Erde erreicht hat. Und dieses Etwas hat Sie verändert. Insbesondere hat es Ihre Erinnerungen an die Zeit vor der Begegnung gelöscht. Damit wären Sie keine Außerirdische. Dann bleibt aber die Frage nach dem Warum. Die Amerikaner würden in ihrer Psychose vor bösartigen Aliens annehmen, dass Sie oder etwas in Ihnen die Erde erobern oder die Menschheit versklaven will. Doch das Verhalten, das Sie bisher gezeigt haben und von dem ich weiß, lässt nichts dergleichen vermuten. Im Gegenteil: Sie erscheinen als äußerst liebenswert und den Menschen zugetan.«

Lucas unterbricht sie.

»Madame Seytres, das Letzte kann ich voll und ganz bestätigen. Die Vorstellung, dass irgendetwas Bösartiges in Florence stecken soll, ist völlig absurd. Sie ist der rücksichtsvollste, hilfsbereiteste, liebenswerteste und zärtlichste Mensch, der mir je begegnet ist. Und was die Erinnerungslücken angeht: Kann es nicht sein, dass sie etwas Schreckliches erlebt hat? So schrecklich, dass ihr Gehirn es blockiert hat, um sie zu schützen. Mir als Mediziner sind solche Fälle durchaus schon begegnet.«

»Das kann natürlich auch sein, Monsieur Meurville, und wäre dann eine dritte Möglichkeit.

Dann bleibt aber immer noch die Frage: Woher und wie kommt es, dass Florence in Extremsituationen enorm schnell reagieren kann?«

Lucas schaut Paulette völlig verwundert an.

»Was erzählen Sie da? Enorm schnell reagieren? Mir ist bisher noch nicht aufgefallen, dass an Florence irgendetwas nicht normal sein soll. Sie reagiert wie die meisten Menschen. Vielleicht ist sie ja etwas schneller. Aber was soll daran ungewöhnlich sein?«

Ich lege meine Hand auf seinen Arm und schaue ihm in die Augen.

»Paulette hat recht. In Extremsituationen, wenn mein Körper Adrenalin ausschüttet, kann ich so schnell handeln, dass es für Außenstehende so aussieht, als würde ich mich im Zeitraffer bewegen und ich erlebe meine Umwelt dann in Zeitlupe. Du hast solche Situationen mit mir noch nicht erlebt, daher weißt du nichts davon. Ich fand das bisher ganz normal, bis ich darauf angesprochen wurde.«

Paulette mischt sich wieder ein, Lucas zugewandt.

»Da Florence auch nicht weiß, wie und woher es kommt, muss diese Frage unbeantwortet bleiben. Es könnte aber ein Hinweis darauf sein, dass sie nicht von der Erde stammt.«

Zum ersten Mal meldet sich nun auch Jean-Pierre zu Wort, der bisher nur stumm dagesessen hat.

»Wisst ihr eigentlich, dass über neunzig Prozent aller angeblichen UFO-Sichtungen und Alien-Begegnungen in Amerika stattgefunden haben? Dort scheint man geradezu alien-süchtig zu sein, obwohl man die Fremden offenbar fürchtet und grundsätzlich für böse hält. Zumindest glaubt man daran, dass es sie gibt. Also wird natürlich jedes anständige Alien sich Amerika als Landeplatz aussuchen, weil es nur dort ernst genommen wird. Stellt euch einmal vor, so ein Alien würde in Frankreich landen und einem Einheimischen begegnen. Und der würde dann sagen: ›Ich Franzose! Du Alien! Mich gibt es. Dich nicht. Also verpiss dich!‹ Das wäre doch frustrierend.«

Wir alle schmunzeln. Jean-Pierre hat etwas von unserer Anspannung genommen und Paulette sagt lachend:

»Ich wusste gar nicht, dass du so humorvoll sein kannst, Jean-Pierre. Da arbeitet man seit Jahren zusammen und lernt doch noch neue Seiten seines Mitarbeiters kennen.«

Auch Jean-Pierre schmunzelt. Doch dann wird er ernst.

»Das Problem ist, dass die amerikanischen Geheimdienste, speziell die CIA, nur in den Kategorien von gut und böse denken. Und da sie selbst natürlich die Guten sind, ist völlig klar, wer Sie, Florence, sind. Sie werden Sie so lange jagen, bis sie wissen, was sie wissen wollen. Und ihre Methoden unterscheiden sich kaum von denen derer, die sie als ihre Feinde betrachten. Und diese besondere Fähigkeit, die Sie besitzen, ist für diese Leute von höchstem Interesse. Die stellen sich vor, sie könnten herausbekommen, wie es funktioniert und dann ihre Elitesoldaten und Agenten genetisch entsprechend verändern. Sie hätten so eine unschlagbare Truppe. Wir müssen also unbedingt verhindern, dass Sie in deren Fänge geraten.«

»Was schlagen Sie vor?«

»Sie müssen hier weg. Der Gegner wird wiederkommen. Auch wenn ihm durch sein eigenes Verhalten die Flügel gestutzt sind und er nicht auf die Unterstützung unserer Regierung hoffen kann, wird er alles daransetzen, Sie in seine Hände zu bekommen.«

17

»Ich bin ja wohl nur von Vollidioten umgeben. Da lasst ihr Stümper euch das Mädchen wieder abnehmen. Wer waren die Maskierten?«

»Wir wissen es nicht. Es war dunkel und regnete. Da konnte man niemanden und nichts erkennen.«

»Wie sind die überhaupt dahin gekommen? Die müssen doch ein Fahrzeug gehabt haben.«

»Sir, wir haben keines gesehen oder gehört. Sie haben sich extrem leise angeschlichen.«

»Und ihr habt weiter nichts als dass einer groß, einer mittelgroß und der dritte klein und der Mittelgroße vermutlich eine Frau war? Das hilft ja enorm weiter! Sie hat also Komplizen. Gibt es etwa noch mehr von ihrer Sorte?«

»Bisher deutete nichts darauf hin, Sir.«

»›Bisher deutet nichts drauf hin.‹ Eure Unwissenheitsbekundungen könnt ihr euch sparen. Ihr solltet das Mädchen da rausholen und nicht den Mann. Der interessiert mich nicht. Wer ist auf die idiotische Idee gekommen, den Mann zu betäuben?«

»Sir, das war die einzige Möglichkeit, an die Frau heranzukommen. Hätten wir sie betäubt, hätte der Mann gemerkt, was mit ihr los ist. Er ist Arzt und hätte sie untersucht, bevor sie einen Krankenwagen gerufen hätten. Wenn wir aber ihn betäuben, konnten wir einigermaßen sicher sein, dass sie ihn begleiten würde. Und das hat dann ja auch hervorragend geklappt.«

***

Gerard und Sylvie sind gekommen. Es gab Schwierigkeiten beim Bootstausch. Der Erlös für den Verkauf der alten Yacht entsprach überhaupt nicht Gerards Vorstellungen und die neue war um einiges größer, und natürlich teurer. Aber er hat sich dann damit abgefunden. Es hatte auch Zeit gebraucht, um mit der neuen zurechtzukommen: mit ihren technischen Möglichkeiten, wie zum Beispiel die eines Autopiloten. Dabei hatte er unerwartete Unterstützung bekommen, und zwar von Jules und Zoë. Jules ist ein alter Schulfreund, den er seit der Schulzeit nicht mehr gesehen hatte. Er traf ihn beim Kauf des Bootes auf Martinique. Jules und Zoë sind Weltenbummler. Jules hatte sich vor Jahren zusammen mit seiner Freundin per Frachtschiff nach Südamerika aufgemacht. Anfangs hatten sie den Kontinent per Anhalter und mit dem Zug erkundet. Dann heuerten sie auf mehreren Segelyachten an und klapperten zuletzt die karibischen Inseln ab. Beide sind ausgezeichnete Segler und wurden daher gern von Bootseignern als Crew-Mitglieder aufgenommen. Nun waren sie auf Martinique gestrandet und suchten eine Überfahrt nach Frankreich, da ihnen das Geld ausgegangen war. So passte alles hervorragend zusammen, weil Gerard für die Atlantiküberquerung dringend jemand mit Erfahrung brauchte, der ihn am Ruder ablösen konnte. Denn immer, wenn die See rauer wurde, fiel Sylvie komplett aus.

Zoë und Jules könnte man auf den ersten Blick für Geschwister halten. Während Sylvie mit einem Körper aufwarten kann, der vor Weiblichkeit strotzt, besticht Zoë dagegen durch eine knabenhafte und durchtrainierte Figur. Ihre lockigen halblangen Haare sind von einem sehr viel dunkleren Rot als die Jules'. Ihre grünen Augen blitzen schelmisch aus dem mit Sommersprossen bedeckten Gesicht hervor. Seine Sommersprossen hingegen werden von einem rotblonden Vollbart fast vollständig verdeckt. Er ist groß und von kräftiger Statur und würde leicht als Nachfahre eines Wikingers durchgehen.

Beide waren irritiert wegen der gründlichen Leibesvisitation durch unsere Sicherheitsleute. Nur ungern ließ es Jules geschehen, dass ihm sein großes Buschmesser abgenommen wurde. Gerard hatte vergessen, sie auf die Sicherheitsvorkehrungen auf dem Anwesen vorzubereiten. Wir erklärten sie dann damit, dass Lucas' Familie von Entführungen bedroht sei und eine solche auch bereits stattgefunden habe und den Tod des Hausherrn zur Folge hatte. Damit gaben sie sich vorerst zufrieden.

Zoë und Sylvie verstehen sich gut.

Das war anfangs allerdings nicht so, erfahren wir von Gerard. Immer, wenn Wetter und Temperaturen es zuließen, sonnte sich Sylvie splitternackt auf dem Vordeck und stellte ihre üppigen Brüste zur Schau. Zoë passte das gar nicht, denn wenn sich Jules unbeobachtet wähnte, starrte er auf Sylvies Körper. Natürlich blieb das Zoë nicht verborgen. Sie stand dann auf und marschierte nach hinten. Wenn sie glaubte, dass keiner hinsah, betrachtete sie sich in den Scheiben der Kajüte, fasste ihre hübschen, aber kleinen Brüste an und drückte sie nach oben. Dann schüttelte sie unzufrieden den Kopf, warf erst Jules dann Sylvie giftige Blicke zu und verbreitete schlechte Laune. Die Stimmung an Bord wurde immer schlechter. Zoë sprach kaum noch ein Wort mit Sylvie, und Jules war sauer auf seine Freundin, weil sie ihn nicht mehr ranließ. Das änderte sich erst, als sie eine Schlechtwetterfront durchquerten. Sylvie hing sterbenskrank an der Reling und Zoës Schadenfreude war nicht zu übersehen. Doch sie hielt nicht lange an. Als es Sylvie auch am zweiten Tag immer noch schlecht ging, wandelte sich Zoës Schadenfreude in Mitleid. Sie setzte sich zu ihr und zeigte, wie man mit Atem- und Entspannungsübungen die Seekrankheit überwinden konnte. Es dauerte keinen Tag und Sylvie kam damit zurecht. Das Eis war gebrochen und die beiden Mädchen sprachen sich aus. Zoë gestand ihr, dass sie sie um ihre Brüste beneidete und dass sie eifersüchtig war, wenn Jules bewundernde Blicke auf sie warf, und Sylvie beichtete ihr, dass sie Zoë wiederum um ihren attraktiven Freund beneidete und gab zu, ihn bewusst provoziert zu haben, indem sie sich lasziv auf der Decke geräkelt hatte. Sie kamen dann überein, dass Sylvie sich in Zukunft mehr bedecken würde, wenn sie wieder in der Sonne läge. ›Und zwar wirklich bedecken‹, betonte Zoë, ›und nicht etwa mit dem Minimum an Bikini, der mehr zeigte als verbarg.‹ Sie meinte nämlich, es mache keinen Unterschied, ob Sylvie dieses Minimum an Stoff trage oder nackt herumliefe.

Von diesem Zeitpunkt an verstanden sich die beiden so unterschiedlichen Mädchen immer besser und auch Jules war zufrieden, weil sein Sexualleben nun wieder in geordneten Bahnen ablief. Die weitere Fahrt verlief so harmonisch, dass Gerard beschlossen hatte, Jules und Zoë als Schiffsführer anzustellen, die das Boot, wenn es erforderlich werden sollte, für ihn überführten, wie es zum Beispiel damals von Le Havre nach Lanzarote nötig gewesen war. So konnte er sogar mit einer eigenen Crew aufwarten und hatte mehr Zeit, das Schiffsleben zu genießen. Jules und Zoë sagten sofort begeistert zu, denn damit war auch ihr finanzielles Problem vorerst gelöst.

Nun sitzen wir sechs zusammen auf der Terrasse hinter dem Herrenhaus, trinken Tee und knabbern an Gebäck. Lucas' Mutter werkelt im Garten. Die Sonne scheint und es ist warm. Lucas hat die Markise ausgefahren, denn in der prallen Sonne ist es kaum auszuhalten. Es ist nahezu windstill und das einzige Geräusch ist das gelegentliche Zwitschern der Vögel. Nachdem Gerard uns alle miteinander bekannt gemacht hat – er hatte Zoë und Jules schon vorher von uns erzählt – platzt Jules heraus:

»Wenn ich euch Mädel hier so anschaue, dann komme ich mir vor, als wäre ich auf einem Miss-World-Wettbewerb. Eine solche Ansammlung von schönen Mädchen haut mich glatt um.« Dabei starrt er besonders mich an.

Zoë, die seinen Blick bemerkt hat, warnt ihn.

»Vorsichtig, mein Schatz! Reiß dich zusammen! Oder möchtest du die kommenden Nächte allein schlafen?«

Jules beeilt sich zu ergänzen:

»Damit bist du, Zoë, natürlich eingeschlossen. Das weißt du doch: Du bist immer noch die Schönste für mich.«

»Das wollte ich hören«, entgegnet sie zufrieden schmunzelnd. »Aber untersteh dich, auch nur eine von den beiden anzubaggern.«

Lucas hat die kleine Kabbelei amüsiert verfolgt. Doch dann wird er ernst.

»Wir sollten uns Gedanken machen, was wir tun können, um Sophie für die CIA unauffindbar zu machen.«

Zoë und Jules blicken erst ihn und dann mich verständnislos an.

»Wieso denn Sophie und wieso die CIA? Wir dachten, es geht um Kidnapping und Erpressung?«

»Das ist die offizielle Version«, klärt Lucas sie auf. »Tatsächlich sind die Amerikaner hinter Sophie her, weil sie etwas an sich hat, das sie um alles in der Welt haben wollen.«

Dann erzählt er die ganze Geschichte. Auch von den fehlgeschlagenen Versuchen. Die beiden wollen natürlich wissen, was es denn sei, das die Amerikaner unbedingt haben wollten. Aber Lucas weicht aus.

»Je weniger ihr von der Sache wisst, desto weniger könnt ihr ausplaudern, solltet ihr in die Fänge der CIA geraten. Also habt Verständnis, dass wir euch nicht alles erzählen.«

»Huh, das ist ja spannend«, platzt Zoë dazwischen, »da sind wir doch in einen richtigen Agententhriller geraten. Das wollte ich schon immer einmal. Wie aufregend!«

Lucas bremst ihre Euphorie.

»Nimm das nicht zu sehr auf die leichte Schulter, Zoë. Die CIA kann sehr unangenehm werden, wenn etwas nicht so klappt, wie sie es gern hätte. Die nehmen auch keine Rücksicht auf Menschenleben. Du solltest wissen: Es hat bereits Tote in diesem Zusammenhang gegeben.«

Nun mischt sich auch Jules ein:

»Ihr könnt euch auf uns verlassen. Wir sind auf unserer Reise durch Südamerika schon in einige brenzlige Situationen geraten und haben sie gemeistert. So leicht kann uns nichts erschrecken. Und ich denke, dass ihr damals das Richtige gemacht habt. So eine Yacht ist nur schwer zu verfolgen, und dass sie euch auf Aruba beinahe erwischt haben, ist wohl eher dem Zufall geschuldet. Sich per Flugzeug abzusetzen, fällt aus, denn die Amerikaner können sämtliche Passagierlisten einsehen. Auch Eisenbahn und Auto fallen meiner Meinung nach weg. Man muss zu viele Grenzkontrollen durchlaufen. Ich schlage vor, dass wir diesmal in die andere Richtung segeln: um Afrika herum und eventuell Richtung Indien.«

»Keine schlechte Idee«, ergänzt Lucas. »Es muss auch gar nicht bis Indien sein. Wir könnten sogar längere Zeit auf La Réunion bleiben, jedenfalls so lange, wie es Sophie aushält. Ihr solltet wissen: Sie wird von einer inneren Unruhe fortgetrieben, die sie es nie lange an einem Ort aushalten lässt. Und für uns wäre La Réunion ein Stück Heimat, da diese kleine Insel im Indischen Ozean französisches Überseedepartement ist.«

Sein Vorschlag wird von allen für gut befunden.

Ich bin gerührt.

»Danke euch allen. Ich weiß es zu schätzen, dass ihr so ein großes Risiko meinetwegen eingeht.« Ich umarme Sylvie, Zoë und Gerard und drücke Jules einen Kuss auf die Wange.

»Keine Ursache, Sophie«, sagt er, nimmt mich dabei in den Arm, drückt mich an seine breite Brust und tätschelt mit seinen großen Pranken meinen Po – und schreit im selben Augenblick laut auf. Zoë hat ihm mit aller Kraft ihren Schuh auf seine Zehenspitzen gerammt. Er lässt mich los und hüpft jammernd und mit schmerzverzerrtem Gesicht auf einem Bein durch die Gegend.

Zoë blafft ihn an, wobei sie allerdings ein leichtes Schmunzeln nicht verbergen kann.

»Ich habe dich gewarnt. Lass deine Pranken von fremden Hintern. Wenn überhaupt, dann gehören die auf meinen.«

Am nächsten Tag verabschieden sich Zoë und Jules, der immer noch leicht humpelt. Sie wollen ihre Eltern in Nordfrankreich besuchen.

»Die würden uns nie verzeihen, dass wir sie nicht besucht haben, wenn sie erfahren, dass wir zurück in

Frankreich sind. Wir waren schließlich mehrere Jahre fort.«

Wir haben uns für das Wiedersehen in zwei Wochen auf der Yacht in Le Havre verabredet.

Die Tage vergehen schnell. Dann ist alles für die große Reise bereit. Unsere Sicherheitsbediensteten haben die gesamte Umgebung des Anwesens überprüft und keine Fremden gesehen. Wir sitzen jeweils zu viert in zwei Geländewagen der Sicherheitsfirma: Zwei Bodyguards vorn und Lucas und ich beziehungsweise Sylvie und Gerard hinten. Die Fahrt nach Le Havre dauert etwa viereinhalb Stunden und verläuft ereignislos. Während wir das Gepäck an Bord bringen, kontrollieren unsere Sicherheitsleute wieder die Umgebung. Sie sind sehr schnell sicher, dass sich am Yachthafen kein Mensch herumtreibt, der hier nicht hingehört. Dann verabschieden wir sie. Wir tätigen noch ein paar Einkäufe, und gegen Abend kommen Zoë und Jules an Bord. Im Schutze der Nacht verlassen wir mit Motorkraft den Yachthafen.

Wir sind nun schon einige Wochen unterwegs. Die kurzen Landgänge im Norden und Süden Portugals reichten gerade, um Lebensmittel und Wasser an Bord zu nehmen. Zeit für Shopping-Touren war zum großen Bedauern Sylvies nicht drin. Erst im Hafen von Morro Jable im Süden Fuerteventuras gab Gerard ihr hierfür Ausgang.

»Wir müssen uns hier mit allem eindecken, was wir in den nächsten Wochen benötigen«, hatte Gerard mitgeteilt, »denn dies ist die letzte Möglichkeit, uns nach europäischem Standard zu versorgen. Hier auf den Kanaren bekommt man alles, was der europäische Markt bietet, denn sie gehören zu Spanien.«

Während wir die Vorräte im Boot auffüllen geht Sylvie shoppen, kommt aber mit erstaunlich wenig Tüten zurück. Sie hat festgestellt, dass, von touristischem Schnickschnack einmal abgesehen, das Angebot der Geschäfte und Läden dem der meisten europäischen Großstädte entspricht.

Dann geht es wieder auf See. Das Leben an Bord verläuft sehr eintönig und schon nach kurzer Zeit liegt Sylvie Gerard in den Ohren, dass sie dringend einmal wieder festen Boden unter den Füßen brauche und vor allem in einem großen Bett schlafen wolle, das nicht ständig schaukele, und außerdem würde sie gern einmal wieder gepflegt essen gehen. Ich unterstütze sie, denn der Gedanke an ein nettes Restaurant ist auch für mich verlockend. Über Platzmangel auf dem Schiff kann ich mich allerdings nicht beklagen. Der Aufenthaltsraum unter Deck hat nahezu die Größe einer Tanzfläche und unsere ›Koje‹ kann einem Vergleich mit einer Luxussuite auf einem großen Passagierschiff durchaus standhalten.

Jules und Gerard ziehen die Seekarten zu Hilfe und wir entschließen uns, die kapverdischen Inseln anzulaufen.

»Ich schlage Mindelo auf São Vicente vor«, lässt sich Gerard vernehmen. »Dort können wir ein paar Tage bleiben. Ich kenne auf der Insel einen älteren Deutschen. Der hockt meistens in einem kleinen Büro auf einem nagelneuen Anleger im Hafen der Stadt. Er hatte einfach zu viel Geld und hat der Stadt diesen Anleger geschenkt mit der Maßgabe, dass er die Liegegebühren für die ersten Jahre bekommt. Nach ein paar Jahren geht der dann in den Besitz der Stadt über. Dieser Mann kann uns gute Tipps für Übernachtungen geben und uns einen der besten Stadt- oder Inselführer besorgen. Außerdem hat der seine Ohren überall. Sollten wider Erwarten zwielichtige Amerikaner auftauchen, weiß er es zuerst.«

Wir nehmen seinen Vorschlag an.

São Vicente kommt in Sicht. Der Hafen wird zu zwei Dritteln fast kreisrund von Hügeln umschlossen. Er ist aus einem eingefallenen ehemaligen Krater entstanden. Seine geschützte Lage hat schon von je her die Menschen von überall her angezogen. Daher ist die Stadt zu einem gewissen Wohlstand gekommen. Davon zeugen die vielen gut erhaltenen, im Kolonialstil erbauten Kaufmannshäuser. Die Einreiseformalitäten sind schnell erledigt dank der Hilfe des alten Deutschen, der auch Englisch, Französisch, Portugiesisch und Kriolu, die Sprache des einfachen Volkes, spricht. Die Visa können wir bei der Hafenbehörde erstehen.

Lucas hat noch eine Unterredung mit dem alten Mann, der hier nur ›der Deutsche‹ genannt wird, während wir auf dem Weg zu dem von ihm empfohlenen Hotel Don Paco sind. Es liegt direkt am Hafen und Sylvie kuschelt sich sofort in das bequeme große Bett in dem geräumigen Zimmer.

Lucas ist zurück.

»Was hast du mit dem Deutschen besprochen?«, will ich von ihm wissen, als wir auf unserem Zimmer sind.

»Ich habe ihn gebeten, Augen und Ohren offen zu halten hinsichtlich Fremder, die neu ankommen und eventuell sehr neugierig auftreten. Insbesondere soll er auf Amerikaner achten.«

»Und? Hat er zugesagt?«

»Natürlich! Er sitzt meist in seinem Büro auf dem Steg und hat kaum etwas zu tun. Er war ganz begierig darauf, endlich eine Beschäftigung zu haben. Außerdem hat er sich gefreut, sich endlich einmal mit jemandem auf Deutsch unterhalten zu können.«

Dass Lucas' Sorge berechtigt war, erfahren wir einige Tage später.

Am nächsten Tag lernen wir Al kennen. Al ist unser Stadtführer, heißt eigentlich Alveno und kennt in Mindelo alle und jeden. Al hat schon viel gemacht: Er hat jahrelang für Greenpeace gearbeitet, dann für die UNICEF und die SOS-Kinderdörfer, von denen es bereits einige auf den Kapverden gibt, und jetzt arbeitet er, neben gelegentlichen Jobs in der Tourismusbranche, als Sozialarbeiter und betreut arme Jugendliche und deren Familien. Er hat sieben Kinder von verschiedenen Frauen, was auf den Kapverden nicht unüblich ist, und kümmert sich um alle.

Jetzt aber kümmert er sich erst einmal um uns und zeigt uns die Highlights der Stadt, erzählt von der Geschichte des Ortes und der Insel. Er zeigt uns die Lokale, in denen man typisch einheimische Gerichte, meistens Fisch, serviert bekommt und begrüßt auf dem Weg durch den Ort hundert Leute mit Handschlag oder Wangenkuss, Letzteres besonders bei vielen jungen Damen. Die seien auch der Grund, warum er immer wieder auf die Kapverden zurückgekommen sei, erklärt er uns. Nirgendwo auf der Welt – und er sei ja schon weit herumgekommen –, gäbe es so schöne Frauen wie in seiner Heimat. Daher könne er sich nicht vorstellen, irgendwo anders als auf den kapverdischen Inseln zu leben.

Am dritten Tag holt er uns wieder von unserem Hotel ab. Zum ersten Mal ist er ernst.

»Der Deutsche hat gesagt, es seien Fremde in der Stadt, die sich merkwürdig verhalten. Vermutlich Amerikaner. Sie wirken arrogant und behandeln die Menschen, ganz besonders die Schwarzen, sehr von oben herab, obwohl sie selbst Schwarze sind. Im Widerspruch dazu schmeißen sie allerdings mit Trinkgeld nur so um sich. Während hier fünf bis zehn Prozent üblich sind, geben sie zwanzig bis dreißig. Und sie fragen viel herum. Allerdings wenig gezielt. Sie scheinen nicht genau zu wissen, was sie suchen. Könnte es sein, dass es die sind, vor denen ihr gewarnt werden wolltet?«

»Ja, Al, die suchen uns. Eigentlich suchen sie nur Sophie. Sie besitzt etwas, das der amerikanische Geheimdienst unbedingt haben will.«

Al schaut mich mit durchdringendem, aber auch bewunderndem Blick an und pfeift leise durch die Zähne.

»Soll ich sie euch vom Halse schaffen? Wäre mir ein Vergnügen.«

»Ja, gern, Al. Aber bitte keine Gewalt!«

Al lacht.

»Wofür haltet ihr mich? Ihr dürft sogar zusehen. Das wird ein Spaß!«

Dabei reibt er sich die Hände.

Am nächsten Tag klettert Al mit uns auf die Replik des Torre de Belem von Lissabon direkt am Hafen gelegen. Die oberste Etage bietet von einem offenen Rundgang einen herrlichen Blick über die Stadt.

»Da kommen sie!« Al weist mit der Hand nach unten.

Die beiden Agenten sind nicht zu übersehen. Trotz der Hitze tragen sie dunkle Anzüge und Krawatten.

»Passt auf!«, kommt es von unserem Guide.

Plötzlich ergießt sich eine Kinderschar aus einer Seitenstraße auf den Platz und umringt die beiden. Es sind mindestens zwanzig Kinder im Alter zwischen fünf und fünfzehn, die lärmen, die Hände aufhalten und um Geld betteln. Die Agenten sind genervt und marschieren mit schnellen Schritten davon. Doch die Schar bleibt wie eine Klette an ihnen hängen. Dann beginnen die Agenten zu laufen. Doch auch die Kinder laufen. Schließlich bleiben sie abrupt stehen und werden sofort wieder von der Kinderschar umringt. Sie holen ihre Geldbörsen hervor und werfen einige Scheine und Münzen in die Menge, in der Hoffnung, dadurch die Kinder loszuwerden. Die Kinder johlen, sammeln das Geld ohne Hast auf, aber folgen den Amerikanern weiterhin auf Schritt und Tritt.

Wir schauen Al fragend an.

»Alle aus meiner Familie!«, strahlt er. »Die werden die nicht mehr los, bis sie sich entschließen, die Insel zu verlassen. Auch nicht, wenn sie versuchen, mit einem Taxi davonzufahren. Denn auch andere Familien sind informiert. Wenn sie irgendwo gesichtet werden, wird sofort eine neue Gruppe organisiert. Die Kinder und Jugendlichen überwachen sie Tag und Nacht, auch eventuelle Nebenausgänge ihres Hotels. Sie lösen sich dabei ab. Die Kinder tun es gern. Sie empfinden das als einen Riesenspaß. Der Deutsche hat sogar einen Geldbetrag springen lassen. Das motiviert die Kinder natürlich noch mehr. Aber es wäre auch ohne Geld gegangen. Die Familien hier halten zusammen, und wenn jemand Hilfe braucht, ist man sofort zur Stelle.

Die Familie ist das höchste und wichtigste Gut, das wir haben«, ergänzt Al stolz.

Dann grinst er breit.

»Das wird für die beiden der absolute Horrortrip werden. Man stelle sich nur einmal vor: Geheimdienstler, die keinen Schritt tun können, ohne überwacht zu werden. Die müssen wahnsinnig werden.«

Wie recht Al hatte, erfahren wir zwei Tage später. Es gab einen Eklat am Flughafen. Zwei Amerikaner hatten dort Kinder aufs Übelste beschimpft und sind sogar handgreiflich geworden. Die Polizei musste einschreiten und stellte sie unter Arrest.

Wir nehmen das zum Anlass, die Insel zu verlassen. Es geht Richtung Südosten und dann entlang der afrikanischen Küste nach Süden. Mal schauen, wie weit wir mit unseren Vorräten kommen und wie lange Sylvie auf ein schickes Restaurant und nicht schaukelndes Bett verzichten kann.

Sylvie hält erstaunlich lange durch. Das liegt dran, dass sie für ihre kleinen Zaubertrick-Vorführungen ein dankbares Publikum gefunden hat. Sowohl Zoë als auch Jules staunen darüber, was sie alles aus den Falten der Kleidung und Taschen an ihren Körpern hervorzaubert. Sogar Lucas und ich müssen zugeben, dass sie ihre Tricks verbessert hat und weiterhin dabei ist, sie zu perfektionieren. Eingedenk der Ereignisse auf der Karibikinsel Aruba stehen wir ihren Spielchen sehr viel toleranter gegenüber und lassen uns gelegentlich sogar in ihre Kunststücke mit einspannen. Daher ist auch die Atmosphäre an Bord sehr entspannt. So schaffen wir es problemlos in einem Stück bis vor die Küste Namibias und beschließen, in Walvis Bay an Land zu gehen. Dort gibt es neben den großen Hafenanlagen für Schiffe aus aller Welt auch einen kleinen Sportboothafen.

18

»Was ist eigentlich los? Hat sich die ganze Welt gegen uns verschworen? Schon wieder wurden zwei unserer Leute vorübergehend inhaftiert. Irgendjemand verwechselt da etwas: Wir sind die Guten! Wir verteidigen die Welt gegen alles Fremde, das uns bedroht, die Demokratie in Frage stellt und unseren von Gott gegebenen Führungsanspruch anzweifelt. Wieso bekommt sie immer wieder Hilfe?«.

»Es tut uns leid, Sir. Wir haben gehört, dass sie ausgesprochen gut aussehen soll. Wenn sie also immer wieder Unterstützung von fremden Personen erhält, so kann es genau daran liegen. Sie nutzt ihr Aussehen, um vor allem Männer in ihren Bann zu ziehen und für sich einzunehmen.

Mit Sicherheit können wir ihren letzten Aufenthalt auf den Kanarischen Inseln bestimmen. Wohin sich das Mädchen mit seiner Begleitung danach gewandt hat, wissen wir nicht. Weder unsere Leute auf dem afrikanischen noch auf dem südamerikanischen Festland geschweige denn auf irgendwelchen Inseln dazwischen haben sie oder ihre Begleitung gesehen oder von ihr gehört. Nicht einmal unsere Männer auf den Kapverden konnten mit Sicherheit sagen, dass sie überhaupt dort gewesen ist. Von den Kanaren können sie sich sowohl nach Westen, also Amerika, als auch nach Südosten Richtung Afrika gewandt haben: Ich vermute Letzteres. Ich halte das Missgeschick unserer

Männer auf den Kapverden für keinen Zufall.«

»Ich will keine Vermutungen, ich will Tatsachen und ich will das Mädchen. Allein die Tatsache, dass es ihr immer wieder gelingt, sich unserem Zugriff zu entziehen, macht sie nicht nur verdächtig, sondern auch brandgefährlich.«

***

Walvis Bay ist der einzige Hafen Namibias an der biologisch unkorrekt benannten Walfischbucht gelegen. Die riesige Lagune wird von einer langgestreckten schmalen Halbinsel aus Sand vor dem rauen Atlantik geschützt. Wir blicken von unserem Hotel mit dem endlos langen Namen ›Protea Hotel by Marriott Walvis Bay Pelican Bay‹ direkt auf die künstlichen Salinenbecken mit dem davor liegenden flachen Gewässer, das von Tausenden Flamingos bevölkert ist.

Am kommenden Tag buchen wir einen zweitätigen Ausflug in die Namib-Wüste, genauer nach Sesriem. Dort befindet sich einer der Zugänge zum Nationalpark. Wir haben in der staatlichen Lodge im Sossusvlei eine Übernachtung gebucht. Das ist die einzige Möglichkeit, das riesige Dünenpanorama bei Sonnenaufoder -untergang zu erleben. Denn der Park hat für Tagesgäste nur von 9 bis 17 Uhr geöffnet. Der Anblick der riesigen Dünen ist besonders bei tiefstehender Sonne beeindruckend. Der Sand wechselt je nach Lichteinfall die Farbe.

Zurück in Walvis Bay spricht uns Doris von der Rezeption an.

»Wenn Sie etwas über afrikanische Riten und Traditionen erfahren möchten, dann kann ich Ihnen eine Veranstaltung empfehlen, die in einem kleinen Ort ganz in der Nähe anlässlich eines Feiertages der Hereros am morgigen Abend stattfindet. Sie wird natürlich hauptsächlich für Touristen gemacht, aber sie hält sich noch relativ streng an die alten Riten der Südwest-Bantu, speziell die der Nama- und Herero-Stämme. Es ist wirklich sehenswert.«

Wir greifen ihre Empfehlung auf und finden uns am Abend mit acht weiteren Touristen auf einem Dorfplatz ein. Sitzplätze sind im Halbkreis um einen Vorplatz vor einer runden, einem Kral ähnlichen Hütte aufgebaut. Außer uns vierzehn Touristen haben noch eine Reihe von Einheimischen auf den Sitzen Platz genommen.

Die Hereros beten einen heiligen Strauch als Urbaum an, und auch der Stammeshäuptling gilt als Heiliger. Der Häuptling trägt einen Kopfschmuck, der an einen Löwen erinnert, denn im Löwen sehen sie die Wiedergeburt der Seelen der Toten, wie wir erfahren. Der Mann sitzt auf einem erhöhten Platz vor der Hütte. Um ihn herum vollführen die Stammesangehörigen ihre rituellen Tänze.

Während der Vorführung flüstert Lucas mir zu:

»Ist dir eigentlich aufgefallen, dass der Häuptling ständig zu dir herüberstarrt?«

»Jetzt, wo du es sagst, merke ich es auch. Was mag er an mir finden? Ich habe keine Ahnung.«

Kurz darauf steht der Häuptling von seinem Sitz auf. Die Tänzer und Tänzerinnen halten in ihren Bewegungen inne und blicken auf ihren Anführer. Die Trommeln verstummen.

Der Mann schreitet langsam auf mich zu und ergreift meine beiden Hände. Dabei schaut er mich mit weit aufgerissenen Augen an, fällt anschließend vor mir auf den Boden und berührt mit seinen Lippen meine bloßen Füße. Ein Raunen geht durch die Menge der Anwesenden.

Ich schaue Lucas an.

»Warum liegt er vor mir auf dem Boden? Bin ich etwa wieder umwerfend?«

Lucas grinst. »Du bist immer umwerfend. Aber ehrlich: Ich weiß auch nicht, was los ist.«

Der Häuptling richtet sich nun auf, schaut mich an, breitet die Arme aus und ruft seinen Leuten zu:

»Sie ist zu uns gekommen. Kniet vor der leibhaftig gewordenen Mutter der Erde und allen Lebens. Verneigt euch vor der Göttin und höchsten Richterin. Sie ist gekommen, um über uns Menschen zu richten.«

Alle Stammesangehörigen haben sich auf den Boden geworfen. Offenbar vermischen sich in ihrer Religion alte afrikanische matriarchalische Strukturen mit christlichen Elementen, nämlich denen des Jüngsten Gerichts. Der christliche Glaube ist neben den alten afrikanischen Geistern und Göttern auch hier weit verbreitet.

»Es sieht so aus«, flüstert mir Lucas zu, »als würde er spüren, dass irgendetwas an dir anders ist. Du besitzt Fähigkeiten, die normale Menschen nicht haben, und die Astronomin Paulette vermutet ja sogar, dass du nicht von dieser Erde bist. Was ich mir allerdings kaum vorstellen kann. Aber ich glaube, du solltest jetzt irgendetwas zu ihnen sagen.«

Ich erhebe mich und ziehe den Häuptling ebenfalls zu mir hoch. Dann beginne ich:

»Du hältst mich für eine Göttin oder den Geist der Mutter Erde. Ich glaube aber, du irrst dich, denn ich selbst weiß nichts davon. Aber wenn es so wäre, dann hätte ich keine Macht mehr. Ich wäre schwach. Denn was die Menschen mir antun, lässt mich kraftlos werden. Ich muss erleben, wie Menschen allein aus Gewinnstreben die Erde rücksichtslos ausbeuten. Das geschieht weltweit.«

Dann wechsle ich in Herero und alle Stammesangehörigen lauschen atemlos.

»So wie die Erde unter den Menschen leidet, so haben auch eure Vorfahren unter den Kolonialmächten gelitten. Die deutschen Kolonialtruppen wollten die Hereros zu Beginn des letzten Jahrhunderts ausrotten. Ihr habt viel Leid erfahren müssen und Leid muss die Erde noch heute erdulden. Es bedarf keines Richters und keiner Richterin. Die Menschen werden ihr eigener Richter sein und sich selbst zugrunde richten, wenn sie so weitermachen.«

Der Häuptling schaut mich lange und nachdenklich an.

»Wenn du auch keine Göttin sein willst, so spricht aus dir der Geist der Erde und der Geist unserer Ahnen. Denn du sprichst unsere Sprache, als seiest du eine von uns. Lass uns dieses Fest weiter feiern. Zu deinen Ehren. Ich wünsche daher, dass du meinen Platz einnimmst, damit mein Volk dir huldigen kann.«

Damit geleitet er mich zur Mitte und ich muss auf dem Häuptlingssitz Platz nehmen. Er selbst setzt sich zu meinen Füßen, und das Fest nimmt seinen Lauf.

Als ich am Ende der Feier zurück zu meinem Platz unter den Zuschauern schreite, bewegt sich ein älterer korpulenter Mann aus der Reihe der Touristen schwerfällig auf mich zu. Seine kleinen Augen in seinem aufgedunsenen Gesicht fixieren mich bösartig.

»Ich habe Sie durchschaut. Das war ein abgekartetes Spiel zwischen Ihnen und dem Häuptling und ich bin sehr enttäuscht. Ich bin hergekommen, um mich unterhalten zu lassen. Das Wenigste, was ich brauche und hier erwarte, ist eine Belehrung. Ich vertrete ein internationales Unternehmen. Und ich weiß, wie viel Geld wir aufwenden müssen, um in Afrika an die dringend benötigten Rohstoffe zu gelangen, die wir brauchen, um unseren Lebensstandard aufrecht erhalten zu können. Und anschließend noch dieses unverständliche Gebrabbel in einer Sprache, die kein Mensch versteht.«

Inzwischen sind Jules und Lucas dazugekommen. Jules baut sich in seiner wikingerhaften Körpergröße vor dem Mann auf und hält ihm seine Pranke vors Gesicht.

»Passt Ihnen irgendetwas nicht? Vielleicht sollte ich einen der Herero-Krieger darauf hinweisen, dass Sie seine Sprache als unverständliches Gebrabbel bezeichnen. Und was Sie als Finanzaufwand ihres Unternehmens benennen, wird international als Bestechung korrupter Herrscher bezeichnet. Also sehen Sie zu, dass Sie ganz schnell von hier verschwinden, sonst könnte es passieren, dass meine kleine zierliche Faust ihre hässliche dicke Nase in Brei verwandelt.«

Der Mann starrt auf Jules' zur Faust geballte Pranke, dreht sich um und läuft so schnell, wie es seine Stummelbeine zulassen, davon, verfolgt von unserem Gelächter.

Auf dem Rückweg ins Hotel wundert sich Jules.

»Du sprichst Herero, Sophie?«

»Ich spreche fast alle Sprachen dieser Erde.«

»Bis auf Rätoromanisch«, wirft Lucas spottend ein, eingedenk eines Gesprächs damals in Hamburg über mein Sprachtalent. Dabei grinst er breit.

»Ach, Lucas, das war als Spaß gemeint. Natürlich spreche ich auch rätoromanisch. Ich muss es nur einmal gehört haben.«

»Wow«, sagt Jules, »du bist ja wirklich eine interessante Frau. Und dazu noch so attraktiv. Kein Wunder, dass die Amerikaner hinter dir her sind.«

Dann merkt er, dass Zoë ihm einen warnenden Blick zuwirft und beeilt sich zu ergänzen:

»Schon gut, Zoë! Du bist und bleibst natürlich die schönste und begehrenswerteste Frau für mich.«

»Schleimer!«, kommt es von Zoë verächtlich. »Pass auf, was du sagst!« Damit marschiert sie hoch erhobenen Hauptes vorweg zum Hotel.

Die Ereignisse vom Vorabend müssen sich im Hotel sowohl unter den Gästen als auch unter dem Personal herumgesprochen haben. Viele Gäste werfen mir Blicke zu, aus denen Bewunderung gepaart mit Hochachtung spricht, und das gesamte, überwiegend farbige Hotelpersonal wuselt um mich herum und versucht, mir jeden Wunsch von den Lippen abzulesen.

Als ich sogar auf der Straße von einigen Farbigen, vermutlich Stammesangehörige der Hereros, ehrfurchtsvoll betrachtet und oft schüchtern berührt werde, meint Lucas, es sei an der Zeit, den Ort zu verlassen.

»Du scheinst in der ganzen Stadt bekannt zu sein wie ein bunter Hund. Das macht es möglichen Verfolgern leicht unsere Spur aufzunehmen.«

»Was soll das denn wieder, Lucas? Wie sieht denn ein bunter Hund aus? Ich habe noch keinen gesehen. Und außerdem: Müsste es nicht bunte Hündin heißen? Ich bin doch weiblich, wie du sicherlich schon bemerkt haben dürftest. Oder ist das wieder nur so ein Spruch?«

Jules und Zoë, die Lucas und mich begleiten, schütteln lachend den Kopf und Lucas erklärt schmunzelnd:

»Das ist typisch Sophie. Sie spricht fast alle Sprachen dieser Welt absolut perfekt, aber kennt einfach bestimmte Redewendungen nicht. Es ist unglaublich.«

Wir beherzigen Lucas' Rat und stechen wieder in See; weiter nach Süden, Richtung Südafrika.

Auf dem Weg ums Kap der Guten Hoffnung, vorbei an der Metropole Kapstadt mit dem Tafelberg im Hintergrund, brodelt das Meer. Hunderte von Delphinen haben sich zusammengeschlossen und machen gemeinsam Jagd auf einen riesigen Schwarm Sardinen, die in den kalten Gewässern des Atlantiks vor der Westküste Afrikas gelaicht haben und nun über die Südostküste nach Norden ziehen. Gemeinsam gelingt es den Meeressäugern, Teile vom Hauptschwarm abzutrennen und an die Oberfläche zu treiben. Davon profitieren Tausende Vögel, die sich aus der Luft ins Wasser stürzen, um einen Fisch in den Schnabel zu bekommen. Und ein weiterer Profiteur taucht auf. Ein Bartenwal, der sich normalerweise von Kril, also kleinen Krebstierchen, ernährt, sperrt sein riesiges Maul auf, um ebenfalls Sardinen zu ergattern. Wir stehen an der Reling und bestaunen das einmalige Naturereignis. Das Auftauchen des riesigen Wales lässt uns alle in Schreie des Entzückens ausbrechen, besonders dann, wenn die gewaltige Fluke aus dem Wasser heraus- und wieder hineingleitet.

Dann sind die Delphine auf einmal verschwunden und es tauchen Orcas auf, die sich ebenfalls das Festmahl nicht entgehen lassen wollen. Überall im Wasser steigen Blasen auf. Die Orcas, so erklärt uns Gerard, schwimmen gemeinsam unter den Sardinenschwarm und lassen von dort Tausende von Luftblasen aufsteigen, die den Schwarm nach oben drücken. Das Meer kocht. Der Schwarm der Sardinen ist jedoch so riesig, dass etliche das Festmahl überleben und sich später in den nördlicheren und wärmeren Gewässern vor Ostafrika verteilen.

Dann erreichen wir Madagaskar. Vor uns liegt die Hafenstadt Fort Dauphin, manchmal auch Tolagnaro genannt. Hinter ihr ragt der Pic Saint Louis mit 529 Metern steil auf. Wir stellen schnell fest, dass Stadt und Hafen nicht viel zu bieten haben; früher wurden hier Langusten, Krabben und getrocknete Algen exportiert, dann verlor der Ort an Bedeutung. Erst in letzter Zeit erlebte er eine neue Blüte durch den anwachsenden Tourismus, vor allem aber seit das internationale Bergbau-Unternehmen Rio Tinto in den Bergen rund um Fort Dauphin Titanerz fördert.

Daher begegnen uns im Ort viele Bergbauarbeiter. Ein unangenehmer Nebeneffekt ist allerdings, dass wir drei Frauen, nachdem Sylvie uns zum Shoppen überredet hat, immer wieder von Männern angesprochen werden, weil sie uns für Prostituierte halten. Der Grund könnte sein, dass Sylvie wie üblich äußerst knapp bekleidet durch die Straßen stolziert. Wir beschließen daraufhin, nicht mehr ohne Männerbegleitung durch den Ort zu laufen.

Nachdem wir Vorräte und Wasser aufgefrischt haben, machen wir noch einen Abstecher ins nur sieben Kilometer entfernte Wildschutzgebiet Nahampoana. Hier werden wir von einer Horde Katta-Lemuren überfallen, die nur in Südmadagaskar vorkommende Primatenart. Sie sind offensichtlich an Menschen gewöhnt, denn diese possierlichen Tierchen springen auf unsere Schultern und betteln um Bananen.

Nach ein paar Nächten im kleinen ›Azura Hotel & Spa‹ kehren wir zurück aufs Schiff und segeln ostwärts, Richtung La Réunion.

Nach einigen Tagen auf See tauchen in der Ferne
zwei zum Teil von Wolken verhüllte Bergspitzen auf.
Wir nähern uns der Vulkaninsel La Réunion, etwa
1.600 Kilometer westlich von Madagaskar im Indischen Ozean gelegen. Zwei Vulkane beherrschen das
Panorama der Insel: Der erloschene, von ehemals über
viertausend auf gut dreitausend Meter zusammengefal-
lene Piton des Neiges und der noch aktive 2.632 Meter
hohe Piton de la Fournaise. Die Insel ist nahezu rund
und hat einen Durchmesser von 50 bis 70 Kilometern.
Es dauert daher noch einige Zeit, bis unterhalb der
Bergspitzen auch die Küstenlinie am Horizont auf-
taucht. Wir segeln auf Saint-Gilles-Les-Bains zu: dort
befindet sich ein großer Yachthafen. Bald erkennen
wir den Gischtstreifen der sich brechenden Wellen am
vorgelagerten Riff. Dieses Riff umschließt große Teile
der Westküste von La Réunion. Wir passieren die
breite Öffnung, die den Weg nach St. Gilles freigibt,
und machen im Yachthafen fest. Die Einreiseformalitäten sind schnell erledigt, da wir uns wieder im französischen Mutterland befinden. La Réunion gehört als
französisches Übersee-Departement zur Europäischen
Union.

Nachdem das Schiff fest vertäut ist, lassen wir uns
ins Fünf-Sterne-Hotel »LUX Saint Gilles« fahren. Das
Gebäude in direkter Strandlage ist im kreolischen Stil
erbaut und eine der besten Adressen. Wir mieten bei
Aurelie vom Empfang ein Auto. Dabei erzählt sie uns,
dass La Réunion überwiegend von französischen und

deutschen Touristen besucht wird. Sie kann sich nicht erinnern, jemals einen Amerikaner hier gesehen oder gar gesprochen zu haben. Das beruhigt uns sehr. Sie hat eine Freundin beim Fremdenverkehrsverband, über den sämtliche Buchungen laufen. Sollte hier wider Erwarten ein US-Amerikaner auftauchen, so würde sie es erfahren. Aurelie verspricht, uns dann sofort zu informieren.

Als Erstes will Jules mit seinen Eltern telefonieren. Zoë wundert sich.

»Also, das ist ja ganz was Neues. Seit wann nimmst du so viel Rücksicht auf deine Eltern? Du bist doch die letzten Jahre sehr gut ohne sie ausgekommen. Woher dieser Sinneswandel?«

Jules ist etwas verlegen. Dann erzählt er, dass seine Mutter ihm die Hölle heiß gemacht hat, weil er auf der Tour durch Süd- und Mittelamerika nur sehr selten ein Lebenszeichen von sich gegeben hatte. Er musste ihr versprechen, sich in Zukunft öfter zu melden.

Mit einem gemieteten Geländewagen machen wir uns auf, die Insel zu erkunden. Lucas ist dieses Mal unser Führer. Er ist, im Gegensatz zu Gerard, schon einmal auf La Réunion gewesen und kennt sich ein bisschen aus.

Wir erkunden den Cirque de Cilaos, einen Talkessel und ehemals eingefallenen Riesenkrater, klettern durch den Urwald und kühlen unsere Füße an einem Wasserfall. Später machen wir uns auf zum regelmäßig ausbrechenden Vulkan Piton de la Fournaise. Wir stehen am Rand und schauen in die Tiefe.

»Irgendwie unheimlich«, meint Zoë. »Was, wenn der plötzlich ausbricht?«

»Da musst du dir keine Sorgen machen«, beruhigt sie Lucas. »Er bricht nicht plötzlich aus. Der Piton de la Fournaise ist einer der am besten überwachten Vulkane der Welt. Überall sind Seismographen verteilt. Der letzte dramatische Ausbruch war 2007. Die Lavaströme ergossen sich nach Osten bis ins Meer. Es kam aber kein Mensch zu Schaden. Man konnte die gefährdeten Gebiete rechtzeitig evakuieren. Die Insel ist damals ein gutes Stück größer geworden. Die Lava ist im Wasser sehr schnell erkaltet und hat unter Wasser eine steile Abbruchkante gebildet. Im Laufe der Zeit bewirken die Brecher des ständigen Südostpassats, dass ein Teil wieder im Meer verschwindet. Der letzte kleinere Ausbruch war übrigens vor einem halben Jahr. Es gab damals eine Karawane von Fahrzeugen durch die alte Caldera. Alle wollten Fotos machen.«

Wie fast an jedem Tag ziehen gegen Mittag Wolken von Indischen Ozean auf und versperren die Sicht. Wir begeben uns auf den Rückweg.

Zurück im Hotel liegen wir alle unter Palmen am Strand und genießen Sonne und Wärme. Lucas fragt mich:

»Wie sieht es aus, Sophie? Könntest du dir vorstellen, hier eine Zeitlang zu bleiben? Für uns wäre diese Insel ideal. Die CIA wird dich hier nur schwer finden. Sie hat La Réunion gar nicht auf der Rechnung. Amerikanern scheint diese Insel völlig unbekannt zu sein. Und sollte doch ein Amerikaner auftauchen, werden wir rechtzeitig gewarnt. La Réunion ist fast ein Stück Heimat. Sie ist sehr französisch mit einem Hauch von Afrika und Indien wegen der vielen Nachfahren der ehemaligen Sklaven aus Afrika und der späteren Billigarbeiter aus Indien.«

»Ja«, ergänzt Jules, »und was mir besonders gefällt, ist das friedliche Miteinander der vielen Religionen wie Christentum, Islam, Hinduismus und die der afrikanischen Naturvölker.«

Ich stimme zu und wir beschließen, in den nächsten Tagen in der Nähe ein Haus für sechs Personen zu mieten. Doch dann macht uns die Natur einen Strich durch die Rechnung.

Drei Tage später kommt eine Meldung über alle Medienkanäle: Die unterseeische Abbruchkante im Osten der Insel ist instabil geworden. Man rechnet mit einem gewaltigen Abrutsch in die Tiefe. Der würde auf der gesamten Insel zu spüren sein und im Meer einen Tsunami hervorrufen.

Es wimmelt in Kürze nur so von Polizeifahrzeugen, die per Lautsprecher alle küstennahen Bewohner auffordern, entsprechende Vorkehrungen zu treffen und höher gelegene Gebiete aufzusuchen.

Von unserem Hotel aus starten Busse, die die Gäste in Sicherheit bringen.

Gerard fordert uns auf, die Sachen zu packen.

»Wir gehen aufs Schiff und stechen in See.«

Sylvie schaut ihn ungläubig an.

»Bist du verrückt? Du willst aufs Meer, wo doch ein Tsunami angekündigt ist?«

»Nein, Sylvie. Ich bin nicht verrückt. Ein Tsunami richtet nur Schaden an, wenn die Wellen flaches Gewässer erreichen. Auf hoher See ist er ungefährlich. Die Welle ist meist nicht einmal sonderlich hoch. Wir werden lediglich einen mittleren Fahrstuhl-Effekt erleben.«

Am Yachthafen herrscht unglaubliche Hektik. Die Schiffe, deren Besitzer sich auf der Insel aufgehalten haben, werden sämtlich seeklar gemacht. Eine schier endlose Kette von Yachten bewegt sich bereits vom Hafen Richtung Durchlass des vorgelagerten Korallenriffs. Auch die anderen Bootseigner wissen, dass sie nur auf der offenen See dem Tsunami trotzen können.

Wir alle helfen, das Schiff startklar zu machen. Jules fragt:

»Was ist mit dem vorgelagerten Riff? Wird es nicht die Wucht des Wassers abbremsen?«

»Du kannst recht haben«, antwortet Lucas. »Möglicherweise werden die Schäden sich dadurch in Grenzen halten. Vielleicht aber wird es auch zerstört werden. Das kann man vorher nicht sagen. Der Sockelabbruch wird auch vor der Ostküste der Insel stattfinden. Wir befinden uns auf der fast gegenüberliegenden und daher geschützteren Westseite.«

Dann reihen auch wir uns in die Kette der Schiffe ein, die La Réunion verlassen. Etwa zwanzig Kilometer westlich der Insel ist das Meer übersät von Booten. Alle haben ihren Bug nach Südosten ausgerichtet. Von dort wird die Welle in ein paar Stunden erwartet. Alle beobachten durch Ferngläser die gerade noch sichtbare Spitze des Piton de la Fournaise.

Dann ist ein tiefes Brummen zu hören und die Bergspitze wackelt kaum merklich.

»Jetzt muss die erstarrte Lava in die Tiefe gerutscht sein!«, ruft Jules. »Wird der Vulkan ruhig bleiben?«

»Das können wir nur hoffen«, meint Lucas. »Wenn er ausbricht, dann muss die Eruption in den nächsten Minuten erfolgen.«

Doch der Vulkan bleibt ruhig. Wenig später wird das Boot angehoben und wir können sogar die unteren Regionen der Insel sehen. Das war es denn auch schon. Dasselbe wiederholt sich zwar noch ein paar Male, aber mit geringerer Amplitude.

»Das war's«, sagt Gerard. »Wir bleiben die Nacht noch hier draußen und morgen machen wir uns auf den Rückweg.«

Schon von weitem erkennen wir die Schäden, die der Tsunami angerichtet hat: Fast alle Stege zum Festmachen sind zerstört. Boote, die von den Besitzern aus unterschiedlichen Gründen nicht mehr in Sicherheit gebracht werden konnten, sind vollgelaufen, als die Welle über sie hinweggerauscht ist. Kleinere Boote wurden auf den großen Parkplatz und in den Park vor dem Yachthafen geschleudert. Parkplatz und Park sind übersät mit weißen Korallenskeletten. Das Riff hat offenbar gehalten und die Kalkskelette befanden sich vorher in der Lagune zwischen vorgelagertem Riff und Strand. Die Welle hat ein paar kleinere Bäume und Büsche entwurzelt, die nun zwischen den Häusern auf der Straße liegen. Aber man ist schon dabei, mit schweren Räumfahrzeugen die Straßen wieder frei zu bekommen. Das vorgelagerte Riff hat tatsächlich die Wucht der Welle erheblich abgemildert, sodass sich die Schäden in Grenzen halten. Die Ortschaften weiter im Südwesten und Süden sowie die Hauptstadt Saint Denis im Nordosten hat es schwerer getroffen, da sie nicht von einem Riff geschützt sind. Aber eines ist tröstlich: Wegen des gut ausgebauten Frühwarnsystems ist kein Mensch zu Schaden gekommen. Das beruhigt uns. Allerdings ist die Strom- und Wasserversorgung zusammengebrochen.

Gerard meint, es habe wohl wenig Zweck ins Hotel zurückzukehren; die untere Etage sei sicher nicht bewohnbar. Und helfen könnten wir wohl auch kaum. Daher sei es das Beste, wieder in See zu stechen. Auf dem Schiff hätten wir alles Nötige, um eine längere Zeit mit zufriedenstellendem Komfort zu leben. Nach kurzer Diskussion stimmen wir seinem Vorschlag zu.

Wir haben La Réunion verlassen und segeln nordöstlich in Richtung Malediven und Sri Lanka.

»Es wird ein langer Törn«, sagt Gerard, »wir werden einige Wochen kein Land sehen. Wirst du das ertragen können, Sylvie?«

»Wenn das Wetter so bleibt, halte ich gut durch. Vor allem, wo wir ein Ziel vor Augen haben. Ich wollte schon immer einmal auf die Malediven. Und dir wird es sicher wieder gelingen, Gerard, uns in einem Traum von Resort unterzubringen. Ich freue mich darauf.«

19

»Was ist nun? Wo ist das Mädchen?«

»Wir wissen es nicht genau. Sie ist irgendwo unterwegs im Indischen Ozean.«

»Irgendwo? Das ist doch wohl nicht zu fassen! Mehr habt ihr nicht?«

»Doch, Sir. Wir haben einen Informanten in ihrer unmittelbaren Umgebung. Der ist aber äußerst vorsichtig, wenn er Kontakt zu uns aufnimmt. Er ist auch über unsere bisherigen Fehlschläge informiert und daher sehr misstrauisch. Wenn wir nicht sicherstellen, dass der nächste Zugriff Erfolg hat, steigt er wieder aus. Er hat uns bisher erst zweimal kontaktiert. Das letzte Mal von La Réunion aus. Daher müssen wir einfach abwarten, bis sich eine Gelegenheit ergibt.«

»Wer oder was ist La Réunion? Hab ich noch nie gehört.«

»La Réunion ist eine kleine Insel im Indischen Ozean, Sir. Etwa zweitausend Kilometer östlich von Afrika auf der Höhe des südlichen Wendekreises. Sie ist französisches Überseedepartement.«

»Hm, verschont mich mit solchen Nebensächlichkeiten. Aber wir dürfen kein Risiko eingehen, und das nächste Mal muss es hundertprozentig klappen. Ich habe das Mädchen und seine Begleitung wohl unterschätzt. Also Männer: am Ball bleiben!«

***

Vor uns tauchen am Horizont die Atolle der Malediven auf.

Die Inseln erheben sich im Durchschnitt nicht mehr als 1,50 Meter über den Meeresspiegel und sind häufig von einem Riff umgeben. Die Tsunami-Welle hatte hier nur noch eine Höhe zwischen einem und zwei Metern. Also hielten sich auch hier die Schäden in Grenzen. Man war vorgewarnt und hatte über drei Stunden Zeit, Vorkehrungen zu treffen. Trotzdem waren etliche Resorts unbewohnbar geworden, insbesondere diejenigen, deren Unterkünfte auf Stegen in das Wasser der Lagunen gebaut sind. Die Aufräumarbeiten stehen zwar vor dem Abschluss, aber die Kapazitäten der Hotels sind noch durch die Umquartierungen etlicher Gäste ausgeschöpft und es gibt keine freien Betten. Nirgends. Also bleibt uns zur großen Enttäuschung Sylvies nichts anderes übrig, als weiter nach Nordosten zu segeln, Richtung Sri Lanka und dem indischen Subkontinent.

Nach wenigen Tagen kommt Sri Lanka in Sicht. Wir laufen in den Hafen Port Galle ein, 116 Kilometer südlich der Hauptstadt Colombo im äußersten Südwesten der Insel.

Auch hier hat der Tsunami keinen größeren Schaden angerichtet. Man hat aus der Katastrophe von 2004 gelernt und sich an das Frühwarnsystem angeschlossen. Die Hafenanlagen sind intakt und wir können festmachen. Im dortigen Tourismusbüro buchen wir Zimmer im Hotel »Tamarind Hill by Asia Leisure«, das etwa drei Kilometer nördlich des Hafens direkt an der Küste gelegen ist. Nach der langen Zeit auf See freuen wir uns auf noch komfortablere Suiten und große King-Size-Betten.

Die nächsten beiden Tage nutzen wir für eine Sightseeing-Tour.

Wir schlendern durch die Altstadt mit ihren vielen kleinen Läden, Boutiquen und Cafés inmitten des Galle Forts. Hier geht es noch sehr beschaulich zu. Von den gut erhaltenen Mauern des ehemals holländischen Forts genießen wir den herrlichen Ausblick auf Stadt und Meer. Dann sitzen wir in einem Café neben der weiß getünchten Moschee und trinken den berühmten Tee, der noch den alten Namen Sri Lankas trägt: Ceylon Tee.

Tags darauf buchen wir eine halbtägige Führung durch den nahe gelegenen Sinharaja Forest. Wir haben das Glück, Affen, etliche bunte Vögel, Schlangen und Warane zu sehen. Weniger glücklich ist Sylvie. Sie hat den Ratschlag des Führers in den Wind geschlagen, lange Hosen und Socken anzuziehen. In Folge hat sie mit Blutegeln zu kämpfen, die sich in ihre Waden bohren.

»Die sind nicht gefährlich, Sylvie«, tröstet sie Zoë, »nur unangenehm. Und sie verbreiten auch keine Krankheiten. Hier hast du ein paar Strümpfe. Die solltest du anziehen.«

Damit zaubert sie aus ihrem Rucksack ein paar lange Strümpfe hervor.

Am Abend darauf sitzen wir zusammen im Hotelrestaurant und Lucas denkt laut nach.

»Ich möchte zu gern wissen, ob mein früherer Mentor und Freund aus meiner Studienzeit an der Sorbonne noch immer hier auf Sri Lanka lebt. Er ist damals, als der furchtbare 26 Jahre dauernde Krieg zwischen Singhalesen und Tamilen tobte, mit den Ärzten ohne Grenzen hierhergekommen. Als dieser dann 2009 mit dem Sieg der Regierungstruppen und der Unterwerfung der Tamilen endete, soll er hiergeblieben sein, obwohl unsere Organisation 2012 ihre Mission auf Sri Lanka beendete. Das Letzte, was ich von ihm gehört habe, ist, dass er sich in Jaffna im äußersten Norden niedergelassen hat. Die Stadt war damals lange Zeit von der tamilischen Befreiungsorganisation LTTE besetzt, der Liberation Tigers of Tamil Eelam. Nach dem Sieg der singhalesischen Truppen und Tausenden von Toten errichteten die Ärzte hier eine Station, die sich vor allem um die psychologische Betreuung der durch den Krieg traumatisierten Menschen kümmerte. Habt ihr was dagegen, wenn ich mit einem Mietauto nach Norden fahre und nach ihm suche?«

Dass ich Lucas dahin begleiten werde, ist selbstverständlich. Die anderen beschließen, noch ein paar Tage in Galle zu bleiben, dann an der Ostküste entlang und um die Nordspitze der Insel herum nach Jaffna zu segeln und uns beide dort wieder aufzulesen.

Die Reise führt an endlosen Teeplantagen in den höheren Lagen vorbei und passiert Felder mit Kaffeesträuchern weiter unten. Ansonsten ist dieses Gebiet dicht besiedelt. Die Bevölkerungsdichte pro Quadratkilometer ist fast dreimal so hoch wie in Frankreich und das Eineinhalbfache der Deutschlands.

Gegen späten Nachmittag erreichen wir Jaffna und mieten ein Hotelzimmer in der Nähe des alten Fischereihafens.

An der Rezeption lässt Lucas dann nachforschen, ob es in der Stadt eine Arztpraxis auf den Namen Jérôme Montand gibt. Er erhält kurz darauf eine ausgedruckte Liste aller Ärzte in Jaffna. Darunter befindet sich allerdings kein Jérôme Montand. Auch ich schaue mir die Liste an und mir fällt etwas auf.

»Lucas, hier auf Sri Lanka wird außer Singhalesisch und Tamil auch Englisch gesprochen, aber kein Französisch. Das frühere Ceylon gehörte ja zum englischen Commonwealth. Vielleicht hat er seinen Namen geändert. Schau mal: Hier steht ein Jerry Mountain. Vielleicht ist er das?«

»Das könnte sein. Ich ruf mal an.«

Am Telefon meldet sich eine Anusiya Mountain und wir liegen richtig. Ihr Mann, so sagt sie, sei Franzose und hieße eigentlich Jérôme. Dann sagt sie noch, dass ihr Mann zurzeit mit Patienten beschäftigt sei, und als sie erfährt, dass Lucas ein alter Freund aus Frankreich ist, lädt sie uns gleich für den Abend in ihre Wohnung ein. Sie befinde sich über der Praxis.

Am Abend stehen wir vor der Tür. Eine Frau öffnet uns. Sie trägt einen blauen Sari mit silbernem Besatz sowie verzierte Armreifen und Ohrringe. Die braunen Augen, die zu einem Knoten gebundenen blauschwarzen Haare und die dunkle Haut lassen vermuten, dass sie Singhalesin oder Tamilin ist. Sie ist mit ihren geschätzten vierzig Jahren noch sehr attraktiv. Hinter ihr steht ein hagerer, hochgewachsener Mann deutlich über sechzig: Jérôme. Er schaut erst mich, dann Lucas an und strahlt:

»Mein alter Schüler Lucas! Wie schön, Sie wiederzusehen. Und welch eine bezaubernde junge Frau. Treten Sie ein. Darf ich Ihnen meine Frau Anusiya vorstellen?«

Wir nehmen am Tisch Platz, der mit den verschiedensten einheimischen Gerichten gedeckt ist. Zu dem Essen reicht uns seine Frau Tee, natürlich aus einheimischer Produktion.

Während Lucas und Jérôme über die Zeiten an der Sorbonne und bei den Ärzten ohne Grenzen plaudern, erzählt mir Anusiya, dass sie Tamilin sei. Sie spricht Englisch mit mir, denn Französisch könne sie nur ein paar Brocken. Sie sei damals nach dem Krieg als Patientin zu Jérôme gekommen. Sie habe ihre gesamte Familie im Krieg verloren. Er hatte sie medizinisch und psychotherapeutisch betreut und dabei haben sie sich ineinander verliebt. Sie ist der Grund, warum er auf Sri Lanka geblieben ist.

Als ich sie bitte, Tamil zu sprechen und kurz danach in diese Sprache wechsle, schaut sie mich ungläubig an.

»Sie sprechen Tamil? Und dann noch akzentfrei? Haben Sie etwa tamilische Wurzeln?«

Und wieder einmal erkläre ich, dass ich so etwas wie ein Sprachengenie bin. Auch Jérôme bekommt mit, dass ich mich mit seiner Frau auf Tamil unterhalte und fragt seinen Freund erstaunt.

»Deine Freundin sieht nicht nur unglaublich gut aus, sie ist darüber hinaus offenbar auch unheimlich klug. Ich habe noch keine Europäerin getroffen, die akzentfrei Tamil spricht.«

Dann wendet er sich an mich.

»Sprechen Sie etwa auch Singhalesisch, die Sprache der Mehrheit hier auf Sri Lanka?«

Als ich ihm in dieser Sprache antworte, kriegt er sich gar nicht wieder ein.

»Mein Gott! Sie sind ja wohl die ungewöhnlichste Frau, die mir je begegnet ist!«

»Das kannst du laut sagen«, wirft Lucas trocken ein und ich ergänze:

»Wir sollten aber weiterhin mit Rücksicht auf Lucas und Anusiya Englisch sprechen. Er spricht zwar auch mehrere Sprachen fließend, aber Singhalesisch und Tamil gehören nicht dazu, und Anusiya wiederum kann kein Französisch.«

Es wird ein langer Abend mit vielen anregenden Gesprächen, und Jérôme lässt es sich nicht nehmen, uns abschließend ins Hotel zu fahren.

Zurück im Hotel teilt uns die Rezeption mit, dass ein Mister Gerard Meurville-Dethune für den übernächsten Tag zwei Zimmer für vier Personen gebucht hat. Sie werden also in zwei Tagen ankommen. Als Anusiya und Jérôme davon hören, organisieren sie ein Essen für uns alle in einem der Restaurants des Ortes mit typisch tamilischer Küche.

Das Restaurant wird hauptsächlich von Einheimischen besucht und das Essen ist hervorragend. Als Vorspeise wird Vadai serviert, ein gebackener Linsenkuchen. Zum Hauptgericht gibt es Reis mit Rasam, ein Gemüse, dazu scharfe Curry-Soße. Als Dessert probieren wir Payasam, einen süßen Pudding. An unserem Tisch herrscht ein Sprachengewirr aus Französisch, Englisch und Tamil. Wir fallen daher auf.

Am Nebentisch sitzt ein etwas finster dreinblickender Mann mit schwarzem Vollbart. Er trägt einen Veti, ein langes, an der Taille geknotetes und hosenartig um die Beine geschlungenes Tuch, typisch für männliche Tamilen. Sein Gesichtsausdruck und seine Kopfhaltung zeigen, dass er unsere Gespräche offenbar aufmerksam verfolgt. Aber das scheint außer mir niemandem aufzufallen. Als ich ihn genauer betrachte, steht er abrupt auf und verlässt eilig den Raum.

Erst spät verabschieden wir uns von Jérôme und seiner Frau. Wir wollen die sternklare und warme Mondnacht nutzen und etwas am Meer spazieren gehen. Um diese Zeit ist auf der Promenade nichts mehr los. Das Meer liegt ruhig da und das Mondlicht bildet einen langen Streifen auf der Wasseroberfläche. Nachdem wir den Anblick ausreichend genossen haben, entschließen wir uns, mit einem Taxi ins Hotel zurückzufahren. Wir stellen uns an die Straße und halten den Daumen hoch. Ein Kleinlaster, der einem Militärfahrzeug ähnelt, hält vor uns an. Die Plane der Ladefläche wird zur Seite gestoßen und eine Truppe von etwa zehn Menschen in militärischen Tarnanzügen mit Maschinenpistolen springt auf die Straße. Die Männer richten ihre Waffen auf uns und zwingen uns, auf die Ladefläche zu steigen. Die Befehle erfolgen in Englisch. Dann werden wir gefesselt, die Männer lassen die Plane wieder herunter und das Fahrzeug setzt sich in Bewegung.

Ich höre Lucas leise fragen, denn sehen kann ich nichts:

»CIA?«

Ebenso leise antworte ich:

»Ich glaube nicht. Sie sprechen Tamil untereinander.«

Einer der Entführer blafft uns an:

»Don't talk!«

Die Fahrt geht einige Stunden über befestigte Straßen. Am Motorengeräusch sowie am Schalten merke ich, dass es bergauf gehen muss. Dann holpert das Fahrzeug über eine unbefestigte Piste. Schweigend hocken wir in der Dunkelheit. Auch unsere Entführer sagen kein Wort. Nach einer weiteren gefühlten halben Stunde hält das Fahrzeug an und wir müssen aussteigen. Im fahlen Mondlicht erkennen wir, dass wir uns am Rande einer Teeplantage an einem Berghang befinden. Vor uns beginnt ein lichter Wald, von Felsbrocken durchzogen. Die Männer tarnen das Auto mit Ästen und Zweigen, dann werden wir bergauf in den Wald getrieben und stolpern durch das Unterholz und über die Felsen. Sylvie hat Probleme beim Klettern. Sie trägt Stilettos. Schon nach kurzer Zeit bricht erst der eine, dann der andere Absatz ab. Sie wirft die unbrauchbaren High-Heels fort und klettert barfuß weiter. Der Anstieg nimmt kein Ende.

Plötzlich sackt Sylvie wimmernd zu Boden. Ihre Füße sind blutig gelaufen. Einer der Männer herrscht sie an – auf Tamil – und stößt ihr das Gewehr in die Seite. Sie schreit auf. Ich versuche, sie hochzuziehen.

»Sylvie, du musst weiter. Er hat gesagt, dass er dich erschießt, wenn du nicht weiterläufst.«

Angstvoll schaut sie mich an.

»Ich kann nicht! Es tut so weh!«

Jules kommt hinzu.

»Komm hoch, Sylvie. Steig auf meinen Rücken. Ich trage dich.«

Er nimmt sie auf seinen Rücken und weiter geht es den Berg hinan.

Nach einer weiteren halben Stunde erreichen wir endlich das Lager. Es liegt versteckt unter Bäumen, zwischen denen Planen gespannt sind, um vor gelegentlichen Regengüssen zu schützen.

Wir müssen uns vor einem Mann auf den Boden hocken. Er scheint ihr Anführer zu sein. Er beginnt:

»Unsere Organisation ist die »Tamilische Befreiungsfront 18. Mai« und wir kämpfen für einen unabhängigen Tamilenstaat, wie es bereits damals die Kämpfer der LTTE taten. Leider hatten sie keinen Erfolg.«

»Wieso 18. Mai?«, will Jules wissen, »was hat der Tag für eine Bedeutung?«

»Am 18. Mai 2009«, erklärt Lucas, »wurde der damalige Rebellenführer Velupillai Prabhakaran wie auch die gesamte Führungselite der LTTE von Regierungstruppen auf der Flucht erschossen.«

»Oha«, wundert sich der Anführer, »Sie scheinen ja gut informiert zu sein.«

»Das liegt daran, dass meine Organisation während des Krieges hier aktiv war. Ich war damals allerdings noch nicht dabei. Ich befand mich in der Ausbildung.«

»Und um welche Organisation handelt es sich?«, will nun der Anführer wissen.

»Ich gehöre der Organisation ›Médecins Sans Frontières‹ an.«

Der Mann schaut Lucas eine Zeit lang nachdenklich an.

»Hm, das ist ärgerlich. Ich würde nur ungern einen Angehörigen der Médecins Sans Frontières erschießen.«

Wir alle schauen entsetzt und Lucas fragt nach:

»Warum wollen Sie uns erschießen und warum haben Sie uns überhaupt gekidnappt? Was wollen Sie von uns?«

»Ich will Sie nicht erschießen, wenn es sich vermeiden lässt. Aber wir brauchen Geld, um bessere Waffen zu kaufen. Einer unserer Männer hat Sie heute im Restaurant belauscht. Daher wissen wir, dass Sie ganz offensichtlich reich sind und überdies aus einem reichen Land kommen. Folglich lassen wir Sie nur gegen Lösegeld frei. Sollten wider Erwarten Ihre Familien das Geld nicht aufbringen können, wird es Ihr Land tun.«

»Und an welche Summe hätten Sie denn gedacht?«, fragt nun Gerard.

»Wir verlangen zwölf Millionen, für jeden von Ihnen zwei. Wir werden eine Frist setzen. Sollte das Geld bis dahin nicht eingegangen sein, werden wir Sie töten müssen.«

»Und wie soll das Ganze vor sich gehen? Wie wollen Sie an die französische Regierung herantreten? Wie wollen Sie überhaupt nachweisen, dass wir in Ihrer Gewalt sind?«

»Nun, wir werden einen Finger der Forderung beilegen.«

»Einen Finger?«

»Ja. Und zwar von Ihnen.«

Damit tippt er mit seinem Zeigefinger auf Gerards Brust.

»Wir wissen, dass Sie der Yachtbesitzer sind und damit wohl der Reichste von Ihnen allen.«

Drei Männer greifen Gerard und schleppen ihn fort. Dann hören wir einen Schrei.

Die Männer kommen zurück. Gerards Hand blutet. Sylvie wirft sich schluchzend an seinen Hals, soweit es ihre Fesseln zulassen. Der Anführer hält Gerards kleinen Finger in der Hand und sagt zu Lucas:

»Sie sind Arzt. Ich gebe Ihnen Verbandszeug. Sie können ihn verbinden. Dazu werden wir kurz ihre Handfesseln lösen.«

Während Lucas Gerard verarztet, fragt er nach:

»Sie haben immer noch nicht gesagt, wie Sie Kontakt zur französischen Regierung aufnehmen wollen.«

»Nun, da gibt es ja immer noch den Arzt. Den Doktor Mountain. Er wird unsere Forderung der französischen Botschaft überbringen. Er wird sich kaum weigern, da er mit Ihnen befreundet ist.«

»Und Sie machen sich keine Sorgen, dass Ihre Regierung mit Ihnen dasselbe macht, was sie damals mit den Anführern der LTTE gemacht hat: Sie so lange jagen bis sie Sie zu fassen bekommen und dann erschießen. Und zwar bevor Sie das Geld oder die Waffen haben?«

»Das ist uns schon bewusst. Deshalb wird Doktor Mountain die strikte Order erhalten, unsere Regierung herauszuhalten. Auch der Botschafter wird die Regierung nicht informieren, wenn er euer Leben nicht aufs Spiel setzen will. Der beiliegende Finger wird ihm den Ernst der Lage verdeutlichen.

So, ich werde Sie jetzt verlassen und alle notwendigen Schritte einleiten. Sechs meiner Leute bleiben hier, um Sie zu bewachen. Sie haben strikte Anweisung, sofort zu schießen, sollten Sie einen Fluchtversuch wagen.«

Dann müssen wir uns unter eine der Planen legen.

Jules fragt zweifelnd:

»Habt ihr schon einmal etwas von dieser Organisation gehört? Ich jedenfalls nicht.«

»Ich auch nicht«, sagt Lucas, »und ich habe den Verdacht, dass die gesamte Organisation nur aus den zehn Männern besteht, die bisher hier aufmarschiert sind, und nach allem, was sie bisher von sich gegeben und wie sie sich verhalten haben, habe ich den Eindruck, dass sie nicht sonderlich professionell vorgehen. Eigentlich ist der Konflikt zwischen den Tamilen hier im Norden und den Singhalesen im Süden beigelegt, seit die Tamilen sogar im Parlament vertreten sind und Tamil als offizielle zweite Landessprache gilt. Aber solche ewig Gestrigen gibt es leider überall. Nur hilft uns das nicht weiter. Ich jedenfalls werde jetzt versuchen, ein bisschen zu schlafen und Kräfte zu sammeln. Die werden wir brauchen, wenn wir hier jemals wieder herauskommen wollen.«

Inzwischen sitzen wir alle an Bäume gelehnt und Sylvie fragt Lucas:

»Wie willst du denn mit auf den Rücken gebundenen Händen schlafen? Ich jedenfalls kann so kein Auge zumachen.«

Zoë mischt sich ein:

»Ihr könntet die Arme nach vorn kriegen. Ihr müsst sie nur unter eurem Po hindurchbekommen. Dann bekommt ihr sie unter den angezogenen Beinen nach vorn. Ich zeig's euch.«

In diesem Augenblick kommt einer unserer beiden Wächter heran und stößt mit einem laut gerufenen »shut-up« sein Gewehr in Zoës Seite, sodass sie umkippt. Dann geht er zurück zu seinem Kumpel. Die anderen vier haben davon nichts mitbekommen. Sie haben sich weiter entfernt schlafen gelegt.

Ich beherzige Zoës Tipp und habe nach einiger Mühe die gefesselten Hände vorm Körper. So ist das Liegen etwas bequemer und auch ich hoffe, ein bisschen schlafen zu können. Unsere drei Männer höre ich leise fluchen, denn es gelingt ihnen nicht, die Hände nach vorn zu bekommen.

Alle paar Minuten leuchtet einer der beiden Wächter mit der Taschenlampe zu uns herüber, um sich zu vergewissern, dass sich niemand hat befreien können. Im Laufe der Nacht werden die Kontrollen allerdings immer seltener und gelegentlich höre ich, wie der eine Wächter den anderen anstößt und ermahnt, nicht einzuschlafen.

Inzwischen ist der Mond untergegangen, und das Licht der Sterne, das vereinzelt die Baumkronen durchdringt, sorgt dafür, dass ich zumindest schemenhaft Umrisse erkennen kann.

Es ist still geworden bis auf den gelegentlichen Ruf eines Käuzchens oder eines anderen unbekannten Nachtvogels. Nur Gerards Stöhnen wegen der Schmerzen in der Hand unterbricht hin und wieder die Stille.

Ich kann nicht schlafen und zerre an den Fesseln, um sie zu lockern. Wenn ich doch bloß freikommen könnte, dann wären die beiden Wächter bei meiner Schnelligkeit, reagieren zu können, kein Problem. Ich könnte sie ausschalten, ohne dass ihre weiter entfernt schlafenden Kumpane etwas mitbekommen würden. Aber die Stricke geben keinen Millimeter nach.

Ich muss wohl kurz eingenickt sein, denn ich höre im Halbschlaf Zoë, für unsere Wachen unhörbar, flüstern:

»Seid ihr wach?«

Von allen kommt ein leises ›Ja‹, auch von Lucas.

»Ich konnte meine Fesseln etwas lockern und kann meine Hände freibekommen. Ich habe so schmale Handgelenke, dass sie mit etwas Anstrengung durch die Fesseln rutschen. Ich löse dann deine Fesseln, Jules. Du bist der Kräftigste von uns.«

»Nein. Zoë, nimm mich zuerst«, flüstere ich zurück. »Ich kann die beiden leicht überwältigen.«

»Was? Du? Das kannst du niemals.«

»Doch, Zoë, bitte vertraue mir.«

Nun ist auch Sylvie zu hören.

»Zoë, tu es bitte. Ich weiß, dass Sophie es kann. Ich hab es schon einmal gesehen. Sie ist schneller, als sich jeder von uns vorstellen kann.«

Wieder kommt es von Zoë:

»Wartet! Ich versuche die Wächter abzulenken.«

Schemenhaft nehme ich wahr, wie Zoë einen Stein wirft. Mit einem leisen ›Klack‹ schlägt er gegen einen Baum außerhalb des Lagers. Beide Wachen springen auf.

»Was war das?«, ruft der Erste.

»Das kam von da hinten«, antwortet der Zweite und deutet mit der Hand in den Wald.

Der Erste leuchtet nun in die gezeigte Richtung. Dann führt er den Lichtstrahl noch einmal zu uns herüber, um sich zu vergewissern, das bei uns alles in Ordnung ist, und geht vorsichtig, das Gewehr im Anschlag, in die Richtung, aus der das Geräusch kam. Sein Kumpel starrt ihm hinterher. Er dreht uns dabei den Rücken zu. Sein Gewehr liegt auf dem Boden neben ihm.

Währenddessen fühle ich, wie Zoë an meinen Fesseln nestelt. Meine Hände sind schnell frei und ich kann die Fußfesseln lösen.

Kaum bin ich frei, da stehe ich schon neben dem Mann und schlage den Kolben seiner Waffe gegen seinen Hinterkopf. Er sackt lautlos zusammen. Der Lichtstrahl der Lampe zeigt mir, wo sich der zweite aufhält. Er bemerkt zwar mein Kommen, aber hat nicht die Zeit, das Gewehr gegen mich zu richten, geschweige denn abzudrücken. Ein weiterer Schlag und auch er liegt bewusstlos auf dem Boden. Seine Waffe werfe ich Zoë zu, die sie geschickt auffängt.

Inzwischen haben sich auch die anderen ihrer Stricke entledigt, und gemeinsam fesseln und knebeln wir die Bewusstlosen. Dann schleichen wir zu den vier Schlafenden, die etwa zwanzig Meter entfernt in ihren Schlafsäcken auf dem Boden liegen. Bevor sie eine Ahnung bekommen, was geschieht, liegen auch sie gefesselt und geknebelt am Boden.

Lucas stöbert in ihren Sachen und findet auch schnell Verbandszeug, mit dem er dann Sylvies wunde Füße versorgt. Dabei sagt er staunend:

»Wow, Sophie! Das war ja unglaublich. Ich habe noch nie gesehen, dass sich ein Mensch so schnell bewegen kann. Hatte die Astronomin Paulette vielleicht doch recht und du bist nicht von dieser Erde?«

»Also, Lucas, wenn ich ein Alien wäre, dann müsste zumindest ich das wissen. Ich vermute eher, dass meine Fähigkeiten auf einer Art Gendefekt beruhen. Auch andere Menschen haben die Erfahrung gemacht, dass sie in Extremsituationen ihre Umwelt in Zeitlupe wahrnehmen. Das ist bei mir genauso. Nur kann ich mich in dieser Situation für mich normal bewegen. Für Außenstehende muss das wie ein Zeitraffer aussehen.«

»Wahrscheinlich hast du recht, Sophie. Ich wusste ja schon immer, dass du ein ungewöhnliches Mädchen bist.«

Die anderen haben unser Gespräch verfolgt und fragen:

»Wer ist Paulette?«

Lucas klärt sie auf.

»Paulette ist eine Astronomin, die glaubt, dass Sophie entweder nicht von dieser Erde ist oder durch Berührung mit dem Teil eines auf die Erde gefallenen, aber nie gefundenen Kometen verändert wurde. Sie hat uns beide übrigens gemeinsam mit ihrem Mitarbeiter aus den Fängen der CIA befreit.«

Inzwischen mache ich mich über die Vorräte her; ich muss meinen Energiebedarf auffüllen.

Dann wollen wir von unseren Gefangenen wissen, wann mit der Rückkehr der vier anderen zu rechnen ist. Sie wollen natürlich nichts sagen.

Zoë fordert: »Lass mich mal machen!« und drängelt sich dazwischen. Sie kniet sich neben den einen der Gefangenen, greift zwischen seine Beine und drückt zu. Wir wissen: Zoë ist, obwohl klein und zierlich, enorm kräftig.

Der Mann schreit auf.

»Wenn du nicht willst, dass dein Teil da unten für den Rest deines Lebens funktionsunfähig sein wird, dann solltest du jetzt ganz schnell reden.« Damit drückt sie wiederum kräftig zu. Er schreit erneut und dann redet er.

»Zwei von unseren Leuten bleiben im Ort. Sie kontrollieren, dass der Doktor auch wirklich Kontakt zur französischen Botschaft aufnimmt und nicht die Polizei oder Regierungsstellen informiert. Sie organisieren dann auch die Geldübergabe. Der dritte und der Chef fahren wieder zurück. Sie müssten etwa morgen Mittag hier sein.«

Also warten wir. Einige von uns versuchen zu schlafen. Zwei halten Wache.

Gegen Mittag des folgenden Tages hören wir sie den Pfad heraufkommen. Wir haben uns die Sachen unserer Peiniger angezogen und die Kopfbedeckungen tief ins Gesicht gezogen. Wir drehen ihnen den Rücken zu. Die Gefangenen haben wir etwas weiter weg abgelegt, sodass sie nicht genau zu erkennen sind. Daher kommen die beiden auch arglos dicht an uns heran. Sie tragen ihre Maschinengewehre auf dem Rücken. Daher ist es ein Leichtes, sie zu überwältigen. Sie sind völlig überrascht.

Wir ziehen uns wieder unsere eigenen Sachen an und machen uns an den Abstieg. Sylvies Füße tun vom Aufstieg immer noch weh, obwohl Lucas ihre blutenden und geschwollenen Stellen verbunden hat. Sie kann nur mit großen Schmerzen auftreten und Jules nimmt sie wieder auf die Schultern. Wir klettern nahezu eine Stunde durch den Wald talwärts, bis wir die Teeplantagen und den Weg erreichen, auf dem sie den Transporter abgestellt haben. Wir machen ihn frei von dem Buschwerk, das als Tarnung dient. Dann starten wir das Fahrzeug. Den Schlüssel haben wir vorher den Rebellen abgenommen. Es geht zurück, vorbei an

endlosen Teeplantagen, die weiter unten von Kaffeesträuchern abgelöst werden. Dann liegt quer vor unserem Feldweg die asphaltierte Straße.

»Wohin nun?«, fragt Jules, der am Steuer sitzt,
»rechts oder links?«

»Ich vermute, rechts«, sage ich. »Ich glaube, wir sind
damals nach links in den Holperweg abgebogen.«

Wir haben Glück, denn nach ein paar Stunden können wir in der Ferne Jaffna ausmachen.

Wir nähern uns der Stadt. Kurz bevor wir den Ort
erreichen, fahren wir auf eine Straßensperre zu. Poli-
zei- und Armeefahrzeuge blockieren die Weiterfahrt.
Beim Näherkommen eröffnen sie ohne Vorwarnung
das Feuer. Wir schaffen es, die Türen zu öffnen, nach
draußen zu hechten und in der Kaffeeplantage in Deckung zu gehen. Dann rufe ich auf singhalesisch:

»Nicht schießen! Wir sind die Geiseln! Wir konnten
uns befreien!«

Sie stellen das Feuer ein und wir kommen mit erhobenen Händen aus der Deckung. Nachdem sie uns
identifiziert haben, werden wir vernommen. Wir sagen
ihnen, dass wir die Rebellen gefesselt oben in den
Bergen zurückgelassen haben. Aber die Fesseln sind
so, dass sie sich irgendwann von allein befreien können. Wir konnten sie ja nicht hilflos oben im Camp
zurücklassen. Dann übergeben wir die erbeuteten
Waffen.

Der leitende Offizier schaut uns ungläubig an.

»Sie haben deren Waffen? Warum haben Sie die
Männer nicht erschossen? Es sind Verbrecher.«

Lucas schaut dem Mann ins Gesicht und sagt betont langsam:

»Wir erschießen keine Menschen ohne Not und wehrlose schon gar nicht. Auch dann nicht, wenn sie Verbrecher sind!«

Der Offizier schüttelt den Kopf.

»Nun gut. Das ist Ihr Problem. Aber suchen Sie jetzt den Doktor auf und benachrichtigen Sie die französische Botschaft. Nachdem Doktor Mountain dort vorstellig geworden ist, hat der Botschafter nämlich nicht nur seine, sondern auch unsere Regierung informiert.«

Der Botschafter hat sich also nicht an die Anweisungen gehalten und bewusst unseren Tod in Kauf genommen.

Wenig später stehen wir vor der Tür von Jérômes Praxis und Anusiya öffnet. Als sie uns erkennt, reißt sie die Augen auf und ruft laut nach hinten:

»Jérôme, komm schnell her. Unsere französischen Freunde sind da – und nahezu unversehrt.« Dabei schaut sie auf Gerards verbundene Hand.

Jérôme kommt hinzu und begrüßt uns freudig. Ihm ist die Erleichterung anzusehen, uns lebend wiederzusehen.

Er erzählt, dass letzten Abend zwei Männer vor der Tür standen, die sich ›Tamilische Befreiungsfront 18. Mai‹ nannten und ihm die Lösegeldforderung übergeben haben. Damit sollte er zur französischen Botschaft gehen, aber auf keinen Fall die hiesige Regierung informieren. Der Botschafter hat ihm dann versprochen, sich sofort mit der französischen Regierung in Verbindung zu setzen. Gegen Jérômes ausdrücklichen Wunsch muss er aber doch die Behörden hier informiert haben, denn nur kurze Zeit später rollte eine Karawane von Armee- und Polizeifahrzeugen durch den Ort. Da hat er sich große Sorgen gemacht, denn er wusste, die fackeln nicht lange und schießen erst, bevor sie verhandeln.

Am nächsten Morgen können wir unsere Zimmer nicht verlassen. In der Hotellobby drängeln sich die Reporter. Der Polizeipräsident hatte in einer Presseerklärung verlauten lassen, dass ein Schlag gegen die schon länger im Visier der Fahnder stehende Terroristengruppe ›Tamilische Befreiungsfront 18. Mai‹ gelungen sei. Alle Mitglieder seien auf der Flucht getötet worden, und man habe dabei auch gleich sechs ausländische Geiseln aus deren Händen befreien können.

Irgendwann erscheint der Hotelmanager bei uns und bittet uns inständig, zumindest einmal vor die Presse zu treten. Anders bekäme er die Reporterhorden nicht aus seinem Hotel. Die Polizei sei auch keine Hilfe. Sie interessiere das gar nicht.

Wir geben nach und beschließen, dass nur Gerard, Sylvie, Zoë und Jules sich zeigen und gegebenenfalls Interviews geben. Lucas und ich werden krank sein.

»Es reicht«, meint Lucas, »dass sie unsere Namen wissen. Die haben sie offenbar von der Polizei. Wir müssen nicht auch noch öffentlich auftreten.«

Die Medienrenner sind dann Gerards fehlender Finger und Sylvie. Sie hat sich inzwischen so weit erholt, dass sie es sich nicht nehmen lässt, in einem atemberaubenden Outfit, das ihre perfekte Figur ins richtige Licht setzt, humpelnd vor die Presse zu treten.

Später sitzen wir alle zusammen zum Abendessen bei Anusiya und Jérôme. Seine Frau hat wieder typisch tamilisch gekocht. Nachdem wir alle gesättigt sind und unseren Tee trinken, kommt Lucas darauf zu sprechen, wie es weitergehen soll.

»Ich fürchte, dass durch die Ereignisse der letzten Tage wir hier auf Sri Lanka sehr bekannt geworden sind. Das könnte unsere Gegner auf unsere Spur bringen.«

»Was für Gegner?« Jérôme schaut Lucas fragend an.

Bevor Lucas nun wieder ausführlich von meinen besonderen Fähigkeiten erzählt, falle ich ihm ins Wort. Die anschließenden Diskussionen um diese Fähigkeiten, meine fehlenden Erinnerungen und meine mögliche Herkunft gehen mir langsam auf die Nerven. Also beeile ich mich zu sagen – und lüge dabei nicht einmal:

»Lucas und ich wissen von einem Massaker, das die amerikanische Armee in Libyen angerichtet hat. Daher ist die CIA hinter uns her. Sie wollen verhindern, dass wir das öffentlich machen.«

Dabei blicke ich die anderen intensiv an. Sie haben verstanden und bohren nicht nach.

»Dann solltet ihr schleunigst das Land verlassen«, mahnt Jérôme. »Ich kenne die Amerikaner und weiß, mit welcher Rücksichtslosigkeit sie vorgehen.«

»Ja«, sagt Lucas, »wir sollten hier verschwinden. Nur, ich habe keine Ahnung, wohin? Hast du eine Idee, Gerard?«

»Ich würde Australien vorschlagen. Dort sind wir weit genug weg von Amerika und der CIA. Das Land ist riesig und es ist schwierig, dort Personen ausfindig zu machen. Aber auf dem Weg dahin sollten wir Station in Singapur machen. Es ist eine interessante und sehenswerte Stadt. Was haltet ihr davon?«

Wir sind einverstanden.

20

»Gibt es endlich etwas Neues? Ich verliere langsam die Geduld. Sri Lanka war ja wohl ein Schuss in den Ofen. Wieder einmal. Bis ihr lahmen Enten euren Hintern dorthin bewegt hattet, war das Mädchen mit seiner Begleitung längst wieder mit dem Schiff auf und davon. Es kann doch nicht so schwer sein, eine Segelyacht zu orten.«

»Sir, im Prinzip wäre es kein Problem. Aber sie segeln ohne jegliche elektronische nautische Hilfen und haben den GPS-Empfänger deaktiviert. Die einzige Verbindung ist unsere Kontaktperson in deren Umfeld. Wenn die sich nicht meldet, können wir nichts machen. Wir müssen leider abwarten.«

Kurz darauf.

»Sir, wir haben eine Nachricht: Sie werden Singapur anlaufen.«

»Sehr gut. Also Singapur. Ich werde ein Marineschiff zur Unterstützung dorthin beordern. Diesmal darf nichts schiefgehen.«

***

Wir segeln in die in Nord-Süd-Richtung verlaufende Malakkastraße ein. Im Westen ist Sumatra auszumachen: es gehört zu Indonesien und im Osten nähern wir uns Malaysia mit der Malakka-Halbinsel und unserem Ziel Singapur an deren südlicher Spitze.

»Diese Meerenge ist nicht ungefährlich«, meint Gerard. »Hier gibt es immer wieder Piratenüberfälle, obwohl sie stark befahren ist. Wir sollten zusehen, dass wir in Sichtweite eines großen Container-Riesen bleiben. Am besten ein Chinese. Die werden von den Piraten gemieden. Es hat sich herumgesprochen, dass deren Mannschaften Waffen tragen und im Notfall keine Hemmungen haben, davon Gebrauch zu machen«.

Doch wir erreichen sicher den Stadtstaat Singapur. Die Einreiseformalitäten nehmen viel Zeit in Anspruch; man ist hier sehr pingelig. Aber auch das überstehen wir, machen fest an den Anlegern des »Republic of Singapore Yacht Clubs« und fahren mit dem Taxi ins Marina Mandarin Hotel, eines der besten vor Ort. Gerard hatte versucht, Zimmer im berühmten Marina Bay Sands Hotel zu bekommen, aber das war ausgebucht.

Auf der kurzen Fahrt durch die Stadt bestaunen wir die futuristisch anmutenden Gebäude. Man baut immer höher und immer verrückter. Rechtwinklig ist absolut out. Das Marina Bay Sands mit den drei schiefen, oben aufeinander zulaufenden, fünfundfünfzig Stockwerke hohen Doppeltürmen, die einen gebogenen 340 Meter langen Dachgarten tragen, zählt zu den ersten Adressen der Stadt. Ein 146 Meter langer Pool und ein Wäldchen aus Kokospalmen in 191 Metern Höhe dienen der Erholung der Gäste dieses Luxusresorts. Auf dies gigantische Bauwerk schauen wir von unserer Suite im Marina Mandarin Hotel.

Beim Einchecken stehen Zoë, Jules, Lucas und ich staunend im achtzehn Stockwerke hohen Innenraum, der sich oben nach innen verjüngt. Vier gläserne Fahrstühle, die ständig die Farbe wechseln, fahren im Innern an der einzigen Senkrechten nach oben auf die Zimmer und Suiten. Sogar Sylvie ist beeindruckt und hängt an Gerards Hals.

»Toll, Gerard! Da hast du wirklich ein Superhotel ausgesucht.«

Gerard strahlt und Sylvie kriegt sich gar nicht wieder ein, als sie feststellt, dass gleich vier Ausgänge des Hotels von der Lobby direkt in die nächsten Einkaufszentren führen. Eigentlich ist ganz Singapur ein einziger Verbund aus Einkaufsmeilen, die man fast alle erreicht, ohne auch nur einmal ins Freie treten zu müssen.

Sylvie hat sich etwas frisch gemacht und beschwatzt Zoë und mich zu einer Tour durch die Einkaufstempel. Die Männer sind dafür kaum zu begeistern und Jules meint, er müsse sich dringend wieder einmal zu Hause melden, um mitzuteilen, dass wir heil und gesund in Singapur angekommen sind.

Lucas ist besorgt, uns allein in die Stadt zu entlassen, aber Gerard beruhigt ihn.

»Geheimdienste werden es in Singapur schwer haben, wenn sie sich krimineller Methoden bedienen. Die Kriminalitätsrate ist hier außerordentlich gering. Das liegt auch daran, dass es noch die Todesstrafe gibt. Auch Auspeitschen ist durchaus üblich, allerdings nur bei Männern. Sogar die Strafen für Verschmutzung des öffentlichen Raumes sind drastisch hoch.

Daher ist hier auch alles so sauber. Es gibt weder Hunde- noch Katzendreck, es gibt allerdings auch keine Hunde und Katzen.«

Sylvie ist in ihrem Element. Ganz besonders Zoë staunt, was für einen Mode-Schnick-Schnack sie so alles ersteht. Es sind inzwischen so viele Tüten, Schachteln und Kästchen geworden, dass wir beide für sie als Trägerinnen herhalten müssen. Sylvie kann es gar nicht verstehen, dass wir so gut wie nichts kaufen. Zoë ist schon immer sehr genügsam gewesen und ich wüsste gar nicht, was ich mit fünf Paar Schuhen anfangen soll.

Schwer bepackt kommen wir im Hotel an. Als Erstes zelebriert Sylvie eine Modenschau für uns alle. Sie führt vor, was sie erstanden hat. Dazu gehören auch diverse Dessous, und Zoë wirft Jules warnende Blicke zu, als er allzu intensiv auf Sylvies perfekten, kaum bekleideten Körper starrt.

Nach der Modenschau macht Jules einen Vorschlag.

»Ich hab mir den Reiseführer von Singapur durchgelesen. Wollen wir nicht einmal einen Tag auf Sentosa Island verbringen? Dort gibt es zwar einen Vergnügungspark, aber auch den herrlichsten Strand der Stadt. Die meisten Menschen halten sich im Vergnügungspark auf, daher hätten wir den Strand fast für uns allein. Einen ganzen Tag nur Baden und Relaxen? Was haltet ihr davon?«

Wir stimmen zu.

Sentosa Island ist eine kleine Insel im Süden Singapurs. Sie ist keine echte Insel, da sie durch eine Brücke und eine Seilbahn mit dem Festland verbunden ist.

Den größten Teil der Insel nimmt der Vergnügungspark ein. Außerhalb des Parks lädt ein weißer Sandstrand mit etlichen Kokospalmen, den man über eine Holzbrücke erreicht, zum Entspannen ein. Bis auf uns ist der Strand tatsächlich leer. Alle Menschen scheinen sich im Vergnügungspark aufzuhalten. Sylvie hat sich auf einen Palmenstamm gelegt, der fast waagerecht übers Wasser ragt. Wir anderen dösen im Schatten der Palmen und genießen die Ruhe und Wärme. Hinter uns weist ein großes blaues Schild mit dem Text ›Most Southern Point of Continental Asia‹ darauf hin, dass wir uns am südlichsten Zipfel des asiatischen Festlandes befinden.

Die Stille wird durch Motorengeräusch unterbrochen. Ein Motorboot schießt um die Ecke der Lagune und steuert direkt auf uns zu. Bewaffnete Männer stehen aufrecht auf dem Deck. Wir springen auf und Lucas ruft:

»Ich weiß nicht, wie die uns gefunden haben, aber die wollen dich, Sophie! Hau ab. Du bist schnell, die kriegen dich nicht. Wir versuchen, sie aufzuhalten.«

Plötzlich hat Gerard eine Pistole in der Hand, richtet sie auf Lucas und schreit mich hysterisch an:

»Wenn du auch nur einen Schritt machst, Sophie, ist Lucas tot.«

Wir fünf starren ihn ungläubig an.

»Du hast uns verraten!«, rufen Jules und Zoë gleichzeitig, und Lucas sieht Gerard in die Augen.

»Warum, Gerard? Warum lieferst du Sophie ans Messer? Sie hat dir doch nichts getan.«

»Doch, hat sie. Ihretwegen musste ich in der Karibik das Boot tauschen und ich habe einen Riesenverlust gemacht. Der war für mich kaum zu verkraften. Dann kamen die und haben mir Geld geboten. Viel Geld. Das konnte ich nicht ausschlagen.«

Sylvie kann nicht an sich halten.

»Du Schwein, Gerard! Für Geld verrätst du Freunde und sogar die Familie. Was bist du für eine miese Ratte! Und mit so was hab ich geschlafen!«

»Halt die Klappe, Sylvie, du hast ja keine Ahnung von Geld. Nur gelebt hast du bisher gut von meinem Zaster, nicht wahr.«

Sechs bewaffnete Männer sind aus dem Boot gesprungen, umringen mich, legen mir Hand- und Fußfesseln an und zerren mich mit vereinten Kräften aufs Boot. Ich sehe noch, wie Lucas ohnmächtig die Fäuste ballt. Am liebsten würde er seinem Cousin an die Gurgel gehen. Während das Boot sich vom Strand entfernt rufe ich ihm zu.

»Lucas, ich weiß nicht, wieso. Aber ich bin sicher, dass wir uns wiedersehen werden.«

Kurz darauf bin ich mir dessen überhaupt nicht mehr sicher. Ich weiß nicht, warum ich das gesagt habe. Es ist einfach so aus mir herausgekommen.

Weit draußen auf dem Meer wird das Boot von einem amerikanischen Kriegsschiff aufgenommen. Man sperrt mich in eine Arrestzelle. Essen und Trinken werden durch eine Klappe in der Tür gereicht.

Nach einer längeren Zeit, die mir wie etliche Wochen vorkommt, erscheint an Stelle von Essen ein Gewehrlauf in der Klappe. Aufgrund meiner Schnelligkeit kann ich einem abgeschossenen Pfeil ausweichen, vermutlich ein Betäubungspfeil. Erst der dritte Versuch gelingt dann und ich verliere das Bewusstsein.

Ich komme zu mir. Meine Hände und Füße sind an einem Stuhl festgebunden. An meinem Kopf sind etliche Elektroden befestigt, deren Kabel zu einem Gerät führen, das von einem zweiten Mann überwacht wird. Dann verabreicht man mir eine Spritze. Vor mir hat sich ein Mann breitbeinig auf einen Stuhl mit der Lehne zu mir gesetzt. Er ist stark übergewichtig und ich schätze ihn auf über sechzig. Die kleinen Augen in seinem aufgedunsenen Gesicht glitzern böse unter buschigen Brauen. Er hat sich leicht zu mir vorgebeugt.

»Ich weiß nicht, wer oder was du bist, aber das werden wir jetzt herausbekommen. Die Spritze enthielt ein Wahrheitsserum und außerdem bist du an einen Lügendetektor angeschlossen. Wir wollen auf Nummer Sicher gehen. Ich werde dir jetzt einige Fragen stellen.«

Er wendet sich dem zweiten Mann zu, der einen weißen Kittel trägt.

»Sind Sie bereit? Kann ich anfangen?«

Der Mann nickt und mein Gegenüber beginnt.

»Zuerst sagst du uns woher du kommst.«

»Das weiß ich nicht. Ich wachte aus einer Bewusstlosigkeit auf und war da.«

Der Mann schaut zur Seite und blickt den zweiten fragend an.

»Was ist? Lügt sie?«

»Das Serum bewirkt, dass sie nicht lügen kann und die Instrumente zeigen das Gleiche an.«

Er wendet sich nun wieder mir zu.

»Okay, was war vorher?«

»Ich weiß es nicht. Ich habe keine Erinnerung an die Zeit vor meinem Aufwachen.«

Der Mann blickt wieder zur Seite und der Mann im Kittel nickt.

»Gut! Weiter. Du kannst dich offenbar in bestimmten Gefahrensituationen enorm schnell bewegen. Wie machst du das?«

»Das weiß ich nicht. Es passiert immer, wenn mein Körper Adrenalin ausschüttet.«

»Was fühlst du dabei?«

»Nichts. Ich dachte, das ist nichts Besonderes. Dass das jeder kann.«

»Und wann hast du gemerkt, dass das nicht so ist?«

»Als mich andere drauf angesprochen haben.«

»Hm, was anderes: Wie heißt du?«

»Ich weiß es nicht genau, aber vermutlich Florence.«

»Wieso vermutlich?«

»Ich wusste meinen Namen nicht, bis mich jemand danach gefragt hat. Da habe ich, ohne nachzudenken, Florence gesagt.«

Der Mann wird ärgerlich und blafft seinen Mitarbeiter an:

»Verdammt! So kommen wir nicht weiter. Wir brechen ab. Sollen sich die Mediziner um sie kümmern.« Zwei weitere Männer in Zivil kommen hinzu.

»Setzt ihr eine Betäubungsspritze und bringt sie zurück ins Labor. Und besorgt mir drei schwere Jungs aus dem nächstliegenden Gefängnis. Und zwar so richtig schwere Jungs. Versprecht ihnen einen erheblichen Strafnachlass, wenn sie sich für ein Experiment zur Verfügung stellen.«

»Okay, Sir, was haben Sie vor?«

»Das geht euch nichts an. Besorgt mir die drei und gut is'.«

Ich verliere wieder das Bewusstsein.

Langsam nimmt der Raum um mich Konturen an. Ich bin noch ganz benommen. Bis auf die Matratze, auf der ich sitze, ist der Raum leer. Eine Wand besteht aus einer großen Spiegelglasscheibe. Ich vermute, dass sie von der anderen Seite durchsichtig ist. Ich bin nackt, aber nicht gefesselt. Ich kann mich frei bewegen. Die ersten Schritte sind noch etwas unsicher, aber schon nach kurzer Zeit gehorcht mir mein Körper wieder und ich untersuche die einzige Tür. Sie hat keinen Türgriff, lässt sich also von meiner Seite nicht öffnen. Dann fällt mein Blick auf eine Kamera an der Decke. Doch die Decke ist zu hoch; ich kann sie auch mit einem Sprung nicht erreichen. Ich versuche es mit der Matratze, aber sie ist viel zu weich und elastisch, um die Kamera beschädigen zu können.

Dann geht die Tür auf und herein kommen drei Gestalten, denen ich nur ungern im Dunkeln begegnen würde. Über einen Lautsprecher, der sich ebenfalls in der Decke befinden muss, aber nicht zu sehen ist, ertönt eine Stimme.

»Los, Jungs! Macht mit ihr was ihr wollt. Aber Vorsicht! Eure Frage vorhin war berechtigt. Die Sache hat einen Haken: Sie ist recht kräftig.«

Der erste der drei geht mit wiegenden Schritten, die fleischigen und tätowierten Arme leicht angewinkelt und mit einem lüsternen Ausdruck im bulligen Gesicht langsam auf mich zu und streicht dabei mit seiner kräftigen Pranke über den rasierten Schädel.

»Alter! Das Püppchen soll kräftig sein. Ich lach mich tot. Los Kumpels. Krallen wir sie uns.«

Inzwischen haben auch die beiden anderen aufgeschlossen, die dem ersten in ihrem brutalen Aussehen in nichts nachstehen.

Ich habe mich auf der Matratze zusammengekauert. Der Erste will nach meinen Armen greifen und mich zu sich hochziehen. Dann geht alles sehr schnell. Mein Körper produziert Adrenalin. Die Tritte und Schläge kommen so schnell hintereinander, dass binnen kurzem zwei auf dem Boden liegen und sich vor Schmerzen krümmen. Der Dritte hat offenbar nicht genug abbekommen und stürzt auf mich zu. Ich schleudere ihn in rasendem Tempo hoch über meinen gebückten Rücken, dass er mit seinen Beinen die Kamera zerschlägt. Danach knallt er mit dem Kopf voran auf den Boden und regt sich nicht mehr.

Plötzlich höre ich hysterisch klingende Stimmen. Es müssen die Stimmen derer sein, die auf der anderen Seite des Spiegels die Szenerie beobachtet haben. Die

Zerstörung der Kamera hat vermutlich einen Defekt ausgelöst, der dazu geführt hat, dass das Mikrofon draußen angeschaltet bleibt.

»Sofort Betäubungsgas einsetzen!«, höre ich einen Mann brüllen. »Wir müssen die drei wieder rausholen. Und wenn es gewirkt hat, holt auch sie raus und schnallt sie anschließend fest. Ihr habt gesehen, zu was sie fähig ist.«

Dann fragt er offenbar einen Techniker:

»Habt ihr die Aufzeichnung retten können, oder ist die mit der Kamera ebenfalls zerstört worden?« Eine Stimme, die offenbar weiter weg ist, bestätigt ihm, dass die Aufnahme nicht in der Kamera gespeichert ist.

»Gut. Die Medizinmänner sollen rausbekommen, wie sie das macht. Holt sie her.«

Es dauert offenbar eine Zeit bis das Gas wirkt, denn ich kann hören wie sich eine Gruppe Menschen im Raum hinter der Scheibe versammelt.

Bevor das Betäubungsgas mich endgültig ausschaltet höre ich den Mann noch sagen:

»Meine Herren. Ich will, dass sie gründlich untersucht wird. Nehmen Sie Gewebeproben, soviel Sie benötigen. Analysieren Sie alles: Muskulatur, Knochenbau, Fortpflanzungsorgane bis hin zum genetischen Code. Ich will einen detaillierten Bericht, und den möglichst noch gestern. Machen Sie sich an die Arbeit und kommen Sie nicht auf die Idee, sie von den Fesseln zu lösen. Sie ist brandgefährlich.«

Dann bin ich weg.

Ich komme erneut zu mir und schaue mich um. Es sieht so aus, als würde ich mich in einem Labor oder Operationssaal befinden. Um mich herum stehen Regale und Schränke, angefüllt mit Flaschen, Reagenzgläsern und Verbandsmaterial. Auf Tischen an den Wänden kann ich Operationsbestecke erkennen. Ich bin nackt und auf einem fahrbaren Operationstisch festgeschnallt. Dann betritt eine Gruppe in weißen Kitteln den Raum, offenbar die Ärzte und deren Assistenten. Sie betatschen mich überall, drücken an meinem Körper herum und horchen mich mit ihren Stethoskopen ab. Dann werde ich in eine Röhre geschoben, einen Magnet-Resonanz-Tomographen, anschließend werde ich am ganzen Körper mit Ultraschall untersucht. Ein Assistenzarzt setzt eine Spritze, um mir mindestens einen halben Liter Blut abzunehmen. Ich will das verhindern, indem ich mit dem Körper zu zucken und ihn zu bewegen versuche, aber die Fesseln sind so fest, dass kein Bewegungsspielraum bleibt. Schließlich werden mir dünne Schläuche mit kleinen Kameras und Beleuchtung an der Spitze in sämtliche Körperöffnungen gesteckt und man macht Aufnahmen und nimmt überall Gewebeproben. Das Ganze dauert über einen halben Tag. Dann verschwindet die gesamte Ärztemannschaft und ich bin wieder allein. Ein paar Stunden später kommt eine Frau, füttert mich und gibt mir zu trinken. Aber es ist viel zu wenig. Mein Körper hat beim Kampf gegen die drei Gewalttäter sehr viel Energie verbraucht, da er sich im Speed-Modus befand.

Viele Stunden später, ich bin, so glaube ich, vor Erschöpfung kurz eingeschlafen, steht der Dicke vom ersten Verhör an meiner Liege.

»Na, ist dir noch etwas eingefallen, was du mir erzählen willst?«

Ich schaue ihm wütend ins Gesicht und schreie ihn an:

»Was sind Sie für ein Mensch! Sie gehen wohl über Leichen, um das zu bekommen, was Sie haben wollen?«

Er grinst süffisant.

»Das ist mein Job. Und natürlich bin ich ein Mensch, womit ich mir bei dir nicht ganz sicher bin.«

Dann geht die Tür erneut auf und der offenbar ranghöchste Arzt betritt den Raum.

»Lassen Sie hören, Doc. Was haben Sie herausgefunden?«

Der Arzt zögert und, mit einem Blick auf mich, fragt er:

»Kann sie uns verstehen?«

»Natürlich. Sie versteht alles.«

»Aber haben Sie da keine Bedenken, dass sie ihr Wissen gegen Sie verwenden könnte? Oder gegen uns?«

»Sie wird mit dem Wissen nichts anfangen können, denn sie wird dieses Gebäude nicht lebend verlassen. Sie können also frei reden.«

»Nun gut. Also, erst einmal: Sie ist nicht von dieser Erde. Sie ist ein echtes Alien.«

Ich bin geschockt. Das kann doch nicht sein. Ich hatte bisher nicht das Gefühl, anders als die anderen Menschen zu sein, einmal abgesehen von meiner Reaktion in Gefahrensituationen.

Der Arzt fährt fort.

»Ihr genetischer Code stimmt zwar zu großen Teilen mit unserem überein, aber eben nur zu großen Teilen. So ist zum Beispiel ihr Körper effektiver gebaut, obwohl er sich äußerlich nicht von dem eines Menschen unterscheidet. Sie scheint auch sehr viel widerstandsfähiger gegen Krankheiten zu sein. Aber da können wir noch nichts Genaues sagen. Dann haben wir festgestellt, dass das Sprachenzentrum in ihrem Gehirn deutlich größer ist als bei uns. Wir vermuten daher, dass sie so etwas wie ein Sprachengenie ist. Und dann haben wir etwas Erstaunliches gefunden. Wir haben Lungenfunktionsmessungen durchgeführt und ihre Telomere untersucht.«

»Verschonen Sie mich mit Einzelheiten, Doc. Also, was haben Sie so Erstaunliches festgestellt?«

»Wie gesagt, die Untersuchungen der Chromosomenenden legen die Vermutung nahe, dass sie deutlich langsamer altert als wir Menschen. Wir können zwar noch nichts Genaues sagen, aber wir schätzen ihre Lebenserwartung auf ein Minimum von fünfhundert und Maximum von zweitausend Jahren.«

Der CIA-Mann pfeift durch die Zähne.

»Wow, das ist ja der Hammer! Was ist mit der Fortpflanzung? Läuft die ähnlich wie bei uns ab? Hat sie Eierstöcke?«

»Ja, in dieser Beziehung ist sie wie unsere Frauen gebaut.«

»Und haben Sie herausbekommen, ob man sie mit menschlichem Samen befruchten kann?«

»Nein, derartige Tests haben wir noch nicht durchgeführt. Aber es spricht einiges dagegen.«

»Aber ihre Eizellen zur Teilung anregen? Das müsste doch funktionieren? Mit anderen Worten: Man müsste sie klonen können. Außerdem will ich wissen, gegen welche Krankheiten sie immun ist und wie das bei ihr funktioniert. Sie sollte mit verschiedenen Erregern geimpft werden.«

Ich zerre an meinen Fesseln. Der Mann muss wahnsinnig sein.

Auch der Arzt schaut den CIA-Chef irritiert an und will etwas sagen. Aber der lässt ihn gar nicht zu Wort kommen und stellt sofort die nächste Frage.

»Haben Sie denn nun herausbekommen, wie es kommt, dass sie sich in Gefahrensituationen enorm schnell bewegen kann?«

»Nur zum Teil. Wie schon gesagt, ist ihr Körper sehr viel effektiver gebaut. Das nutzt sie aber vermutlich nur, wenn ihr Gehirn bestimmte Signale sendet. Da gibt es etwas in ihrem Kopf, das, sobald es mit Adrenalin in Berührung kommt, sämtliche Schaltvorgänge ihres Gehirns und Körpers enorm beschleunigt. Der Körper befindet sich dann in einer Art ›Speed-Modus‹. Dadurch nimmt sie ihre Umgebung in Zeitlupe wahr, kann aber subjektiv normal reagieren. Objektiv ist sie dann so schnell, dass kein Mensch darauf reagieren kann.«

»Und haben Sie dieses ›Etwas‹ untersucht?«

»Nein Sir, denn da gibt es ein Problem. Dafür müssten wir ihre Schädeldecke aufschneiden.«

»Ja, und? Wo ist das Problem?«

»Sir! Gehen Sie da nicht etwas zu weit? Als Arzt denke ich, dass derartige Versuche und Untersuchungen ethisch nicht zu verantworten sind. Das verletzt eindeutig die Menschenrechte.«

Der CIA-Mann schaut den Arzt durchdringend an.

»Hab ich richtig gehört? Sie faseln von Menschenrechten? Sie ist kein Mensch! Sie ist nach den gängigen Definitionen nicht einmal ein Tier. Es greift hier also weder das Verbot der Versuche an lebenden Menschen noch das von Tierversuchen. Nennen Sie mir ein Gesetz, in dem steht, dass man Aliens nicht für wissenschaftliche Zwecke auseinandernehmen darf. Also, entweder machen Sie Ihren Job, oder ich lasse Sie durch jemand anderen ersetzen. Es gibt genügend Ärzte, die Ihre Skrupel nicht haben und nur darauf warten, herauszufinden, wie man gegen Krankheiten immun werden oder den Alterungsprozess aufhalten kann. Dieses Wesen ist medizinisch und militärisch eine Goldgrube. Also entscheiden Sie sich und zwar ganz schnell.«

Ich bekomme Panik. Die werden mich umbringen. Wenn ich wirklich ein Alien sein sollte, wie bin ich dann auf die Erde gekommen? Bin ich das einzige Alien? Ich fühle mich nicht wie ein Alien. Aber wie fühlt sich ein Alien? Und wenn ich ein Alien bin, warum kommen mir dann andere Aliens nicht zu Hilfe?

Die Männer haben den Raum wieder verlassen. Die nächsten Stunden denke ich verzweifelt über all diese Fragen nach und komme zu keiner Lösung.

Stunden vergehen. An Schlaf ist nicht zu denken. Nach einer Zeit, die mir wie ein halbes Leben vorkommt, betreten zwei Männer und eine Frau den Raum. Der leitende Arzt ist nicht dabei. Aus ihren Gesprächen schließe ich, dass es sich um einen Chirurgen, einen Anästhesisten und eine OP-Schwester handelt. Ich weiß: Wenn die es schaffen, mich zu betäuben, werde ich möglicherweise nie wieder aufwachen. Alle drei kommen an meine Liege. Ich schreie vor Todesangst, aber kein hörbarer Laut kommt über meine Lippen. Hinter den Glastüren und auf den Schränken zerbersten alle Glasfläschchen, Ampullen und Reagenzgläser, und die Flüssigkeiten ergießen sich über den Boden. Ärzte und OP-Schwester schauen entsetzt auf das Chaos. Über den Raumlautsprecher: ertönt die hektische Stimme eines Mannes:

»Alles sofort abbrechen! Die gesamte Elektronik ist ausgefallen. Keines der Geräte funktioniert mehr. Wir müssen Techniker hinzuholen und die werden Zeit brauchen. Vor morgen Nachmittag wird da nichts zu machen sein.«

Die Stimme des Chirurgen dringt durch das Chaos. Er hat offenbar gerade mit dem CIA-Chef telefoniert.

»Der Chef vermutet, dass das etwas mit dem fremden Wesen zu tun hat. Wir sollen sie ins Koma versetzen und erst einmal nicht wieder aufwachen lassen.«

Ich kann mich gegen die Spritze nicht wehren und verliere das Bewusstsein.

21

»Sir! Sie ist verschwunden.«

»Wie? Verschwunden? Das hier ist ein Hochsicherheitstrakt. Daraus verschwindet man nicht. Vor allem dann nicht, wenn man ohne Bewusstsein ist.«

»Sie ist aber nicht mehr da. Der Untersuchungstisch, auf dem sie festgeschnallt war, ist leer. Und in der Decke ist ein Loch.«

»Ein Loch? Was für ein Loch? Wie kann ein Loch in dreißig Zentimeter dickem Beton entstehen, ohne dass es irgendwer mitbekommt?«

»Wir wissen es nicht. Das Loch ist kreisrund, etwa einen Meter im Durchmesser und der Rand ist völlig glatt: keine Schmelzspuren, keine Staub- oder Betonreste. So, als wäre es schon immer dagewesen. Und, Sir, das ist noch nicht alles.«

»Nicht alles? Ich werde wahnsinnig! Was denn noch?«

»Sämtliche Unterlagen, welche die Person betreffen, sind ebenfalls verschwunden: Alle Aufzeichnungen, Laborberichte, Notizen, Blut-, Urin- und Gewebeproben. Einfach alles, was mit der Gefangenen zu tun hat. Es hat sich alles in Luft aufgelöst. Es ist so, als hätte es nie existiert.«

»Ich will einen genauen Bericht. Über alles. Und ich werde sämtliche Generäle zusammentrommeln und ins Weiße Haus beordern. Ebenso den Verteidigungsminister. Der Präsident muss informiert werden.«

»Sir? Darf ich mir eine Bemerkung erlauben?«

»Bitte!«

»Ich halte das für keine gute Idee, Sir. Wir haben nichts, was die Existenz der Außerirdischen belegen könnte. Lediglich die möglichen Aussagen einiger unserer Mitarbeiter. Und wir haben keine Erklärung für die verschwundenen Unterlagen. Sie werden mit leeren Händen vor dem Präsidenten stehen. Man wird Ihnen möglicherweise kein Wort glauben.«

»Verdammt noch mal! Hat sich denn alles gegen mich verschworen? Ich sage es nur ungern, aber Sie haben recht. Ich würde wie ein Idiot dastehen. – Moment! Da ist noch das Loch im Dach. Das müsste doch weiterhelfen.«

»Einen Augenblick, Sir. Ich bekomme gerade einen Anruf von meinem Mitarbeiter im Labor.

Ja, bitte? – Wiederholen Sie das! – Wie ist das möglich? –

Sir, mein Mitarbeiter berichtet mir gerade, dass das Loch im Beton verschwunden ist. Die Decke ist völlig unversehrt.«

»So eine verdammte Scheiße! Die kann nur von ihren Leuten befreit worden sein. Und die werden dann unseren Planeten angreifen. Es ist zum Verrücktwerden. Da besteht die Gefahr, dass Aliens einen Angriff auf unsere Erde vorbereiten, und wir sind die Einzigen, die um die Gefahr wissen. Und niemand wird uns glauben.«

»Sir, nach allem, was wir über das Mädchen wissen, sieht es eher so aus, als sei sie auf der Erde gestrandet. Eine Invasion Außerirdischer halte ich eher für unwahrscheinlich.«

»Was Sie für wahrscheinlich oder nicht wahrscheinlich halten, interessiert einen Scheißdreck. Tatsache ist, dass unsere Außerirdische einfach abgehauen ist und uns hat wie Deppen aussehen lassen. Das allein ist schon Grund genug für mich, alles hier in höchste Alarmbereitschaft zu versetzen.«

✳✳✳

»Florana! Wach auf! Es ist alles gut. Dein Notruf hat uns erreicht. Die Schäden, die die Menschen an deinem Körper angerichtet haben, sind behoben. Kannst du uns hören?«

Mit Florana bin ich gemeint. Schlagartig weiß ich alles.

»Ja, Hohes Gericht, ich bin wach. Fangt an.«

»Es tut uns leid. Kurz bevor der Planet erreicht wurde, ist die Tarnung ausgefallen. Und wir haben den anschließenden Unfall nicht vorhersehen können. Wir haben im Orbit des Planeten nicht mit den vielen großen Teilen gerechnet, die als Weltraumschrott die Erde umrunden. Der Zusammenprall erfolgte, kurz bevor die Instruktion über die Menschen und ihren Planeten beendet war. Daher hattest du Wissenslücken und kanntest manches nicht. Wir haben dich ganz schnell in den Rettungskokon packen müssen, der dich heil zur Erde brachte, während das Schiff in der Atmosphäre verglühte. Und wir haben natürlich deine Erinnerungen blockiert, damit die Menschen nicht herausbekommen können, woher du kommst und wie du auf die Erde gelangt bist.

Wir haben alle Informationen über die Erde, über die Menschen und deine Erlebnisse deinem Gedächtnisspeicher entnommen. Bevor wir jedoch endgültig entscheiden, möchten wir noch eine persönliche Einschätzung von dir haben, wie du die Lage siehst.«

»In Ordnung, Hoher Rat. Also, hört:

299

Die Menschen sind dabei, sich selbst und ihren Planeten zu vernichten. Sie bekämpfen sich in endlosen Kriegen. Sie lügen und betrügen und benutzen ihren Glauben, um andere zu unterdrücken oder sogar zu töten, wenn sie andere Meinungen vertreten. Menschen, die in Not geraten, wird oft nicht geholfen. Im Gegenteil, sie werden verhöhnt oder mit Gewalt daran gehindert, ihre Lage zu verbessern. Die Mächtigen benutzen ihre Macht, um sie zu vergrößern und Reichtümer auf Kosten der weniger Mächtigen anzuhäufen. Wer reich ist, hat nur ein Bestreben, nämlich noch reicher zu werden und in einer obskuren Liste aller reichen Menschen der Erde auf den vorderen Plätzen zu erscheinen. Gegen Geld sind die Menschen sogar bereit, ihre besten Freunde oder die Familie zu verraten.

Aber es gibt auch eine große Gruppe unter ihnen, die anders denkt. Die findet man in allen Schichten. Diese Menschen setzen sich dafür ein, dass der Zerstörung ihres Planeten Einhalt geboten wird. Sie engagieren sich für andere und helfen, wo Hilfe nötig ist. Und es gibt Liebe unter den Menschen. Das habe auch ich erlebt. Sie können zärtlich und einfühlsam sein. Nur sind diese meist nicht unter den Mächtigen zu finden.

Daher mein Vorschlag: So wie die Menschen jetzt sind, dürfen sie auf keinen Fall in die intergalaktische Gemeinschaft aufgenommen werden. Im Gegenteil: Wir müssen sie isolieren. Wir müssen verhindern, dass sie ihr Sonnensystem verlassen, sollten sie in naher Zukunft dazu in der Lage sein. Aber ich sehe auch

Hoffnung, dass sich in Zukunft die andersdenkende Gruppe der Menschen durchsetzt. Daher sollten wir ihnen eine Chance geben und in etwa zweihundert Jahren erneut überprüfen, wie sich die Dinge entwickelt haben. Falls es die Menschen dann überhaupt noch gibt und sie nicht sich und ihren Planeten zugrunde gerichtet haben.«

»Liebe Florana. Etliche unter uns teilen deine Einschätzung. Aber es gibt auch gegenteilige Meinungen. Bitte, Audan, teile uns mit, wie du die Sache siehst.«

»Ich weiß, dass ich mit meiner Meinung nahezu allein stehe. Aber ihr solltet sie trotzdem hören:

Ich halte die Menschen für ein Krebsgeschwür für die Erde und eine Gefahr für weitere Planeten. Sie vermehren sich bakteriengleich und saugen ihren Wirtskörper aus, bis er stirbt. Dass sie dann selber sterben, können sie nicht erkennen. Wie ich Floranas Aufzeichnungen entnommen habe, gibt es Menschen, die immens reich sind und sich völlig schizophren verhalten. Da einige Wissenschaftler die Unbewohnbarkeit der Erde in zirka hundert Jahren prognostizieren, stecken sie beträchtliche Summen des Geldes, das sie als Beteiligte an der Zerstörung der Erde verdienen, in die Forschung nach neuem Lebensraum in ihrem Universum. Aber was das Schlimme ist: Das tun sie nicht aus philanthropischen Gründen, sondern sie wollen letztendlich auch damit wieder Geld verdienen.

Also, anstatt das Geld dafür zu verwenden, die Lebensbedingungen auf der Erde zu verbessern und die Zerstörung aufzuhalten, investieren sie es für einen Exodus der Menschen. Und da stimme ich mit Florana überein: Der muss unbedingt verhindert werden. Andernfalls würde es nicht lange dauern und sie hätten den nächsten Planeten zugrunde gerichtet.

Daher plädiere ich dafür, Antibiotika einzusetzen, welche die Menschen langfristig vernichten, indem sie sie unfruchtbar machen. Ich bin nicht dafür, ihnen eine Chance zu geben, denn sie werden die Chance nicht nutzen.«

»Danke, Audan. Gibt es noch weitere Wortmeldungen?

Ich sehe, das ist nicht der Fall. Kommen wir also zur Abstimmung.«

Etwas später:

»Vielen Dank! Es hat sich eine eindeutige Mehrheit für Floranas Vorschlag ergeben. Ich hoffe, Audan, du kannst damit leben?«

»Selbstverständlich. Ob wir sie jetzt oder vielleicht in ein paar hundert Jahren vernichten, macht letztlich keinen Unterschied.«

»Halt! Bevor wir auseinandergehen, habe ich euch allen noch etwas mitzuteilen. Ich weiß aus den Aufzeichnungen, dass Florana auf die Erde zurück möchte, denn sie hat sich in einen Erdenbewohner verliebt. Sie weiß auch, dass die Menschen sehr kurzlebig sind. Sie wird nur wenig gealtert sein, wenn ihr Partner bereits ein Greis sein wird. Und ihr ist das Problem bewusst, hoffe ich?«

»Ja, hoher Rat, ich weiß darum und nehme es in Kauf.«

»Außerdem müssen wir ihren genetischen Code ändern. Die Menschen dürfen nicht mehr erkennen können, dass sie nicht von der Erde stammt. Damit wird sie auch die Fähigkeit verlieren, sich bei Adrenalinausstoß enorm schnell bewegen zu können. Aber auch das weiß sie und hat mir ihr Einverständnis gegeben.

Wir werden also eine dritte Aktion starten, die sie zurück auf den Planeten bringt. Das hat sogar einen Vorteil: Auf diese Weise sind wir laufend über die Entwicklung auf der Erde informiert.

Gibt es aus dem Kreis der Anwesenden Einwände?

Ich stelle fest, das ist nicht der Fall.

Also! Wir sehen uns dann spätestens in zweihundert Jahren.«

Epilog

Etliche Jahre sind vergangen.

Paulette hat ihren Kollegen Jean-Pierre geheiratet und es hat sich eine tiefe Freundschaft zwischen ihnen beiden und den Meurvilles entwickelt. Sie sind häufig zu Besuch auf deren Anwesen. Florence beziehungsweise Sophie ist nie wieder aufgetaucht, aber sie alle hatten vor Jahren mit Befriedigung eine kurze Notiz in der New York Times gelesen, die lautete:

CIA-Boss Bill Warners musste seinen Hut nehmen

Er wurde in die Psychiatrie eingeliefert, da er unter Wahnvorstellungen litt. Er glaubte an eine Alien-Invasion und sah in vielen seiner Mitarbeiter Außerirdische.

Zoë und Jules waren nach Sophies Entführung in Singapur quer durch Südostasien und Indien zurück nach Frankreich getrampt. Sie führen jetzt ein kleines Reisebüro in Amiens im Norden Frankreichs, dort, wo auch ihre Eltern leben. Das Geld dafür hatten sie von Lucas bekommen. Auch sie sind regelmäßig zu Besuch auf dem Anwesen in der Champagne. Sylvie hatte damals nur wenige Wochen später einen reichen Yachtbesitzer kennengelernt, den sie auf seiner Reise nach Australien und in die Südsee begleitete. Gerard sitzt in einem Gefängnis in Singapur ein, seine Yacht wurde konfisziert. Er war mit Drogen erwischt worden; ein Delikt, das dort mit der Todesstrafe geahndet wird und nur, weil er Ausländer war, in lebenslänglich umgewandelt wurde. Lucas meinte, dass Sylvie vermutlich ihre Finger im Spiel gehabt hätte. Sie war damals außerordentlich aufgebracht gewesen über Gerards Verrat.

Lucas lebt mit seiner Frau Elena auf dem Anwesen seiner Familie und führt im Nachbarort Piney eine gut gehende Arztpraxis. Nur Madame Meurville ist nicht so ganz glücklich. Sie findet, dass ihr Sohn sich damals viel zu schnell an eine neue Frau gebunden hatte. Sie muss zwar zugeben, dass auch Elena sehr attraktiv ist. Sie ist mittelgroß, sehr schlank mit einem dunklen Teint, der im angenehmen Kontrast zu ihren blonden gelockten Haaren steht. Sie regt es aber maßlos auf, dass Lucas des Öfteren aus Gedankenlosigkeit oder wenn er mit anderen Dingen beschäftigt ist, seine Frau mit Sophie oder sogar Florence anspricht. Das findet sie unmöglich und sie wundert sich darüber, dass Elena sich daran überhaupt nicht stört. Und noch etwas irritiert sie: Während das Haar ihres Sohnes bereits von etlichen grauen Strähnen durchzogen ist, scheint seine Frau überhaupt nicht zu altern.

*** E N D E ***